U0072754

《足跡》 創刊號 1927 年 2 月

翔 風

第 二 號

臺灣總督府高等學校文藝部

《翔風》 第二號 1927 年 1 月

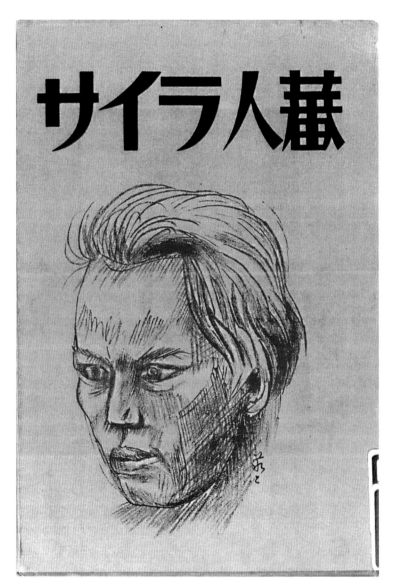

山部 歌津人《蕃人來沙》　銀座書房 1931 年 1 月

蕃地

蕃地

新潮賞・坂口䘿子

痛憤と
悲哀もて描く
臺灣蕃地の眞相

《蕃地》　新潮社 1954 年 3 月

セイダッカ・ダヤの叛乱
（霧社事件）

稲垣真美

稲垣真美《セイダッカ・ダヤの叛亂》
講談社 1975 年 3 月

《爭へぬ運命》1933 年 4 月

佐藤春夫 《霧社》
昭森社 初版 1936 年 7 月

佐藤春夫 《霧社》
再版 1943 年 11 月

《台灣文藝》
創刊號 1934 年 11 月

《台灣新文學》
創刊號 1935 年 12 月

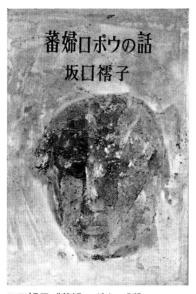

坂口䙝子《蕃婦ロポウの話》
大和出版株式会社　1964 年 4 月

坂口䙝子《鄭一家》
清水書店　1943 年 9 月

《野蠻人》
巢林書房　1936 年 11 月

《台灣青年》
第一卷　第三號　1920 年 9 月

台灣新文學運動的展開
－ 與日本文學的接點 －

河原 功 著

莫素微 譯

全華科技圖書股份有限公司 印行

自序

　　我開始和「台灣文學」產生關聯，是在一九六八年時，而當時的我正受著中央研究院民族學研究所王崧興、吉原彌生賢伉儷的照顧，停留台灣兩個月。不過，雖然人來到台灣，我卻是從來都沒想過要研究「台灣文學」。而毋寧說，當時我的關心是放在台灣史及原住民方面。可是，在我調查了台灣大學圖書館與中央圖書館台灣分館，所收藏有關戰前期台灣文學的各種文獻資料後，就了解到「台灣文學」的存在，同時，也開始對「台灣文學」投注較大的關心。對於從未關心過「台灣文學」的我而言，在發現了《台灣日日新報》、《興南新聞》等刊物的「文藝欄」上的一些小說、評論時，著實吃了一驚，還有，在看到《文藝台灣》、《媽祖》等文藝雜誌（其實只有很少的一部份）時，也是相當意外的。除此之外，在舊書店（很多是位於牯嶺街的舊書店）看到以前從沒聽說過的文藝書籍、文藝雜誌也感到非常新鮮。

　　但是，在當時的台灣，「台灣文學」是完全被排除於學問研究的對象之外。而不管我問的是「台灣文學」的事，或是台灣人作家的下落，幾乎都沒有人能為我的期待給一個答案。尤其甚至有人對我關心「台灣文學」感到猜疑，產生警戒心，我想，是因為在戒嚴令下的時代，台灣人民受到白色恐怖的威脅吧。

　　在一般的書店，也只能找到極少數可供了解台灣的參考書或

入門書，為了取得《台北文物》（台北市文獻委員會）、《台灣文獻》（台灣省文獻委員會）、《台灣風物》（台灣風物雜誌社）等參考資料，備嚐辛勞。（《台北文物》當中也有被查禁的刊號）。而去圖書館呢，有的是基本文獻資料不足，要不就是相對於其他文獻，戰前期文藝書籍或文藝雜誌的收藏量是少之又少，對「台灣文學」開始關心的我蒐集關於「台灣文學」的資料並不是一件容易的事。而影印機尚未普及也是「台灣文學」研究上的阻礙。即使幸運有影印機，它的性能也是劣質的，尤其影印費很貴（相較於當時公車車票 1.5 日圓，影印一張就要 5 日圓！）。而沒有影印機的地方，就只好帶著東西去找影印機借印，有時也不一定都能順利借到，或是碰到不准借出去的資料時，只好拼命請求借我抄寫，別無它法，但有時卻是連這樣也會被拒絕，所以就必須四處找尋台灣各地的舊書店，若發現到必需資料，就一定掏腰包把它買下來。而這一切不只是金錢上的花費，在時間與體力上的勞動也付擔很重。一直以來我都是持續不斷地在蒐集資料，但即使這樣，研究「台灣文學」所需的基本資料還是很難搜羅得盡。如新舊文學論爭的中心舞台《台灣民報》是該蒐集，還有，台灣第一個全島規模的文藝團體──「台灣文藝聯盟」的機關誌《台灣文藝》也要有，而與之對立、由楊逵創刊的《台灣新文學》或張文環主持的《台灣文學》也不能或缺，但這些資料的擁有幾乎只有期待東方文化書局在一九七〇年代後復刻的「新文學雜誌叢刊」系列的出現，沒有其他的辦法。現在大多已經可以藉由影印本、微卷或光碟等方式，閱讀到戰前期出版的資料，當時的我，真是無法想像會有今天這樣的便利。做研究的條件終於齊備的現代，實在是一件值得感恩的事。儘管如此，不論是在台灣或日本，「台灣文學」研究的空窗期都曾持續了很長一段時間，因此，不

論是關係者的亡佚、資料的散失，都相當嚴重地阻礙到「台灣文學」研究的進展。

　　一九七二年我完成了研究「台灣文學」的畢業論文，後來又加以補充，在七四年時提交碩士論文－《台灣新文學運動の展開》，這本論文的完成，算是描繪出「台灣文學」的輪廓，而我自己總算也對「台灣文學」有了基本的了解。在本書中所收錄的《台灣新文學運動の展開》正是我三十年前完成的碩士論文。

　　當我提交《台灣新文學運動の展開》碩士論文時，也一併提出「關於佐藤春夫《殖民地之旅》」作為碩士論文的副論文。這是因為考慮到主修日本文學的我，如果單單以研究「台灣文學」作為碩士論文，在論文審查時或許可能會被另外要求也說不定，因此聽從主任教授的建議而作此決定。論述佐藤春夫這位日本文學大家及他的有關台灣旅行的作品〈殖民地之旅〉，採取的是從日本文學的立場來看「台灣文學」的論述手法。因為有了副論文的加分效果，我的碩士論文《台灣新文學運動の展開》也順利通過了。

　　但從那時開始，我一直從事「台灣文學」的研究，為研究「台灣文學」獨自困頓苦惱了將近二十年。到了一九九〇年代後，參與「台灣文學」的研究者、學生日益增加，而一九九四年在清華大學的「賴和及其時代」的國際會議，又把「台灣文學」的研究向前推進了一大步。

　　一九九八年「日本台灣學會」成立，在日本的「台灣文學」研究有了明顯發展。二〇〇二年，美國的哥倫比亞大學（紐約）及台南的成功大學都各自舉辦大規模的「台灣文學」國際會議，會上發表許多頗具水準的研究成果，而在台灣的成功大學等院校也設置台灣文學研究所，繼續培育優秀的台灣文學研究者。而目

標在蒐藏所有台灣文學相關資料的國家文學館亦在台南開館了。另外，日本也出版了《日本統治期台灣文學‧日本人作品作品集》、《日本殖民地文學精選集‧台灣編》、《日本統治期台灣文學集成》等作品集，此外還有《台灣的「大東亞戰爭」》、《講座台灣文學》等研究書籍，並且有一些大學專門開設台灣文學講座。「台灣文學」研究成為一種科學研究，這個現象顯示「台灣文學」不只是在台灣與日本被認同，也被國際認同了。這的確是令人雀躍的事。期待「台灣文學」研究能更上一層樓。

這次我將自己到目前為止的部份「台灣文學」研究成果－《台灣新文學運動の展開──日本文學との接點》（東京‧研文出版、一九九七年十一月）付梓出書，由莫素微女士翻譯，全華科技圖書公司出版該書的中文版，茲將本書收錄的論文之原出處列述如下。

　　佐藤春夫〈殖民地の旅〉の真相 《成蹊國文》第八號（一九七四年二月）。

　　原題：佐藤春夫「殖民地の旅」をめぐって

　　中村地平の台灣體驗《成蹊國文》第十四號（一九八〇年十二月）

　　原題：中村地平、その作品と周邊

　　大鹿卓〈野蠻人〉の告發《成蹊論叢》第二十五號（一九八六年十二月）。

　　原題：大鹿卓〈野蠻人〉をめぐって

　　日本文學に現れた霧社蜂起事件 戴國煇編著《台灣霧社蜂起事件－研究と資料》（社會思想社、一九八一年六月）

　　霧社事件の語るもの《アジア》第六卷第十號（一九七一年

十一月）

台灣新文學運動の展開《成蹊論叢》第十七號（一九七八年
　　　十二月）

　　上述有些是三十多年前發表的論文。而如果這些論文的中譯
能對現今的研究者有所幫助，我心裡將會感到十分欣慰。

　　文末要向譯者莫素微女士及慨允出版本書的全華科技圖書公
司，致上個人深摯的謝忱。（莫素微譯）

　　　　　　　　　　　　　　　　　　　2003 年 9 月

譯　序

　　河原功先生的這本書－《台灣新文學運動的展開－與日本文學的接點》對想在短時間內，跨過門檻一窺台灣文學祕境的讀者來說，可說是一部很重要的作品。

　　在研究日本統治期台灣文學的日人學者中，戰前世代的第一人當推是島田謹二，戰中世代是尾崎秀樹，而戰後世代研究台灣文學的先驅則是河原功先生。河原功是國文系（日本文學系）出身，治學態度嚴謹的研究者，本書是他最主要的台灣文學史論，也是戰後論述台灣文學史最傑出的作品之一。

　　本書分為三大部分，在第一部「從日本文學看台灣」中，分別分析了佐藤春夫、中村地平及大鹿卓等日人作家以殖民地台灣為題材的作品，值得注意的是在殖民地統治此類敏感議題下，研究者難免必須面對纏繞政治、歷史等與意識型態有關議題，不過，河原功盡可能地側重文本分析，並以他自書店、圖書館蒐集來的一手資料作佐證，忠實地完成論述。因此對佐藤春夫的〈殖民地之旅〉，河原功認為佐藤春夫在紀行小說中加進描寫與台灣知識人見面的這些情節，是刻意要凸顯殖民地台灣的實情，尤其是透露了殖民者與被殖民者的微妙關係。而先行研究者島田謹二則只點出佐藤春夫的作品充滿「異國情調」而已，由此不只可見兩者研究觀點的差異，也發現得到河原功的文學敏感度和憐憫心。

　　其次，第二部「台灣文學史－台灣新文學運動的展開」是日本第一篇，同時也是世界第一篇完整論述日治期台灣文學發展的

論文,雖發表於一九七八年,但二十五年來持續不斷被研究者引用,可說是研究台灣文學最重要的文獻之一,其學術價值並未因年代更迭,或近來台灣文學論述已多元發展而稍減。

第三部「台灣與日本-三省堂與台灣·戰前期台灣日本書籍的流通-」則是從日本書籍流通的角度來剖析戰前台灣文學發展的經緯,從文中可以深入了解文學生產、流通、消費及再生產的所有流程。

河原功研究台灣文學三十多年,在文學史料方面收藏甚豐、鑽研甚深。記得與河原先生初識是一九九八年的冬天,當時我任職於行政院文建會附屬機關-國立文化資產保存研究中心籌備處,擔任籌畫國家文學館的設置事宜(後正式定名為「國立台灣文學館」,已於 2003 年 10 月 17 日開館),經常四處拜訪文學耆老及學者專家尋求奧援。事實上,為一路顛躓走來的台灣文學建造一個安全永固的家,非得仰賴濟濟熱愛台灣文學的有心人相助,而河原先生就是最早拔刀相助的外國學者,他不只提供許多日本文學館運營經驗和蒐藏建言,甚至慷慨捐贈長年珍藏的台灣史料。

獲得河原先生授權翻譯這本書,榮幸之餘,忝為台灣文學小兵的我,也深感此項任務是一大挑戰。一來因為本書第二部「台灣新文學運動的展開」已有台文界大老葉石濤先生的譯文發表於先,個人在著手翻譯的期間,內心是存在著一些無形壓力。其次,這是一本人人知悉的台灣文學研究經典,旁徵博引、用字構局苦心可掬,對於如此一本書,自揣翻譯資歷淺薄,譯文能否做到盡善盡美、信達雅程度?實在感到萬分惶恐。但在「認知覺悟」下,只得將戒慎恐懼轉化為自我要求,遇到疑點先停下來,求證後再下筆,因此也補譯許多先行譯文有所省略的地方(如出典的原文與註解部分)。而在專有名詞(如原住民部落或學界尚未討論過

的書）及術語方面也詢問方家，力求譯名的妥貼正確，並努力訂正細節小錯，希望藉由完整翻譯的中文版還原本書的學術風貌。

　　最後要衷心感謝河原功先生慨允這個翻譯機會，翻譯期間並給予熱忱指導。同時也要向台灣的全華科技圖書公司及日本研文出版社致上謝忱，感激您們協助拙譯的順利出版。

譯者謹識

目　錄

I 從日本文學看台灣

佐藤春夫〈殖民地之旅〉的真相

一

佐藤春夫到台灣旅行的時間是一九二○年六月，當時春夫年二十九歲。與這段期間有關的事情，可以參考他所寫的〈那一個夏天的記事〉（收錄在一九六三年由昭森社所刊行的《霧社》）以及〈詩文半世紀〉（一九六三年由讀賣新聞社刊行）兩篇文章。

依佐藤春夫描述，「剛好由於心情鬱卒，為了散心回到故鄉（註1）」時，「在街角突然遇見中學時代的老朋友」，促成了前往台灣旅行的念頭。春夫偶遇的這位舊友H君，當時「在台灣南部開業，已確定了未來的目標，為了新建醫院回來向親族籌資」。這位名為H君的醫師，據新垣宏一氏（譯註：日據時代在台之日本作家）的調查，已經查明他就是當時在打狗（高雄）開齒科醫院的「東熙市」氏（註2）。

春夫因為東氏「以生動的辭彙描述他居住地方的趣聞，再三勸誘他去觀光」，所以

佐藤春夫　1921 年左右

「從沒見過的南國如幻影般浮現眼前，再加上舊友溫暖的摯情，於是側耳細聽」。如此這般，春夫便產生了遊意。東氏「催促他在明後天一定要同行。惟仍讓他（指東氏）足足等了一個禮拜左右，才準備好行囊」；而「出發時預定在台灣頂多待一個月」，結果卻在東氏的高雄家中逗留了許久。其間，並因森丙牛氏（註3）的建議，花了兩個禮拜跨海到對岸地方（即福建省）去旅行。而後又依照森丙牛氏的計畫，在島內旅行，也在森氏台北的住家耽擱了將近半個月。本來「不想回內地，可是家書讓人想起了故鄉的秋風，以致產生了歸思」。佐藤春夫離開台灣踏上歸途時，已經是十月初（註4），著實不折不扣「在台灣之地度過了一個夏天」。

二

　　長達一個夏季的台灣體驗，春夫發表了將近十篇的小說、遊記與小品文，不過這些文章並非一回到日本就立刻寫成。取材於對岸福建省的〈黃五娘〉，發表於一九二一年十月號的《改造》雜誌；〈星〉發表於同誌的三月號；〈南方紀行〉則自八月到十月發表於《新潮》雜誌。由此可知，取材於對岸的作品要比取材自台灣的作品更早完成。

　　以台灣為素材的作品中最早發表的，應是遊記〈有趣的避暑地－日月潭遊記〉（《改造》一九二一年七月號）。其次發表的是童話〈蝗蟲大旅行〉（《童話》一九二一年九月號）。後來依次發表的，有以鳳山尼姑庵見聞寫成的小品文〈鷹爪花〉（《中央公論》一九二三年八月號），以及取材自高砂族傳說的〈魔鳥〉（註5）（《中央公論》一九二三年十二月號）等。至於充滿異國情趣、具完整形式的小說作品，則遲至一九二四年後才陸續發表

出來。與日月潭紀行有關，以涵碧樓不幸婦女為體裁編織的故事〈旅人〉，發表於《新潮》六月號；一九二五年三月號的《改造》上，則刊行了佐藤春夫以進入一九二〇年薩拉馬奧蕃事件剛發生後，治安尚不穩的霧社時之體驗為素材的小說〈霧社〉。至於發表在《女性》雜誌，以安平及台南為舞台，洋溢豐富異國情調，堪稱春夫之代表性作品的〈女誡扇綺譚〉，則已經是一九二五年五月的事了。

　　本文所討論的〈殖民地之旅〉一文，連載於一九二三年九月、十月的《中央公論》。這是春夫自一九二〇年台灣之旅回來後，歷經十二年歲月才發表的作品。這篇作品雖然具有描述當時訪問彰化、鹿港、台中等地見聞，呈現出異國風物情趣的一面，但毋寧視為是一篇與台灣知識份子會見的記錄，凸顯出殖民地台灣中統治者與被統治者間的關係的作品。

　　其他發表日期不詳的作品有〈在日章旗之下〉及〈社寮島旅情記〉等。由後者之開頭寫著「回想起來那是已過了將近二十年的時光」等句子可以推斷，應該是比〈殖民地之旅〉晚了幾年才寫成的小品文。

　　如此算來，春夫以台灣為素材的作品，不下於十篇。

　　不過，大部分取材於台灣的作品，都是在大正年間發表的。唯有此篇〈殖民地之旅〉發表時期間隔數年，晚了許久，讓人覺得頗不尋常。當然，要寫作殖民地統治，帶有社會性的作品，必須先整理印象，深入思考，因此需要花費許多時間是不難理解的，但是經過十二年才發表是不是太遲了些？

　　不單是發表時期的遲延令人不解，還有另一點也教我匪夷所思。春夫取材於台灣的作品集《霧社》是由昭森社於一九三六年七月所刊行，該書以畫家梅原龍三郎的繪畫裝幀封面，是一格調

高、體裁好的作品集。然而當我拿到太平洋戰爭中，一九四三年再版的《霧社》時，覺得非但紙質粗劣，裝幀簡單，失卻了初版本的厚重感，連重要作品〈殖民地之旅〉也被刪除了，令人有不忍卒讀之感。代而收錄的，盡是些如〈鷹爪花〉、〈蝗蟲大旅行〉、〈社寮島旅情記〉及〈對岸地方〉等小品文章。這到底是怎麼一回事呢？

有關此事，春夫在〈再版本霧社序〉之開頭如此寫道：

> 我的台灣之旅已是二十多年前的事。當時我到那裡去，人們覺得奇怪，如今倒是覺得那些奇怪之人很可笑。收錄有關此旅行的短篇集〈霧社〉出版以來，十年的時光已經流逝，因此，在這集子裡所描寫的台灣是過去的台灣，且出版此集子時的作者與現在的作者，也存在了些許差異，基於此一原因，便暫且刪除了初版中之重要作品〈植民地之旅〉（作者：「植」，原文）。

但是這些說明並不足以說服人。簡言之，我認為刪除〈殖民地之旅〉的背後，必然有更重大的理由存在。

有關〈殖民地之旅〉的兩個疑問：即發表日期的遲延與《霧社》再版本刪除之事，姑且不論。在此我想順著故事的發展，分析本篇小說中出現人物之性格，同時思考殖民者與被殖民者間之關係，以及殖民地台灣所發生之問題。

三

如前所述，〈殖民地之旅〉一文雖然具有描述當時訪問彰化、鹿港、台中等地見聞呈現異國風物情趣的面向，但其實是透過與

台灣知識分子的接觸，意欲進行一種文明批評的作品。當然，它也描繪出了作為被統治者的台灣知識分子的各種面貌，在這裡面可以看到與出身法國殖民地突尼西亞的作家阿爾培‧緬米在其著作《植民地－其心理性風土》（渡邊淳氏譯，三一書房，一九五九年十一月）中所分析之被殖民者有著共同類似的面貌。而且作者不但對所描寫的人物，甚至對更廣泛的、一般的台灣知識分子，都寄予深刻同情。在當時如此的態度，不用說是真正有勇氣的行為，具有深刻意義。因此，這篇作品不單只是文學作品（旅行文學），毋寧說是一蘊意有社會性、思想性的作品。

　　故事從「集集街經日月潭到埔里社，從蕃情不穩的霧社登臨能高，再返回埔里社」，「在台中某旅館的玄關接洽投宿」開始。因此，這篇〈殖民地之旅〉可謂係接續〈旅人〉中日月潭不幸婦女故事，以及訪問薩拉馬奧蕃事件發生不久後之霧社而寫成的〈霧社〉所發展出來的。下面，我摘要分析故事梗概。

　　　　由於下村民政長官的幹旋，州廳為我派來秘書兼嚮導，此外還為我舉辦歡迎小宴，給我種種招待與方便。州廳派來的秘書兼嚮導是鹿港出身的Ａ君，「二三年前從當地中等學校畢業，之後被聘為州廳雇員，似乎是還不到二十三歲的青年。」他雖對日本的統治感到不滿，卻又覺得「成為被內地人頤使的一個小吏若能出頭，頗為光耀，或者可說他是染上了與一般人一樣，以能積極與內地人交往為榮的風習。」但是我認為像Ａ君這種態度，「不應一概以卑屈而論」。

　　春夫雖說「姓名還記得，不過姑且稱之為Ａ吧」而隱匿其名，

不過以池田敏雄在〈鹿港遊記〉（《台灣地方行政》一九四二年八月號）記載：「許氏在二十年前年輕時，以曾招呼詩人佐藤春夫氏到鹿港而出名，其頗通曉漢學。在佐藤氏的《植民地之旅》中出現的本島青年Ａ氏，便是許氏其人」。所以一般咸知Ａ氏即是許媽葵。許媽葵於一九〇〇年一月生於鹿港，台中一中的第一屆畢業生，之後任職於台中州，一九六八年十一月去世（註6）。州廳是特別為了春夫而找來出身鹿港的許媽葵擔任嚮導兼秘書的。這在森丙牛為春夫訂定的行程表中可以得到佐證：「平地之旅中特地選擇鹿港，是由於有了某些交通上的不便，而使許多觀光客忽略了鹿港。然而此鎮在現時擁有最能保持舊時台灣面貌的市街，故特別推薦一遊」，因此，「在此地方唯一的目的是去鹿港」。事實上，春夫也聽從丙牛的建議，按照預定行程，在第二天由Ａ君，即許媽葵嚮導，前往觀光。

　　鹿港當時雖已衰微，但卻是最能保持「舊時台灣面貌的市街」，而且有「比現代支那本土更具濃厚支那情調的市街」，是「有豐富詩趣的市街」。春夫非常喜歡此鎮，並寫下了他的印象：「鹿港街真是不負我所望，是一個饒富詩趣的市街－在內地，古老的港埠本來就是有趣的地方，特別是此地有著異國情調，是我所愛好的國家－支那的情調，具有一種雜亂簡陋之美。整個市街籠罩在朽舊的懷念氣氛中，悶熱但帶有海洋氣味的天空陰暗，而且沈重地覆蓋著的光景，也與格外狹窄的街道及其兩邊林立的二層樓以上房子的這個小鎮之風物十分配襯。二樓房子的欄杆，都是亞字欄或綾緞圖案，窗扉也大多是各種浮雕模樣，有些人家屋簷下還掛著像是八哥的鳥籠，這是個有很多木匠或精工雕刻師傅的小鎮。」以前的鹿港與台南的安平、台北的艋舺並稱台灣三大港，因與對岸貿易，且由於是中部台灣唯一的港口而盛極一時。

鹿港建有素來為眾人信仰的航海保護女神媽祖之廟，而且是台灣最大的媽祖廟，現時仍面對海岸莊嚴聳立。儘管已變成了廢港，街鎮也愈來愈沒落，但是由各地來參拜的信眾仍然絡繹不絕。

鹿港不只是港口，它的文化水準也極高。與詩誌《台灣詩薈》（一九二四年二月創刊，一九二五年十月發行至二十二期停刊）的編輯發行人，也是《台灣通史》（一九二○年十一月～一九二一年四月中刊行）的著者連雅堂號稱雙璧的著名漢詩人洪棄生，以及聲名遠播到對岸的台灣書法家鄭鴻猷，還有攻台當時將侵台日軍帶入台北完成無血入城有功，獲得發跡機會，雖被咒罵為御用紳士，受人憎惡卻成為台灣人中最功名顯赫者，且於一九四三年被天皇封選為貴族院議員的辜顯榮，皆生於此地。此外，以台灣中部最大的富豪林家之林獻堂為中心的文化旗手，包括林的秘書施家本，繼承其後的葉榮鐘也出生鹿港。這一批人包括葉榮鐘、施學習、洪炎秋、莊垂勝及蔡嵩林等，都參與了一九二○到三○年代的台灣新文學運動。由上述情事不難發現，鹿港不僅是「最能把舊時的面貌保存的街鎮」，同時也有文化土壤的芬芳氣息。很幸運地，春夫有機會接觸到此種氣氛。

　　在鹿港偶然經 A 君介紹認識著名詩人的兒子，我決心要訪問此詩人。透過他的兒子表明希望見面的意思，可惜這希望不被接受。不過聽到那答覆，我覺得「這答覆有面對其人的印象一樣的價值」。這位詩人便是出版漢詩集《寄鶴齋詩薈》的人，據 A 君的說法，「他是個性情古怪的人，幾可說是頑迷之人，儘管是很有教養的人士卻依然留著現今中國苦力也少見的辮髮，不僅如此，還穿著寬袖子的舊式衣服，手持一把大扇子」，這個人

物說：「非常討厭成為日本領地後的臺灣，對現代的支
那也很厭惡，『我既不是日本人，更不是今日的支那人，
而是清朝的遺臣』」。正好相反，他的兒子卻具有跟詩
人相反的性格，「有相當新的思想，非常喜歡日本，可
是父親卻說日本人的教育不行，而不讓兒子進日本學校
唸書。有一次這位兒子，把房租收齊，獨自一個人逃到
東京。在東京通過中學四年級的插班考試，就請求父親
准許他在東京留學及供應以後的學費。可是，父親頑固
地不肯答應，兒子也沒辦法，只好回家來；這是三、四
年前的事情。像這樣父子倆各走極端也真是少見，這可
就成為街上人們的話題呢！」

春夫特地從這位詩人的漢詩集《寄鶴齋詩彎》引用了〈戒煙
長歌〉」一詩，卻姑隱其名。然而，住在鹿港的漢詩人，有特異
的性格，著有《寄鶴齋詩彎》的人，一定是洪棄生這個人沒錯（註
七）。洪棄生，同治六年（一八六七年）生於鹿港，本名洪攀桂，
又名一枝，字月樵，臺灣改隸為日本領土時，改名為繻，字棄生。
光緒十七年（一八九一）二十四歲時，是一位中過秀才首席的知
識分子。然而滿清割讓臺灣給日本時，他捨棄當官的意願，跟邱
逢甲、蔡壽星、許肇清等人倡導抗戰，就任於亞洲最初成立的共
和國政府「臺灣民主國」的中路籌餉委員。抗戰失敗後，因故不
能像邱逢甲等人一樣渡海到中國大陸去，也就回到故鄉鹿港，從
此杜門不出，很少外出，一心一意地專作詩作和著述，捨身在此
地追求風雅，危言危行，不屈從權威，也不被利所誘，自認為清
朝遺民，六十三歲時去世。《寄鶴齋詩彎》是一九一七年春由南
投出版社出版的，從謔蹻集八卷、披晞集八卷、枯爛集九卷、蕈

菌集等四集濃縮編纂成四冊的小型本。其中披晞集是收錄臺灣割讓後的詩，其中以謳歌臺灣被日本占領時的抗戰詩，或描寫因日本人的橫暴而憤怒及民眾因疾病而痛苦的詩為多。《寄鶴齋詩巒》中只收錄了不犯當局禁忌的、沒有問題的詩作。

　　洪棄生與丁夫人生有二子一女。長子棪材、次子炎秋以及女兒快。偶然的巧合，成為傳達春夫希望跟父親棄生見面的媒介是次子炎秋，洪炎秋生於一八九九年，當時是年約二十歲左右的青年。他在十多歲時已和鹿港在地青年集團莊垂勝、葉榮鐘、蔡相、許媽葵等人透過傳閱雜誌《晨鐘》，培養了民族意識，很早就吸收了新文化、新思想。他計畫到日本留學，目的也就是為了吸收這些知識，可是日本留學不符合父親洪棄生嚴格的教育方針，受到強烈反對而不得不回臺。不過，不久在一九二二年渡海到北京，成為臺灣人中少數的北京大學留學生，畢業於教育系，在北京逗留了二十五年之久。同一個時期，在北京的張我軍把五四運動的氣息，從一九二四年到一九二五年透過《臺灣民報》（源自於一九二〇年七月在東京創刊的臺灣青年會機關雜誌《臺灣青年》，一九二三年四月由臺灣雜誌社改組為大眾半月刊雜誌，依次發展為旬刊、週刊。一九二七年七月獲准在臺灣島內發行，一九三〇年三月改名為《臺灣新民報》，一九三二年四月成為日刊，一九四一年二月被迫改名為《興南新聞》，一九四四年三月廢刊。是臺灣人唯一的報紙）傳送回臺灣，在臺灣引起了一場新舊文學論爭，對於推動在臺灣的白話文學運動有很大的貢獻。洪炎秋雖然比不上張我軍那樣轟轟烈烈，但是以洪櫆本名加入《南音》（一九三二年一月一日在臺北創刊的文藝雜誌，第十二號被查禁並休刊，第十一號為同年九月二十九日發行）同人的行列。洪炎秋返臺是臺灣光復次年五月的事，之後歷任臺中師範校長、國語推行

委員會副主任委員、臺灣大學文學院教授、國語日報社長，著作亦不少。

　　無法見到詩人的我，決定去訪問名叫鄭貽林的書法家。「剛好他正在弄筆墨」，因為「嚮導是熟人的關係吧，立刻很受歡迎地被請進屋內。」鄭貽林表示：「我聽說您是特地遠道而來的客人，可是很慚愧，我們的書法實在不值得一看。如果鴻猶先生還在那就好了，可惜他在兩、三年前就去世了。」在交談中，「從他的談話神態，溫和而不俗氣的態度，令人覺得不愧為翰墨之士」。

張我軍（前排中）、洪炎秋（前排右）、吳敦禮（前排左）

　　鄭貽林所說的「鴻猷先生」是前面曾經介紹過的臺灣少數的書法家鄭鴻猷；他生於一八五六年（咸豐六年），通曉草書、隸書、篆書、行書等諸字體，尤其擅長行書。在對岸也享有聲譽，甚至福州也出售過他作品的贗品。他不但是一個醫生同時也中過秀才，而且是很有涵養的優秀人物，據說具有幽默感，被眾人所喜歡。可惜，在春夫訪問鹿港之前，一九二〇年四月享壽六十四歲去世。說他是「兩、三年前已故」，顯然是記述之誤。(註8)

　　另一方面，春夫所訪問的鄭貽林，係生於一八六〇年（咸豐十年），雖然比不上鄭鴻猷，但跟鄭鴻猷一樣為前清秀才，擅長隸書。一九二五年九月六十五歲去世，不少日本人央求他揮毫，此時春夫也為了紀念，獲得他的一幅作品。

　　　　在鄭貽林宅的席上，聽說「在這地方能畫的人住在胡蘆屯」的我，第二天，由A君嚮導決定去胡蘆屯（豐原）拜訪畫家。「受到××先生的教導才畫的」這樣說著而拿出畫來給我看，我覺得有「被愚弄似的一股怒氣」。因為這是「鄉下純樸的業餘畫家不滿足於做業餘畫家，而把空有虛名的工匠×××等人尊為師，畫出的東西」。

　　特地來到胡蘆屯訪問的結果，春夫對這業餘畫家的畫作覺得非常失望，不過，這業餘畫家到底是誰，至今尚未查明。是實際上存在過的人物沒錯，據說是那地方數一數二的地主，他的外甥是A的同學，而這位外甥只有二十二歲就有妻子兒子，慶應大學理財科休學後返臺，這畫家就是這個外甥的監護人。春夫儘管對畫家的畫覺得失望，但除了一飽與鹿港迴異的鄉下風情與料理之

外，又接觸了另一類的殖民地人物—「監護著兄長的兒子而熱中於繪畫的人，捨棄青雲之志，逃避不安與野心，守著不知有多大的田地、祖先的遺產和妻子、愛子，只夢想著前途是平穩無事的年輕人。」

　　第二天，決定去訪問阿罩霧庄（霧峰）的林熊徵，據新聞記者 B 的說法：「無論是門第與人品，均堪稱是臺灣本島第一人。如果臺灣共和國真的成立的話，他一定是總統重用之人。」A 又說：「無論是過去與現在，林家都是本島名門，對本島文明與島民的幸福有莫大的貢獻，是值得尊敬的名望家！」

　　在林家的會談中，果然不出春夫所料，「由於眾人所說的話有暗示作用吧，料想話鋒會轉到政治上來。」林熊徵的發問銳利地直叩核心，意義深長。而且在會談的席上，有警察到來，很有禮貌地寒暄之後，說是有義務報告會談內容，而坐在末席。

　　「多虧他們，我好不容易才真正了解對方發問的意思，但還是繼續裝著不懂的樣子。」但是，對方接著又發問且直叩核心，那便是統治者的內地人和被統治的臺灣人之間的差別問題及兩者之間的關係。我因為警官在場而感受到，「被總督府待之為上賓的我，為了跟地方上有聲望的人物晤談，就不得不麻煩這些官吏來監視，這種嚴重戒備，正好印證了林氏的弦外之音。」

　　這是對日本的臺灣統治含有諷刺意味的文章，凝集了春夫要講的話。在此，我必須點出的是，儘管寫著林熊徵，其實春夫所

訪問的並非林熊徵，而正是林獻堂其人，這種說法可以在戴國煇所寫的〈臺灣〉（《亞細亞經濟》第十卷第六、七號，一九六九年七月）看到。不過，從地名的阿罩霧，文中所說本島第一人云云，以及跟春夫的交談，風貌和主人的家族關係等各個層面去看，也一定是林獻堂，而不可能是林熊徵。林獻堂一八八〇年（光緒六年）生於臺灣府彰化縣阿罩霧庄（今臺灣省臺中縣霧峰鄉），一九五六年（七十六歲）客死於東京。他是在日本統治時期對臺灣的文化運動、政治運動、民族運動有偉大貢獻的最重要人物。春夫訪問臺灣的一九二〇年代的林獻堂，在同年三月於東京甫告成立的臺灣人留學生的文化啟蒙團體「臺灣新民會」中，被推為會長，正在展開針對一八九六年制定的壓迫臺灣人的惡法「六三法」的撤廢運動。在此以前，林獻堂即在一九〇七年於東京認識來自中國本土的亡命政客梁啟超，一九一一年招待他至霧峰的自宅，其間獲得不少的啟發。林氏於一九一四年在臺中策動創設私立中學，同年十二月贊成板垣退助的同化主義，參加「臺灣同化會」，之後民族意識愈來愈高昂，多次建議臺灣政治的改革案。在春夫離臺以後他的活動更加起勁，而成為自一九二一年開始，持續十五年間的「臺灣議會設置請願運動」之核心人物，同年就任在臺中結成的「臺灣文化協會」會長，跟一九二三年四月創刊的《臺灣民報》（《臺灣青年》、《臺灣》的後身）成為三位一體，對臺灣文化的啟蒙，提高臺灣人的民族意識有偉大的貢獻。其功績既深且廣，無法以本稿完整介紹，在此推薦林獻堂多年的秘書葉榮鐘所編著《林獻堂先生紀念集（全三冊）》（一九六〇年十二月，臺中，林獻堂先生紀念集編纂委員會刊）及臺灣總督府警務局編《臺灣總督府警察沿革誌・第二篇—領臺以後的治安狀況（中卷）》（註9）（一九三九年七月臺北，同局刊行）兩書，

謹供參考。

順便一提林熊徵，他於光緒十四年（一八八八年）生於臺北板橋的大富豪「林本源」家，後來成為臺灣財界的泰斗，是一個真實人物。相對於林獻堂挺身領導臺灣社會運動，林熊徵則是漸進地溶進屬於日本人社會的經濟界。

四

如前所述出現於佐藤春夫〈殖民地之旅〉中的殖民地臺灣人的性格和人物加以分析後，其次，我要把出現在作品裡的幾位臺灣人，在日本統治下的臺灣，在這種特殊社會裡是屬於哪種類型的人物，予以直接分類。

A 君即許媽葵……迎合時代型（積極地想追隨時代潮流，而在其背面，對日本的臺灣統治懷有不滿）。

《寄鶴齋詩巒》的著者即漢詩人洪棄生……對日本統治懷有強烈不滿的消極性抵抗型（與社會隔絕，完全沉默）。

詩人的兒子即洪炎秋……積極地吸收新文化、新思想，故不忽略日本的存在，決心超越現實的未來志向型。

書法家鄭貽林……表面上對現實裝著漠不關心的態度，其實是專心於書法、想完成良心工作的消極性抵抗型（但跟洪棄生不同，與社會有來往）。

胡蘆屯的業餘畫家跟其外甥……假裝對日本的臺灣統治漠不關心的樣子，結果變成消極性的迎合時代型。

林獻堂……想合法爭取臺灣人主張的積極性抵抗型。

　　由此可見，這些人物是生存在殖民地不同的被殖民者類型，以被殖民者而言，可以說是典型人物。因此，春夫在〈殖民地之旅〉中使幾個臺灣人出現，以描寫被殖民者的各種類型，這是不可否認而且是明顯的，這也許是根據春夫精密的計算吧！

　　然而我不得不因此而聯想到其他問題。

　　既然 A 為許媽葵，著有《寄鶴齋詩矕》的人是洪棄生，作品中的林熊徵其實是林獻堂其人是不必存疑的事實，那麼為什麼佐藤春夫卻特意姑隱其名？有關此事的經過，在作品最後，著者的附記裡有富於啟示性的敘述：「作者附記──事情都根據於事實，可是記憶卻因是十多年前的事而不可靠，加以半虛半實寫法，盼望不因拙文而累及任何人」。

　　作品雖是臺灣旅行的產物，可是已流逝了十年時光，記憶已曨曨，而且以實在人物為描寫對象（儘管有些人物並不清楚），若公開其名，也許會給描寫對象本人或關係人帶來麻煩，所以姑隱其名，這樣推測可能最為妥切。由於是過去的事而記憶模糊，這當然並不意味著竟會忘掉許媽葵、洪棄生或林獻堂的大名。我以為春夫並不希望讀者從作品中的 A 聯想到許媽葵，從詩人聯想到洪棄生，從林熊徵聯想到林獻堂，他寧可要大家能了解到作中每一個人物代表了被殖民者的某一種類型。同時我們也可以感覺到春夫他也期待讓稍稍了解臺灣的人，或者想要了解的人，能夠因為得知這些人物的真實姓名以後，對這些人物更加關心，對臺灣知識分子苦惱，能夠更加理解，就算只是那麼一點點。因此，春夫耍了一些簡單的技術，採用很容易可以被揭穿的寫法。

　　總之，這部作品裡內藏著春夫對於被殖民者的臺灣人，特別是臺灣知識分子深刻的同情。這種同情在殖民者的在臺日人身上看不到（即使對臺灣人懷有同情也不打算發言），同時在普通的

殖民地の旅

佐藤春夫

1

集々街から日月潭を經て埔里社に到り、纏情不穩の霧社より能高に登つて再び埔里社に歸り、その附近の無名の山蹊でこの年の名月を賞した。それは家鄉を出てから三度目の園月であつた。さなきだに貧弱な僕の財囊は殆んど空しくなり、着がへに乏しい旅裝は汗と塵とにまみれてゐるさへあるに、能高の山徑で埴を痛めた僕は面倒なとばかり靴は脱ぎ去つて途中で漸く手に入れた草履を穿つて臺中の某旅館の玄闘に案内を乞ふと、出て來た番頭らしい男は僕の姿を胡散げに見つめたのは無理もない次第であつたが、それにしても案内された一室といふのは西日が障子一面に射し込むのに滿足にカーテンも用意してゐない――多分いつもは

中央公論

觀光客和短期過客身上也看不到，因而我們更能感覺到春夫敏銳
的觀察力和人道精神。

五

　　最後，我想對這篇作品〈殖民地之旅〉刊行日期的遲延，及
再版《霧社》裡並沒有收錄〈殖民地之旅〉一事做一個假設。

　　截至目前為止，春夫發表取材於臺灣的各種作品，都是因為
對偶然的見聞和體驗有所感而創作的作品。不過以春夫而言，向
來的作品似乎未能把臺灣印象寫得淋漓盡致，故有某些遺憾。因
為取材於臺南郊外的〈女誡扇綺譚〉、〈鷹爪花〉，從集集街到
日月潭的見聞為主的〈旅人〉，以及訪問霧社的〈霧社〉等，已
經發表了不少取材於島內的主要旅行地的作品，唯獨沒有發表以
臺中及其周邊為舞臺的作品。而且在臺中跟眾多的臺灣知識分子
接觸過，對於殖民地與被殖民者的問題有很大的感觸。因此，對
於這些問題，不用說是最能夠適切地反映出臺灣印象，這就變成
了希望給臺灣旅行做一個總結的春夫他的義務。為了履行義務，
不得不寫〈殖民地之旅〉。不，寧可說從臺灣旅行回來之初，寫
出這種作品或已成為既是目的，又是深具意義的事。那麼，為何
不立刻執筆？或是找不到發表的機會呢？這是因為春夫所接觸的
人物包括臺灣的代表知識分子都是以實際人物為描述對象的關係，
因為這樣，所以他費了相當長的時間構思。於是，作品是在春夫
從臺灣旅行回來已流逝了十二年歲月的一九三二年九月、十月號
的《中央公論》上發表的。此外，並附錄了一篇〈作者附記〉，
說這篇作品依憑舊記憶寫成，希望不會因此而拖累任何人。

　　這篇作品雖不及〈女誡扇綺譚〉的文學價值，但是春夫把臺
灣印象率直而相當鮮明地描寫出來，並且從正視殖民者與被植民

者之間的問題，具社會科學面相，為其他臺灣作品望塵莫及的重要作品，在取材於殖民地的作品中是一部值得特書大書、價值性高的作品。

不久，時局漸趨緊張，以一九三七年七月爆發中日戰爭為轉捩點，局勢有很大的變化，在日本國內強烈瀰漫對中國大陸不惜一戰的氣氛。如此一來，像〈殖民地之旅〉這種作品，不單單是一篇文學作品，毋寧可說是已捕捉了殖民地臺灣的被殖民者的典型，真實地描寫殖民統治的矛盾。由於春夫心情與作品裡充滿著對臺灣知識分子的深刻同情，因此，不是時代風潮歡迎之作。另一方面，作為前進基地的臺灣整個進入了皇民化的漩渦裡，對它而言更是不合適的作品。當然，在臺灣，早就在一九三六年《霧社》初版本甫出版時業已被查禁。更進一步地進入太平洋戰爭時，日本舉國一致被國家主義、軍國主義一面倒的政策所支配，也失去了接納這種作品的寬容。總之，在《霧社》再版裡是不可能收錄〈殖民地之旅〉。而到一九四三年，那時出版物均在管制中，所以實際上已不准再收錄此作品，或者是考慮有被查禁之虞，於出版前就已刪除也有可能。但不論是佐藤春夫或刊行《霧社》的昭森社的森谷均都已去世的現在，也無從查明我的推測是否正確。也許，事情真相正如再版本《霧社》的序所說那樣也說不定。

然而，讓我有充分理由對〈殖民地之旅〉做上述推理，是已經對整個論述過程有所理解之故。

因讓幾個臺灣知識分子登場而深入探觸殖民者與被殖民者的問題，使得這篇作品〈殖民地之旅〉也引發外界環境研究問題，我認為在春夫取材於臺灣的作品中，這的確是最特別的一篇。

註譯：

(1) 從〈旅人〉一文可以推測，他所謂的悶悶不樂一事指的是婚姻生活的不睦及與谷崎潤一郎之妻千代的關係。〈旅人〉一文中寫道：「我有個心愛的人，但也有個令人厭惡的老婆，現在想來，確實是想放逐為此事煩憂的自己，才到臺灣四處漫遊的。」參照年譜中〈與M·K女士分別〉，此作是從臺灣返來後，同年十月完成之作品。

(2) 參照新垣宏一〈《女誡扇綺譚》—斷想一、二—〉（刊載於《文藝臺灣》第一卷第四號，一九四〇年七月）

(3) 當時擔任台北博物館代理館長的森丙牛，在臺灣研究方面與伊能嘉矩齊名。重要著作為《臺灣蕃族志》。佐藤春夫的臺灣之行深受他的照應，這趟行程，因森丙牛的引薦而受到海南民政長官下村氏的「特別的庇護」。森丙牛後來於一九二六年七月四日自殺。

(4) 〈那個夏天的記事〉及〈詩文半世紀〉都說離開臺灣的時間是九月初。可是當中又記載：在集集街旅途上，聽到發生了薩拉瑪歐蕃事件（九月十八日）（見〈霧社〉）的消息、事件後進入情況尚穩定的霧社山間（見〈霧社〉）、結束島內旅行後，即在森丙牛在台北的住所停留半個月（見〈那個夏天的記事〉）。根據以上的時間推算，說離開臺灣的時間不是十月初，的確令人覺得奇怪。

(5) 據講談社出版之《佐藤春夫全集第六卷》（一九六七年九月）中之校注，本篇作品是參考森丙牛所著《臺灣蕃族志》第一卷第五篇〈信仰及心的狀態〉所整理出的。

(6) 根據臺灣省彰化縣鹿港鎮戶政事務所之調查紀錄。

(7) 有關洪棄生其人其事，可參考全集《洪棄生先生遺書》（共九冊）（台北·成文出版社·一九七〇年四月）、選集《寄鶴齋選集（共三冊）》（台北·臺灣銀行·一九七二年八月），還有其子洪炎秋

的隨筆集《廢人廢話》（台中・中央書局・一九七〇年七月四版）
中之〈詩人洪棄生先生的剪影〉等。

(8) 根據臺灣省彰化縣鹿港鎮戶政事務所之資料，關於鄭貼林的生卒年
月是相同的。

(9) 《警察沿革誌》是研究臺灣近代史不可缺之重要資料，共分六冊（但
只發行五冊）。本為供警察職員執勤時參考而編的機密文件，與公
開販售的一般書籍不同，不只充分引用許多極秘資料，陳述事實也
極為赤裸。其中尤以第二篇中卷，內容即為同時代具高度機密史料
之總合，因為涉及關係者依然在世，每一卷另外還特別製作嚴格管
制的部外秘，且每冊都分別印上編號。

中村地平的台灣體驗——其作品與周邊

前　言

　　一九〇八年（明治四十一年）二月出生於宮崎縣宮崎市的中村地平（本名「治兵衛」）是經營肥料店的中村常三郎和仲氏所生的二男。從宮崎縣立宮崎中學校及台灣總督府高等學校（一九二七年五月改名為「總督府台北高等學校」）畢業後，就進入東京帝國大學文學部美術史科就讀，在這段期間修鍊文學，因此早在大學時代就以新秀作家之姿聞名於當時的文壇。戰後，返回故鄉宮崎後，先是擔任日向日日新聞社（現在的《宮崎日日新聞》）編輯總務，再歷任西部圖書株式會社的編輯顧問、宮崎縣立圖書館館長等職。因為長兄彥一在日華戰爭中戰死，中村地平因此繼承了其父所創立的宮崎相互銀行董事及董事長職位，對繁榮地方經濟，與發展地方文化可說是不遺餘力。不過這樣的生活，終究無法讓他專心自由地從事文學創作。因而這位曾與太宰治、小山祐士一起拜於井伏鱒二門下、被稱為「三羽烏」的地平，其主要的文學活動，就只集中在戰前。

　　地平的文學傾向，從作品主題而言，是以南方風土，亦即台灣或宮崎的事物居多，甚至大多數是以作家的身邊事、物寫成的小說。我們一方面雖無法忽視作為一個作家視野太過狹隘的問題，但同時卻又能感受到作家地平的存在，及其有所堅持的主張。因此，本論文首先要探討的是地平的「南方志向」，進而進入地平

的文學世界。

一

一九二六（大正一五）年四月，中村地平進入台灣總督府高
等學校高等科就讀。他之所以不考日本國內的高校而特地投考台
灣的高等學校，有幾個理由。對此地平在隨筆〈三等船客〉《仕
事机（譯註：即工作桌）》筑摩書房、一九四一年三月）中有如
下的記述：

自小就對南方有著強烈憧憬的我，在讀了佐藤春夫
的〈女戒扇奇譚（作者：「戒」，原文。）〉、〈旅
人〉等以台灣為題材的小說後，再也按捺不住憧憬。當
從九州 M 中學畢業後，也由於入學考試不考數學的緣
故，我就去投考台灣總督府高等學校。

自那時起很長期間，這個學校招收不少優秀學生，而且入學
考試除了台北外，在東京、大阪、福岡也有舉辦。地平即是在福
岡考場應試的。

雖然說，促使地平選擇台灣的高等學校的最大動機，是受到
佐藤春夫作品的影響，以及他立志要成為作家等因素，但其中過
程卻有不少值得玩味之處。

佐藤春夫是一九二〇（大正九）年六月到十月間到台灣旅行
的。以台灣的旅行體驗，回日本後發表了十數篇作品（註1）。例
如第一篇為旅行文學〈特別的避暑地──日月潭遊記〉（《改造》
一九二一年七月號）；繼而是童話〈蝗蟲大旅行〉（《童話》一
九二一年九月號）；描寫鳳山尼姑庵見聞的小品〈鷹爪花〉（《中

央公論》一九二三年八月號）；及取材自高山民族傳說故事，並穿插對日本高山政策的批判之〈鷹鳥〉（《中央公論》一九二三年十二月號）；圍繞在日月潭紀行並加進在涵碧樓工作的不幸女性的故事—〈旅人〉（《新潮》一九二四年六月號）。恰巧在佐藤春夫滯台期間爆發的「薩拉瑪歐蕃」事件，及春夫在事件發生不久，即進入情勢不穩的霧社山區所獲之體驗所寫成的小說〈霧社〉（《改造》一九二五年三月號）；還有以安平、台南為舞台，充滿異國情趣的誌異小說〈女誡扇綺譚〉（《女性》一九二五年五月號）等。甚至還有在一九三二年發表、透過台灣知識人表達被殖民者的悲哀及對日本之殖民政策加以批判的作品〈殖民地之旅〉（《中央公論》九月～十月號）等作品。

佐藤春夫取材自台灣的這些作品，雖可見到他對被殖民者立場的理解，但同時又採取一種冷靜客觀的凝視態度，並透過對南方風土的描寫，將讀者引入他的小說世界。地平可能是讀了春夫的〈女誡扇奇譚〉及〈旅人〉等作品，而興起對台灣的憧憬之情吧！

然而，真正到了要離開日本到台灣就學的時刻，地平的心情卻是沈重的。因為吃、住生活習慣的不同、傳說中可怕的痢疾、毒蛇及沒有熟人……等，那時由於對生活的強烈不安感而導致嚴重的神經衰弱」。地平的父親送他到學校門口，「當時雖有很強烈的念頭想和父親打道回府，但出於少年的自尊心卻說不出口」，這些在〈去南方的船〉（前揭《仕事機》）隨筆中有詳載。有關剛踏上旅程時不安心境的表達，詳見他在高等學校時期發表的小說〈首途〉（《足跡》創刊號、一九二七年二月）。

地平就讀的台灣總督府高等學校（註2），是依一九二二年四月「台灣總督府諸學校官制」（敕令）公佈，以及「台灣總督府

高等學校規則」〈府令〉發布的台灣第一所七年制的高等學校（普通科四年、高等科三年）。這所學校剛設立不久，初創立時，還借用台北州立台北第一中學的部分校舍做為普通科第一、二年級八十一名學生的教室。而高等科一年級一百零六位新生大約在一九二五年五月時入學。校長原來由一直擔任台北第一中學校長的松村傳在兼任，到了高等科第一屆新生入學時，才由新任的三澤糾擔任。

　　三澤糾畢業於第五高校、東京帝大哲學科，後又留學美國克拉克大學專攻心理學，回日本後，曾任廣島高等師範學校教授、大阪府立高津中學校長等職，因為當時具有這些資歷而被派任到台灣總督府高等學校擔任校長一職。他是美國新式教育方法「Dalton plan（道吞教學法）」（譯註：注重學習者個別能力、性向之教育方法）的研究者，並且著有《國民性與教育方針》（富山房、一九一〇年六月）。根據戰後擔任廣島大學教授的該校畢業生瀧澤壽一回憶這位基督徒校長說：「他是一個自由主義的鬥士，曾自掏腰包把喝醉酒被拘留的學生領回來的愛心教育家。」參見〈罷課回想〉（永杉喜輔編《一個教育家的面影——下村湖人的追想》新風土社、一九五六年四月）。地平也在〈《次郎物語》的作者〉（《中村地平全集・第三卷》皆美社、一九七一年七月）對這位三澤校長有如下記述：

　　　　一個非常單純、善良又前衛的人，努力為剛創設的台灣高等學校樹立理想主義、培育文化氣息的校風。我們文藝部的學生，拉著他舉辦短歌會及戲曲朗讀會。在朗讀會上，校長也軋一角，一起唸詞演出。

在三澤校長領校的氣氛下，地平成為台灣總督府高等學校的第二屆新生。終於部分新校舍興建完成，學校就從台北第一中學校搬至古亭町，這時學生數共四一一人（高等科學生兩個年級共二四八人），其中台灣人學生只有四十三人，未及總人數的一成。（註3）在殖民地台灣，殖民者永遠優先，地平也許已感受到被殖民者所受到的差別待遇，連教育場也包含其中。

地平在進入高校之前，就對文學非常有興趣。這除了從其受佐藤春夫影響而選擇台灣就學可想而知，另外，還可看到他在宮崎中學時所萌發的文學之芽。他唸三年級時就在校內發行的《望洋》雜誌上投稿，後來又受到（アララギ派，伊藤左千夫等人於一九〇八年所創的短歌雜誌。）Araragi 派的影響，發表一些短歌，在宮永真弓的〈地平文學之芽〉（收錄於《中村地平全集第二卷》皆美社、一九七一年四月〈月報〉）中對此有一些記述，也因此地平在進入高等學校後就選擇了文藝部。

那時的文藝部部長是英語科教授林原耕三（林原耒井）。林原本名為岡田耕三，他就是經常出現在夏目漱石書信中的門下俳人，曾編過〈漱石文法〉，校對過漱石全集等著作，是將芥川龍之介、久米正雄、江口渙等人引介給漱石的名人。林原因為總督府官員的引薦，而從松山高等學校轉任到台灣高等學校來，輔佐三澤校長，與校長同樣是深受學生喜愛的教授。

和其他學校相同，台灣總督府高等學校也發行了校友會雜誌──《翔風》（一九二六年三月創刊），其編輯在林原耕三指導下，以文藝部及繪畫部成員為主。經常投稿者包括文藝部的山本奈良男、繪畫部土方正己等人，其中還有唸理科的鹿野忠雄則是每期都寫稿。鹿野從開成中學校畢業後，為了採集亞熱帶昆蟲而特別來唸台灣的高等學校，畢業後進入東京帝國大學理科就讀，終於

成為一位人類學家,但戰爭快結束前為了研究民族學到北婆羅洲去,至此失蹤。他在《翔風》上發表的文章,都可稱之為論文,如〈ピヤナン鞍部縱走動物學的見聞〉(第二號)、〈ウオラス線與紅頭嶼〉(第三號)、〈紅頭嶼雅美族的人類學的概觀〉(第四號)、〈蕃人的樂器ロボ〉(第五號)、〈台灣蕃族巡禮〉(第六號)、〈台灣蕃人的弓〉(第七號)等作品。

在《翔風》,還刊登了林原部長的俳句、三澤校長的隨筆及短歌、西田正一教授的詩及評論、小山捨月教授的詩及創作、森政勝教授的小說及評論、富田義介教授的短歌等作品,都為了從旁協助提升該雜誌的水準。

地平是從第六號(一九二八年十一月)開始與『翔風』建立密切關係的。身為編輯委員,他在同號發表小說〈發狂〉、在第七號(一九二九年二月)發表小說〈天理教〉,這兩篇都不是取材於台灣,且都是文筆平平之作,不出習作水準。

然而,高校時代地平的文學活動,與其說在《翔風》,毋寧說是在文藝部及繪畫部學友會刊的《足跡》上的表現來得出色。《足跡》是一九二七年二月創刊,第二號於同年五月、第三號於隔年三月發行,到第三就停刊的同人誌,發行所設在高等學校,它也是台灣刊行中,最早以活字印刷的同人誌。創刊當時同人包括台灣總督府高等學校的美術教師鹽月善吉(號桃甫,他可稱得上是台灣油畫的先驅人物,曾任總督府美術展審查員)之公子鹽月赴、在《足跡》都以京田民雄為筆名的濱田隼雄(與西川滿並稱《文藝台灣》的中心作家,作品〈南方移民村〉獲一九四三年二月第一回台灣文化賞之「台灣文學賞」,戰後回到故鄉仙台,著有〈富之澤麟太郎傳〉等作),此外還有今澤正雄、土方正己、中村地平及同人中唯一理科學生蔭山泰敏等六人。其中今澤、蔭

山、地平三人是文藝部，鹽月、濱田、土方則是繪畫部同人。創刊號與第二號的封面由鹽月桃甫繪製，同人作品的文學性雖稱不上高，但地平卻也發表了描寫自己赴學台灣高等學校時的心境小說〈首途〉（創刊號）及關於九州溫泉的〈溫泉漫筆〉（同號）；及描寫台灣某個年輕小學教師的苦惱〈或宵の尾寺〉（第二號）、及描寫在不如意之島上為生活煩惱年輕女性的心境〈浦〉（第三號）等習作。

這本同人誌《足跡》只刊行三號就停刊，停刊的直接理由雖是由於籌措不到活字印刷費用等經濟上的困難，但事實上，是他們不在特別創辦的同人誌上發表作品，反而在另創校友會的《翔風》上投稿，這讓人不能不聯想到是因為他們的文學程度還不夠好到可以刊登在高水平的雜誌上。結果《足跡》一誌徒留足跡社之名，成員實際上都被後來創刊的《翔風》吸收了。

地平當時也經常出席「短歌會」。「短歌會」是一九二八年由林洋太郎、鈴木登喜雄、高臬良雄的學生們所創立的，再加上以三澤校長為首，富田義介、西田正一、松村一雄、小山捨月等教授陣容，三澤校長還提供自宅作為聚會場地。而在「短歌會」中地平曾寫了以下的詩句。

〈夕陽幽暗，落葉池上浮，風吹癘寐間。〉（第五回詠草）

〈冬雲映池，枯葉池底沉，葉間鯉魚游。〉（第七回詠草）

一九二八年十一月台北高等學校為慶祝校舍落成舉行第一回紀念祭典，盛大舉行戲劇表演會、電影放映會、菊花展、山岳展、

人形繪畫展、教室佈置展示、文理科競技及全校運動會等，而校方也為慶祝這場祭典特別製作了多款圖畫明信片及紀念毛巾，都是這所新創立的高等學校全力完成的業績。地平也為祭典改寫「山之諸神」劇本，但因刪掉原作的第二幕，而未獲評審的青睞。（註4）

在舉行第一回祭典的十一月間，數年後以《次郎物語》一書成名的下村虎六郎（筆名湖人）升任台北高等學校的教頭兼教授。下村虎六郎自東京帝國大學文學科畢業後，回母校佐賀中學校任教，並歷任佐賀縣鹿島中學校長、唐津中學校長，後來因第五高等學校時代好友田澤義鋪的引介，來台擔任台中州立台中第一中學校長。連總督府也肯定他是台灣學生居多的台中一中之「名校長」，因而被選任為台北高等學校教頭，以接替三澤的校長職位。下村與三澤校長相同，都是文學造詣極高之人，他甚至在年輕時就以「內田夕闇」為名，聞名於日本詩歌界。

但是在台北高等學校中，希望獲得校長職位的谷本清心教授等人，及擁護三澤校長的學生們卻不歡迎下村的到來。因三澤校長的作風一向採取以學生為本位的自由理想主義，頗受總督府干涉，因此下村的人事案也遭到相當程度的為難。在總督府內，對三澤校長的作風不滿意是事實，有關的詳情在下村虎六郎的女兒明石晴代所著的《父‧下村湖人》（讀賣新聞社、一九七〇年三月）中有記述。例如日方為方便台北高等學校第一屆畢業生升學，而於一九二八年創設台北帝國大學，然而他卻主張「為了學生光明前途，不忍心眼睜睜看著優秀學生被封閉在此小島上，應持續送他們到東京帝大或京都帝大就學」，及應學生要求而廢止了學生監制度。他甚至連喜愛文學也遭到攻訐，被批組織「讀書會」與「戲曲讀書會」是假借文學書籍進行思想教育等等。總之，總

督府對三澤的不滿聲浪是愈來愈高漲。

下村虎六郎就在這樣的氣氛中上任了，由於感受到校內的冷漠氣氛，下村氏特別在「短歌會」為他舉行的歡迎會上，以短歌明志。

〈草木在金色陽光下閃耀，我佇立原野，在大自然下，已經忘卻爭鬥之心〉

隔年一九二九年十一月，台北高等學校又舉行規模較前更大的校慶活動，「在大講堂全校動員一連演出兩、三晚的社會劇、古裝劇《夜店》」（中村地平，《次郎物語》之作者）在這看似圓滿成功的祭典裡，其實已危及三澤校長的處境。明石晴代在前揭書《父・下村湖人》中如下記載：

首先遭攻擊的是在大講堂演出的高爾基《夜店》一作，被批是「在天皇玉照前，上演絕對不該演、充滿思想問題的蘇聯作品」等，面對官吏們的憤怒，三澤先生卻反擊說：「難道您不希望能從此校畢業生中產生出來一個或兩個偉大演員嗎？」此外，還有相對於台灣總督府紅磚塔中的官吏，出自青年純粹抵抗精神，而把戴文官帽的豬牽到教室中，並以「阿呆塔下的豚」為題的展示作品，都使相關者受到嚴重刺激，進而大肆削減學校預算，對校長也大加撻伐、打壓。

到十一月底，三澤辭去校長一職，轉任京都帝大學務長。接任者即之前內定的下村虎六郎。當時，高等學校校長必須是敕任

官才能擔任，但下村年資不足，仍然讓他以奏任官三等的職位就任校長。然而，熟悉內情的學生因不捨自由派校長離職，也對新校長的校園改革不具信心，竟發起留任三澤校長運動，並召開全校學生大會，作成決議送達總督府文教局及日本文部省。（註5）

一九三〇年三月，地平從台北高等學校畢業，期間因生病曾休學一年。

地平畢業半年後的九月，台北高校有兩名學生因詐欺行為遭校方退學，因此發生學生集體罷課抗議事件。這起事件迅即演變成社會問題，一發不可收拾，結果是將剛從歐洲遊學年餘返台，與事件不相干的林原耕三教授被免職，另外，德文教授杉山產七（成瀨無極之門下）教授也被勒令辭職，而下村本人也遭到勸退的壓力。下村在事件處理告一段落，新職尚未確定情況下，結束兩年多任期，離開台灣。至於三澤在京都帝大後，於一九三三年四月，擔任成城學園校長，但因發生學潮也只做了兩個月。

對台北高等學校初期奠基有功的兩位校長都時運不濟，但姑且不論此，接連這兩任校長都是文學愛好者，加上漱石弟子俳人林原耕三也在職，可想見一定對提升台北高等學校的文藝風氣有助益。而在這大好的環境下，地平剛好在高等學校就讀，在此度過其青春歲月。在隨筆〈南方的町町〉（《船出の心》文林堂雙魚房、一九四三年十一月）或〈做台灣的高校生〉（〈台灣の高校生へ〉前揭《仕事機》）中如此記述：「我的文學情操在那塊土地上（河原註：指台灣）養成」與「在台灣之高等學校學到的是讓自己擁有自信」，等等發自內心的誠實話語。

二

在台灣的高校生活並不只是中村地平青春扉頁的妝點而已，

也對他後來的生活影響很大。

　　高校畢業後，地平進入東京帝大文學部美術史科專攻美學，同時展開與東京年輕文友交遊的時光。先是因山岸外史等人的勸誘而加入同人誌《あかでもす（Akademosu）》，並在一九三〇年拜井伏鱒二為師。

　　一九三二年，當時還沒沒無聞的地平將在台灣的住宿生活片段寫成了〈熱帶柳的種子〉（《作品》一九三二年一月號）發表，這篇小說可說是地平的「處女作」，而且因為具有南方特有的明亮色彩而受到佐藤春夫肯定，從此開啟春夫知遇的契機。有關本篇作品，長嶺宏在〈中村地平論〉（《龍舌蘭》、一九六三年十二月號）〈中村地平追悼號〉中有如下的評論：

　　　　雖是篇私小說風格的短篇作品，但結構並不像私小說般單純。其流暢的抒情性，及對描寫對象視覺把握的精確，確屬洗練、柔軟而明晰的上乘文體。至於它之所以成為一篇成功短篇小說的理由，我認為主要在於作品的知性結構上，能巧妙組合乍看像是一些毫無關聯的身邊片段、場景的描寫，並鋪敘十分洗練的輕鬆對話，且在當中融入作者對台灣風土的傷情與心象風景，透露出作者早期重文體的特色及風格。

　　另外，淺見淵在《中村地平全集 第一卷》（皆美社、一九七一年二月）的「解說」中表示，把如牧歌般台灣的生活印象成為自我甦醒的力量，而這個努力便結實成為〈熱帶柳的種子〉。從這作品確實可強烈感受到地平對台灣的憧憬與鄉愁。

　　地平接著又把眼光轉向抑鬱的都會知識人，發表了成功描寫

政治運動中的女性的作品〈螢〉（《作品》、一九三二年七月號）。此作充滿潔淨感、巧妙文筆中流露作者的近代自意識，因廣獲好評而名列新人作家。在井伏鱒二的家中結識太宰治、小田嶽夫等年輕作家，並交往甚密，而和太宰治、小山祐士被稱為井伏門下的「三羽烏」。

地平於一九三二年又與影評家津村秀夫、秀夫之弟詩人津村信夫及德國文學家植村敏夫合創同人誌《四人》。在《四人》創刊號（一九三二年一月）上，地平將從一九二八年四月起任教於台北高等學校的松村一雄聽來的故事，寫成習作〈鯨の Copulation〉（執筆時間為一九二九年九月）。地平繼續在第二號（一九三二年三月）發表〈廢港淡水〉；第三號（一九三二年四月）發表取材於排灣族傳說的童話〈白雲がなぜ窪地のうえに靉いてゐるか〉（白雲為何在窪地上繚繞）；在第五號（一九三三年一月）發表走訪安平的旅情〈南海の紀〉。這些作品都讓人強烈感受到佐藤春夫對他的影響。

地平於一九三三年三月，從東大美術史科畢業後，為了專心從事文學而進入研究所深造。一篇描寫台灣妓女之子因竊盜癖而墮落的小說〈啄木鳥〉（《作品》一九三三年九月號）就是在研究所時代發表的。地平冷靜描寫小說主角的自私、偏頗及冷酷性格，令人得以窺見作家地平的另一面。研究所中退後，地平在一九三四年九月透過土方正己的介紹，進入都新聞社（現在的東京新聞）工作，不久就發表描述一名嫁給嘉義開業牙醫師、延岡出生的日本女性其不幸一生的小說〈旅先〉（《行動》一九三四年五月號），這是以位於南方的宮崎與台灣舞台，其中夾雜著文化與非文化、明與暗巧妙安排的作品。

回到東京的地平，以新人作家之姿，積極發表作品，而這些

作品幾乎都與台灣有關，依然是內在充滿對南方風土——台灣的
強烈鄉愁與憧憬之作。所以說，在這風土中，是不能埋沒掉自我
的。地平他是將台灣的生活體驗當作發條，在其中嘗試發掘種種
作為作家的質素。

　　在地平的私生活上，也見得到與台灣的關連。那是與真杉靜
枝的同居（註7）。真杉是福井縣人，戶籍登記的生日是一九〇一
（明治三四）年十月，實際上是一九〇〇年十一月，比地平大了
七歲。真杉三歲時就與父母移居台灣，十五歲進入台中病院附屬
的護士養成所就讀，學習一年後，就進入台中病院擔任護士。十
七歲那年秋天，被父母強迫離職，並與服務於台中車站，大她十
三歲的藤井熊左衛門結婚，這婚姻並未維持太久，在第四年，真
杉二十一歲時就出走，回到大阪祖父母身邊居住。她在離開台灣
之際，就訂立了成為作家的縝密計畫。先是在大阪做了一小段時
日的護士，之後文筆受到肯定而擔任新聞記者，某個機緣下，認
識了武者小路實篤，並成為他的女友。兩人的關係被報導曝光後，
她隨即和武者小路分手，轉至產業經濟新聞社擔任社會部記者。
其間創作不輟，女性作家的地位也日益穩固。

　　地平和真杉開始同居，始於真杉和武者小路分手後。地平早
在高校時期就認識真杉，這是因為一九三〇年一月，一批應台灣
總督府之邀來台灣訪問的作家，望月百合子、北村兼子及村芙美
子等人參加台北高等學校文藝部舉辦的歡迎會上，席間村芙美子
介紹台灣出身的真杉之作品後，地平就開始和真杉互通書信。

　　地平和真杉真正同居不到三年，但不同居仍保持親密關係卻
有六年之久大約是到一九三九年。這一段期間，地平數度想與真
杉結婚，他不曾把真杉視作惡女，甚至一直認為她是善良好女性，
但即使如此，兩人間仍有無法共築家庭的困難。有關兩人同居生

活的作品,擅長私小說的真杉只在其〈小魚的心〉、〈流〉、〈雛鳥〉等作中,散見端倪;而地平也在其作品〈八年間〉(《群像》一九五〇年十月號)提及真杉,此外,還在地平遺稿〈發端〉中,直接描寫同居生活點點滴滴,努力想整理與真杉之間的感情。

在與真杉交往的六年期間,身為作家的地平正是往上爬昇的階段。一九三五年七月,參加《日本浪曼派》成為同人;三六年九月離開都新聞社,真正過著作家生活。中村地平將南方牧歌深化並融入寓言性寫成〈南方郵信〉(《文學界》一九三八年四月號);省思他與真杉靜枝間之深刻愛恨,寫出了虛構小說〈陽光之丘的少女〉(《新潮》一九三八年八月號);以及他冷眼觀察友人將他人當作墊腳石的自私自利生活,所寫的〈在離島〉(《文藝》一九三八年十二月號)等,都是引起話題的作品。其中〈南方郵信〉曾被選為第七屆(一九三八年上半期)芥川獎候補。這些作品具知性結構,且充滿作家豐富的想像力,是地平企圖深化及開拓其作為一個作家的創作領域之作。

三

一九三九年二月底,地平為了收集小說題材而來台灣。在台灣停留整整一個月,重返日本剛好是四月初。這是地平自高中畢業後,十年來頭一次訪台。而且幾乎沒有人知道,這次是與真杉靜枝同行。在十津川光子描寫真杉靜枝的《惡評之女—某個女性作家愛情與哀愁的生涯》一作中(虎見書房、一九六八年一月),有如下的記述。

　　從靜枝的自傳、〈女兒〉、〈流〉等作品中推測得
　知那時兩人的關係已開始惡化,而隔年從秋天到冬天期

間，靜枝雖和地平同行回到了睽違十六年的台灣，卻沒
提到任何家人的事。（中略）兩人的台灣之旅，像是外
人難以理解的分手之旅吧！靜枝是為了探母病而回鄉，
而中村地平的訪台目的則是為了收集寫作材料。

地平在台一個月期間，有十四天在台北度過，剩下的十六天
則花在做環島一周。儘管是「最近，幸運獲得到支那、滿州旅行
的機會」，但地平還是選擇台灣做為最優先的旅行地，理由與其
說因為台灣是他度過高中四年、培育他文學基盤的土地，毋寧是
為了「想調查造成明治初年征台戰役的主因，琉球藩民漂流記」
之目的而來。有關該期間的事情在他的隨筆〈旅人之眼〉（《台
灣時報》一九三九年五月號）中有詳細的記述。

地平在這次台灣之旅中，受到總督府以招待內地文士的高規
格優渥待遇，在地平的〈旅人之眼〉一文中有如下記載。

我是一介文學書生，卻在各方面受到超過應有待遇
的許多方便。有火車、巴士的免費搭乘，大部分的地方
官廳也借汽車給我，甚至在有需要做視察的場合，還特
別派人做導遊。我此行是舒適的，或簡直可說是感動得
無以言喻。

此外，我猜想此時地平心中恐已浮現佐藤春夫到台灣旅行之
際，因當時在台的人類學者森丙牛的介紹，而獲得下村宏（海南）
民政長官的「特別照顧」（註8）這一幕。而和佐藤春夫同樣受到
總督府特別待遇的地平，當時到底有怎樣的感受呢？

不過，地平在台的一個月期間，的確是相當忙碌的。為了做

琉球藩民的漂流調查，必須數度前往台北帝大的土俗學教室，而且也必須撥時間和台北高等學校時代的舊師友敘舊，及出席台北高等學校文藝部為他主辦的歡迎會。在這樣的情況下，地平還是「從台北開始，接著到板橋、台中、彰化、日月潭、霧社、台南、安平、高雄、屏東、山地門社、恆春、四重溪、鵝鑾鼻、高士佛社、知本溫泉、台東、吉野村、花蓮港、太魯閣等地」，可說是鉅細靡遺地走遍了台灣全島。

這次環島一周，地平有了許多收穫，而且也在旅程中，再次對「小說材料的無盡寶藏」（〈旅人之眼〉）及「除佐藤春夫所寫的短篇佳作之外，台灣對小說家而言，是個完全未開拓的處女地（〈旅人之眼〉）一事有所體認。

第一部從這次台灣旅行體驗產生的作品是〈蕃界之女〉」《文芸》、一九三九年九月號）。該作是描寫台北高校畢業的主角「山名」為了小說的創作重返睽違了十年的台灣，並被太魯閣附近的高山族「蕃社」純樸的民情所吸引，而發生心情上的一些變化，的確是地平在此次的台灣之旅深刻體驗的反應，也可以看出地平對台灣的憧憬及對高山族的愛慕之情。

而繼〈蕃界之女〉，地平接著發表的作品是〈霧之蕃社〉（《文學界》一九三九年十二月號），這篇作品是直接描寫一九三〇年（即地平高校畢業那年）在台中州能高郡霧社高山族的蜂起事件，這起以「霧社事件」之名廣為人知的高山族蜂起事件，共有多達一百三十四個日本人犧牲，事件明顯是以殺戮日本人為目的，因此讓台灣人逃走，並選擇參觀者眾多的霧社運動會那天起義。日方為了鎮壓還出動軍隊來補警力的不足，甚至動用毒瓦斯來鎮壓，並花費巨額費用，費時兩個多月才彌平。這起事件從島內進而引發日本內地、中國大陸及其他許多國家的迴響，當時

的台灣總督石塚英藏甚至也為這起事件引咎下台，可謂是一起撼動日本對台殖民政策及總督府「理蕃」政策的大事件（註9）。如此一起大事件，可以想見會讓擁有台灣實際生活體驗的地平特別感到關心吧。地平因為有從當時直接出動鎮壓的台中州知事繼任者水越幸一處聽聞這事件的機會，而將之整理為小說。

　　不過，地平的〈霧之蕃社〉，雖然據霧社事件的始末發展加以描述其經過，但可惜的是，在當時這起事件的大部分真相仍被隱藏，因此就作品本身而言，對於觸及事件的核心是有其限制，且在某些地方不得不以新聞報導及總督府公佈的「霧社事件之顛末」為基礎，因此同情罹難者、憎恨加害者高山族的部分，畢竟是心情之作，甚至可以說對於挖掘造成高山族不得不起義的日本殖民地政策、總督府的「理蕃」政策，有著未搔到癢處之憾，而從中也感受不到地平對這起環繞著南方明朗風土之事件的立場。然而，取材於霧社事件的作品，在這之前雖然有山部歌津子的《蕃人來沙》（銀座書坊、一九三一年一月），但在此小說中只觸及了一小部份，直接取材這起事件的作品是由地平開始的，就這一點而言，可說是具有很大的價值。

　　一九四〇年之後，地平發表關於高山族傳說的〈太陽征伐〉（《知性》一九四〇年八月號），在此書明記說，這是從佐山融吉、大西吉壽等兩人所蒐集的《蕃族慣習調查報告書》（臨時台灣舊慣調查會、一九一五年二月至二〇年三月、全八卷）所收錄的高山族傳說中，織入了「作者自身的幻想」，而成了出自地平之手的〈太陽征伐〉、〈穿山甲與猿〉、〈巨人傳〉等十四篇作品。

　　一九三九年地平為調查琉球藩民的漂流記來台，發表了題為

〈長耳國漂流記〉（《知性》一九四〇年十月～四一年五月號）之作。而在這之前，除了伊能嘉矩的《台灣文化誌》全三卷（刀江書院、一九二八年）外，別無所知的地平也藉由這次的旅行到台北帝國大學土俗學教室找資料，並得以看到其他的參考文獻。此外，也獲得台北帝大教授移川子之藏、宮本延人，總督府圖書館館長中山樵及台北高等學校教授須藤利一等人的建設性意見，進而實地探訪了高士佛社，透過野本警部的通譯，從該社頭目 Ri-machaku Kapi 及長老 Puzapazi · baziroku 的口中打聽到當時的真實情況，而完成該作。因此，地平這篇最初的長篇小說，不只是挖掘史實，還融入了作者豐富的想像力與綿密的調查，是一部充滿浪漫氣息的成功作品，亦可稱得上是地平的一個傑作。

執筆寫〈長耳國漂流記〉同時，地平也開始寫另一部長篇小說。以〈青葉若葉〉為題的這篇小說，描寫地平在台灣的高中生活體驗。以同住的法科志願室友為核心主角，在充滿南方溫柔氣息中，細數主角與文化志願及醫科志願等另兩名青年的友情，是一篇屬於青春小說類的作品。在小說當中，也描繪出青年對殖民官僚及盤踞殖民地人們的反感，因此視為是一篇新聞小說也不為過，不過在這樣的輕鬆筆觸中，卻濃烈地反映出地平對台灣的鄉愁和憧憬。本篇可說是地平眾多以台灣為題材的作品之原點，而且亦可稱得上是所有以台灣為題材之作品的總結。〈青葉若葉〉是地平被派往馬來擔任陸軍報導員時期（一九四一年十二月～四二年十二月）所寫的作品，並於一九四二年五月由博文館正式出版。

把以上這些作品瀏覽過後，就能清楚了解這次的台灣之旅對地平而言，是一件多麼有意義的事。到台灣旅行這件事，對「陷入死胡同的作家而言，意外地，說不定是一帖起死回生的妙藥也

說不定」（〈旅人之眼〉），地平自己是這麼認為，且我們也可以理解。地平這趟台灣之旅，對前一年以〈南方郵信〉作品入選芥川賞但最後卻落敗，面臨文學困境的作家地平而言，是如同起死回春的樟腦藥液一般。此外，對與真杉靜枝的關係正走向破裂、私生活陷入一成不變的地平，也起了清洗作用。因此，地平在這趟台灣之旅獲得的收穫與感想都一一轉成作品，並發現了新的文學世界，而以作家身分再度出發。

　　終於，地平所發現的文學天地在「南方文學之樹立」中安頓了下來。地平發表在一九四〇年九月號的《知性》之「新的方向」中有關於此事的敘述。

　　　　日本為什麼產生不了南方文學特有的許多美麗特點呢？在南方產生的文學是世界性的，具有明朗、樂天性格及卓越的行動描寫力，以及感性詩情、神話幻想、熱情的奔放等許許多多的特徵，我認為這些都將成為日本文學裡的新要素。（中略）每一個文學家若都能好好地利用其周遭的風土性，使之展現生命力，那麼日本文學的多元化與複雜性一定是指日可待的。

　　地平所說的「南方文學」當然不只限定在台灣或宮崎一地。綜觀地平在當時所發表的所有作品，幾乎都是充滿「南方色彩」之作，這也可證明地平的眼睛從初期起就注視著「南方文學」。

　　因而，地平就這樣一邊提倡「南方文學的確立」，一邊親自現身說法以台灣做為文學題材的極限，展開創作。

　　　　我們雖然完成許多取材自台灣的小說，但恐怕這些

作品的大部分都不出異國趣味的範圍。說不曾感受到地
域性限制是不可能的，但要期待真正具時代性、生活化
的台灣小說之誕生，除了要對在那片土地上，朝夕呼吸
著那些濕黏空氣的作家寄予期望外，別無他法。（「旅
人之眼」）

《台灣小說集》
墨水書房 1941 年 9 月

　　這一切地平所感受到、所取材的台灣
寫作的極點，強烈表現在《台灣小說集》
（墨水書房、一九四一年九月），此集收錄
所有他在一九四一年之前，所寫有關台灣的
作品。在此書的「後記」中有如下敘述：

　　　　對南方的鄉愁、憧憬及愛
　　情，在我這一生是不會改變的。
　　但是，同一系列的南方作品，結
　　集成這本書，對現在的自己而
　　言，的確是感受到面臨巨大的文
　　學轉換期的到來。

　　從台灣旅行歸來後，地平發表了許多以台灣為題材的作品，
在這過程中，他一邊提倡「南方文學的確立」，一邊覺悟到以台
灣為題材的創作，已到飽和點。地平在矛盾的心境中遍嘗苦楚後，
展開他全新的文學轉換期之探索。

　　但是，還在探索中的地平文學新轉機尚未成形之際，他就在
一九四一年十二月被派往馬來半島一年，擔任報導員，而且在一
九四三年時，組織了新家庭。一九四四年三月因戰事激烈，偕妻

回老家宮崎避難，然後就傳來了敗戰的消息。在那之後，他在振興宮崎地方文化上扮演各種角色，反而對專心鑽研創作，因無法獲得周遭環境的了解與配合，只能甘居作一個地方作家。戰後，地平發表的作品有〈義妹〉（《座右寶》一九四七年四月號）、〈八年間〉（《群像》一九五○年十月號）、〈川の中の古い池〉（《群像》一九五五年二月號）、〈告別式前後〉（《世界》一九五五年二月號）、〈白鷺〉（《世界》一九五六年二月號）等，在這些作品中雖可以見到他試圖要邁出新方向的努力，但幾乎所有作品都還是基於私小說發想的作品。此外，與戰前發表的台灣題材作品相比較，看得出浪漫主義變淡了，且顯著缺少生氣、色彩，因而難免被批判。有關這一點，上原和在為地平悼念所寫的〈悲哀的人〉（《龍舌蘭》一九六三年十二月號）一文中，有如下記述：

> 從處女作〈熱帶柳的種子〉到〈南方郵信〉、〈長耳國漂流記〉等戰前一連串作品中所展現出的異稟，以及其作品風格，他確確實實是浪漫主義作家之導師，但為何會把戰爭置之度外，對外界無動於衷，且傾斜地寫出〈義妹〉為首的這種舊態依然的私小說，而且快速地深陷在其中呢？一向倡導南方文學，並以南九州及台灣等地風土為其舞台的導師，在戰爭中，作為徵召作家被派至新加坡，而且又在千載難逢的戰爭體驗中獲得南方經驗，但為何竟然會閉上他作為作家的關照雙眼呢？

結語

由上面的敘述，我們可以將中村地平戰前的創作活動大致區分為三個時期。

第一期為在台灣高等學校發表習作培養文學素養時期，即一九二六年到三〇年期間。

第二期為台北高等學校畢業到東京帝國大學入學時期。此時期是他發表〈熱帶柳的種子〉等作品獲文壇肯定，且經歷都新聞社時代，正式進入作家生涯，甚至入選芥川賞，確立他作家地位的時期，亦即一九三〇年到三八年期間。

第三期是從台灣旅行開始到馬來半島，然後歸國的一九四三年期間，這也是「南方文學的確立」提倡期及強固文學基盤時期。

但是，透過這三個時期綜觀地平的文學，可以歸納出其文學都植基於明朗如牧歌般的南方風土之中。對此，可說與他是宮崎人、土生土長、受到該地風土的影響，並加上在台灣度過高中生活等兩個要點有著密不可分的關係。尤其是台灣體驗更成為日後地平文學的原點，為他創作活動的發條。期間他雖然試過各種文學手法，但一路下來，最後還是以私小說的手法寫作，這確實也是地平文學的特色所在。

不過，不可否認，在關心人類、深刻追求人類內心世界的立場上，地平還是稍嫌欠缺的，這同時也是活在備受壓抑的社會情況中而苦惱、而徘徊的同時代作家之缺點。不知這是和小說手法有關，還是因為地平特具的南方人樂天性格使然，我並無法確定。不過，縱然如此，地平還是以其巧妙、知性的筆觸及南方志向性，把這個缺點變得微不足道，還是值得給予肯定。

註釋：

(1) 有關佐藤春夫的台灣之旅及其相關作品請參照拙論〈佐藤春夫《殖民地之旅》的真相〉。

(2) 關於台灣總督府高等學校（之後改為台北高等學校）在《台北高等學校》（蕉葉會、一九七〇年十二月）中記述的最為詳盡。另外也請參考《台灣教育沿革史》（台灣教育會、一九三九年十二月）、《青春風土記，舊制高校物語 4》〈朝日新聞社、一九七九年四月〉。

(3) 台灣省行政長官公署統計室編《台灣省五十一年來統計提要》（台灣省行政長官統計室、一九四六年二月）第 1220-1221 頁。

(4) 富安虎太〈記念祭演劇評〉（《翔風》第七號，一九二九年二月）中批評指出，演員雖然努力，但劇本寫得並不完備。

(5) 《台灣民報》第 290 號（一九二九年十二月八日）中對「三澤校長的留任運動」有詳述。《台灣民報》源自一九二〇年七月在東京創刊的台灣青年會之機關誌《台灣青年》，從二三年四月開始，由台灣雜誌社發行，改為大眾化取向的半月刊，繼而改為旬刊、周刊，一九二七年七月被許可在台灣島內發行，三〇年三月改名為《台灣新民報》，三二年四月改成日刊，四一年二月改名為《興南新聞》後，四四年三月廢刊。這是唯一一份由台灣人創立的報刊。

(6) 據《成城學園五十年》中（成城學園、一九六七年十月）記述敬愛小原國芳前校長的學生，因質疑前校長辭官的經過，結合支持校長的教職員及家長，發起留任小原校長及不信任新校長三澤的運動，後因過度激烈導致學校陷入無法收拾的局面。

(7) 關於和真杉靜枝同居的事情，在《中村地平全集》，以及地平加入宮崎文藝雜誌《龍舌蘭》之一九三六年十二月〈中村地平追悼號〉，

還有《ポリタリアPolitaria》一九七一年二月號〈中村地平特集〉中都完全沒有觸及，這大概是因為對過世的地平及遺族有所顧慮的緣故吧！不過，在十津川光子《惡評の女─ある女流作家の愛と哀しみの生涯》（虎美書房、一九六八年一月）及石川達三的小說《花の浮草》（新潮社、一九六五年八月）中有詳述。

(8) 佐藤春夫〈殖民地の旅〉（《中央公論》一九三三年九月～十月號）。

(9) 霧社事件的相關論述很多，資料方面請參照筆者所編〈霧社事件關係文獻目錄〉（戴國煇編著《台灣霧社蜂起事件─研究與資料》社會思想社、一九八一年六月）。

大鹿卓〈野蠻人〉的告發

一

　　大鹿卓（本名大鹿秀三），一八九八年八月生於愛知縣海東郡津島町字日光，是大鹿和吉所生的四男。五個兄弟姊妹中排行第三的，是後來成為名詩人的光晴（光晴過繼給金子家而改姓）；小妹捨子則嫁給河野密為妻。大鹿家代代以造酒為業，一邊則從事駁船批發商，但因接連遭逢木曾川河流氾濫以及一八九一年十月濃尾地方的大震災，船隻與酒藏損失慘重，到大鹿卓出生時，家道其實已經中落。

　　因此，在大鹿卓兩歲時，全家搬到東京，他就進入神田錦華小學校及府立第一中學校就讀，並曾在小學時期因家人工作因素，而到台灣作過短期居留。

　　大鹿卓最初的志願是成為畫家，但因父母的期望而於一九一六年四月（年十八歲），考入國立秋田大學前身秋田礦山專門學校冶礦科。二十一年三月畢業，於同年四月進入京都帝國大學經濟學部就讀，但又於同一年退學，返回東京。隔年即二十二年到府立第八高等學校任教，擔任的是化學教師。

　　從這時起，大鹿卓就和留法歸國的兄長金子光晴以及光晴的一些年輕詩人朋友們交往日益密切，並開始嘗試寫詩。到了二十四年十月，遂與金子光晴、森三千代、木野吉晴以及宮島真丈等人一同創刊詩誌《風景畫》。這本詩誌雖然發行了四號就停刊，

但隔年又創刊了《抒情詩》。詩友包括金子光晴、中西悟堂、尾崎喜八、赤松月船、萩原恭次郎、十野十三郎、岡村二一、高橋新吉及林芙美子等人，形成一個與既有詩壇相抗衡的年輕詩人集團。大鹿卓還在《抒情詩》以及《日本詩人》等詩刊上發表詩作，並獲得萩原朔太郎的推崇。二十六年八月，大鹿卓將所有詩作結集出版第一本詩集《兵隊》，交由文藝社出版，但詳細內容則不可考。不過不知何故，詩人自此後卻封筆不再寫詩，這時大鹿卓年約三十歲。

　　直到一九三一年十二月，大鹿卓才以小說家之姿態再次出現文壇，並透過橫光利一的介紹，在《作品》一誌上發表他的第一篇小說〈塔茲塔卡動物園〉。這是一篇以台灣山地為舞台，描寫在塔茲塔卡警戒所被豢養的山貓及其所象徵的「蕃地」（對台灣高山族居住地的蔑稱；「蕃人」「蕃婦」也同樣屬於蔑稱，但在此為方便作者論述而沿用，謹請諒解）之孤獨的原始主義作品。

　　大鹿卓有數篇以台灣山地為舞台，取材自高山族（及高砂族之謂。當時日本人概稱之以「蕃人」或「蕃族」以示輕蔑）的作品，這是他早期的創作，在研究時不能忽略。特別是在一九三五年二月號的《中央公論》上所發表的作品〈野蠻人〉，既是嶄露頭角的作品，也是其代表作。〈野蠻人〉以發生在一九二〇年九月「薩拉瑪歐蕃」為背景，是一篇充滿野性味道之作品。該作品是在吉井勇的建議下，向《中央公論》應募投稿，並從二百一十八篇創作中脫穎而出，當選獲獎。

　　在〈野蠻人〉獲得《中央公論》的青睞後，大鹿卓下定決心成為小說家。他在同年辭去了教師工作，所以一般也認為他是因想成為一個作家而辭職的。作為一個作家，三十七歲的大鹿卓絕對不算年輕。

　　不過，要說大鹿卓的所有作品都是以台灣山地為題材並以此為其代表作，也是說不通的。與其這樣說，不如說大鹿卓之文名，是揚名在描寫足尾銅山礦毒事件時，為了渡良瀨川沿岸住民請命，奔走呼籲要求礦坑停業，並賭上自己的政治生命的田中正造此人奮鬥的足跡之社會小說《渡良瀨川》及《谷中村事件》。此二作品中，《渡良瀨川》一作還入選一九四一年秋第五回新潮賞（第一部）。另外，他也將有關礦山及與其不可分之公害問題的作品，結集成《採礦日記》、《金山》等書。當然這也須歸因於作者畢業於秋田礦專，有這層經歷之故。

　　一九五六年「谷中村事件」結束，隔年五十七年秋，大鹿卓因腎病過著療養的日子，五十八年十一月因併發腦血管阻塞而於五十九年二月辭世，享年六十一歲。

二

　　大鹿卓早期以台灣高山族為題材的作品，我們已經了解了其梗概。接下來，要一邊介紹作品，一邊探討為何大鹿卓一開始寫小說就選擇以台灣高山族為題材，而且其所寫的儘是日本人與高山族間的血腥武力衝突，或是與高山族女性有關聯的作品。本文將就這些重點作進一步之論述。

〈塔茲塔卡動物園〉

　　發表在《作品》第二十號（一九三一年十二月）上，為大鹿卓最早的一篇小說作品。

　　〈故事概要〉
　　塔茲塔卡動物園是塔茲塔卡警戒所警員一手建造的，當中飼

養了野生山貓、山羌、蛇、鯉魚及田螺等生物。白天無聊時，警
備員就逗弄山貓，找些奇特的樂子作為消遣。但有一天，當大家
正享用所長飼養的鯉魚、田螺大餐時，突然遭到不知名的兩發子
彈攻擊，這是塔茲塔卡警戒所附近高山族所發起的偷襲行動。在
其後雙方攻防戰中居於劣勢的主角深井這時心想，就放山貓逃命
罷。遂打開柵門將山貓放生。惟目睹著山貓敏捷奔向叢林的身影
時，深井心中突然激起莫名恨意，於是竟對著山貓開槍。

〈蕃婦〉

　　發表於一九三三年七月號的《海豹》一誌上，《海豹》是三
三年三月由神戶雄一、太宰治、古谷綱武、今官一等人所創的同
人雜誌。該篇小說以「討伐」新竹州大溪管內的 Gaogan 社事件為
背景，並在日本警察官與高山族間的衝突中，穿插與「蕃婦」（對
高山族女性之蔑稱）的故事。

　　〈故事概要〉

　　駐在所警官 Tominaga 因為所長及頭目的安排，娶了頭目的女
兒 Yagotappas 為妻。但一向對 Yagotappas 懷有敵意的女子 Sabim-
ona 卻因為嫉妒而刻意想接近 Tominaga，不過，Tomonaga 並不為
所動。就在 Tominaga 正要前往討伐 Gaogan 蕃社的當天，Sabimona
來到 Tominaga 的家門口鬼祟張望，正巧被頭目的外甥 Wiranyuno
撞見，Sabimona 乃誘稱是因為被一名姓潘的警備員騷擾，而前來
向 Tominaga 求助，希望懲罰潘員。結果生性魯莽的 Wiranyuno 聽
完後十分激動，竟然將潘員殺死，因此之故，引發了駐在所對部
落的討伐行動。另一方面，部落也決心要抵抗到底，雙方的血鬥
眼看就要一觸即發，幾乎是無可避免。而嗅聞到部落不安定氣氛
的 Tominaga 之妻 Yagotappas 正要跑去通知駐在所，卻又被部落民

眾包圍，好不容易掙脫出來，警察卻正好在此時展開討伐行動。Yagotappas 想爬到樹上觀看雙方的戰鬥，卻不幸被流彈波及而跌落地上，然而，正好又遇上有警備員通過，被誤認是敵人而將其殺害。另一方面，參加討伐 Gaogan 社的 Tominaga 手執著一個高山族的頭顱木然立著。至於 Sabimona 逃出部落後，則獨自藏匿在 Tominaga 的隘寮地板下，想起自己部落之毀滅，在幽暗中臉色更加蒼白、眼神更加呆滯。

〈野蠻人〉

　　《中央公論》懸賞當選的作品，刊登於一九三五年二月號，同時也是大鹿卓的成名之作。以一九二〇年九月十八日發生在台中州能高郡管內的「薩拉瑪歐蕃（Saramao）」事件為背景，是一篇描寫處在失敗困境中，苟延殘喘人類的異常行為，有時甚至是獸性大發的激情之作。佐藤春夫的小說中，也有一篇描寫「薩拉瑪歐蕃」事件之後，以進入民情不穩之霧社為體驗之作—〈霧社〉（《改造》一九二五年三月號）。

　　〈故事概要〉

　　主人公田澤是礦坑老闆的兒子，因受到來抗爭的礦工唆使，而和自己的父親對立，但後來又被抗爭組合的成員冷落，在感情上受挫，尋找發洩管道時流浪到台灣山地。田澤在白狗駐在所任內，因討伐薩拉瑪歐番社而手刃乙名高山族人後，才省悟到隱藏在自己內心的野性。後來，再度回到討伐隊的田澤在討伐行動結束的某個晚上，遇見了前所未見，具有山貓般特質的一個高山族女性諾娜加，並被她的野性所吸引，因此，回到白狗後，他就迎娶另一名高山族女性泰依莫卡爾為妻。然而田澤卻要求她不要再努力想將自己改造成為日本人之妻，而應保持原來的野蠻風貌，

【當選小說】

野蠻人

大鹿　卓

〈野蠻人〉
中央公論　1935 年 2 月號

至於田澤本身，也想成為野蠻人。當她在妻子的娘家，穿上相同的高山族服飾，臉上刺青，佩掛腰刀，他直覺自己已經是個「野蠻人」。不過，變成野蠻人的田澤仍然遭到許多高山族人的疏遠對待，以致不時感覺到自己只是隻被囚禁牢籠中的困獸，只能在柵欄中顧盼徘徊而已。

〈欲望〉

發表於《作品》第六十四號（一九三五年八月）上。本篇作品收錄於處女集《野蠻人》（巢林書房、一九三六年十一月）時，改名為〈莊的欲望〉。內容乃以台灣山地為舞台，描寫穿梭於日本人與高山族間，牟利以滿足私慾的台灣人（漢族系台灣人）的各種嘴臉。

〈故事概要〉

　　利用取締高山族暗藏槍械的機會，處在日本警察與高山族間的漢人通事莊有水，是個貪欲極多的男人。他不只榨取高山族應得的酬勞半數充作自己購買華服之費用，還利用買賣黑市槍械牟取暴利。甚至當事跡敗露，為了籌措跑路費，他還賣妻換錢。不料運氣不佳的他，終究還是遭到逮捕。莊後來雖然伺機逃跑出獄，卻被警備員逮個正著，當場遭射殺身亡。死亡的莊有水身上衣服內層縫著許多錢及一張用台語書寫的字條：「這些錢都是莊有水所有的」。

〈奧地的人們〉　(譯註：「奧地」偏僻之地)

　　發表在《新潮》第三十四卷第三號（一九三七年三月）上，描寫台東花蓮港兩廳轄區內發生的「高山蕃」事件，是大鹿卓所有關於高山族作品中，最忠於史實之作。所謂「高山蕃」事件，是指發生在一九一五年五月玉里支廳轄內高山族因對日方不滿，進而攻擊 Kasibana 駐在所的事件，該事件一直持續到九月仍然未被敉平。日方甚至為了封鎖附近部落的反抗，架設了一條綿延九十公里長的高壓電網。這條電網光是架設的時間就耗費四十多天。結果，部分的「反抗蕃」退守到高雄州屏東郡內的深山中，仍一直反抗到一九三二年一月才歸順。〈奧地的人們〉是以上述事件之經緯為主軸，描寫參加討伐的日本警察、醫生、至死反抗到底的高山族，及既是高山族、卻又親日的「味方蕃」（作者：反抗蕃的相反詞是味方蕃），三者間的苦惱與糾葛。並以各種形式點出日本人、高山族間的民族問題與殖民地的統治問題。

〈森林之中〉

創作日期不明，收錄在《野蠻人》（白鳳書院、一九四九年十二月）中。在結構上與「蕃婦」極像，都是描寫與高山族女性有關的高山族蜂起經過。

〈故事概要〉

N 警戒所中的年輕警備員今村，違反規定與 T 社的高山族女性私通。事情的原由是從今村被派往 T 社取締被明令禁止、卻仍暗地在進行的刺青事件開始，在某個違反禁令者的家中，今村因為違反者的姊姊莎芭哭泣請求而放違反者一馬，但竟然接受了該名女性以以身相許作為交換條件，後來終於爆發了眾人對處置刺青者不公的抗議事件，以致警戒所遭到襲擊。警戒所決定徹底嚴懲這些抗爭者，而派遣整團兵力前往 T 社。經過一夜的路程，今村因擔憂莎芭安危遂謊稱想要留在 T 社稍事休息，內心交戰卻是苦無對策。結果，討伐行動展開後，日方斬獲了幾個高山族人頭。不明究理的同僚拿來炫耀時，今村赫然發現莎芭的頭顱也在其中。夜深人靜，今村溜到頭顱棚撫摸莎芭的首級時，冰冷的程度簡直讓今村的心臟也結凍成冰了。

長篇細述大鹿卓以台灣為題材的各篇作品後，從中可以見到作品的內容有類型化傾向。首先，作者雖以台灣為作品題材，但描寫的卻不是佔有壓倒性多數的台灣漢人族群，而是未滿百分之五的高山族人。換言之，作者所關心的並非在平地居住的台灣人，而是侷限在山地生活的高山族。此外，這些作品寫作時期是佐久間總督的「五年理蕃事業」（自一九一〇年開始）告一段落的一九一五年以後。綜而言之，是從「討伐期」到「撫育期」的過渡

期間，亦即是高山族抗爭此起彼落，讓當局備感困擾的時期。這由在一九一五年的「高山蕃」事件與一九二〇年的「薩拉瑪歐蕃」事件頻發，當局不斷進行「討伐」之行動，可見一斑。

　　第二、對於高山族反抗的原因，作者雖評論說其中之一的理由是因為高山族群本身的野蠻性情所導致，作品中也彰顯了他所謂的野蠻性，但其實這種野蠻性不只出現在高山族身上，在直接從事「理蕃」的日本警察身上，確實也見得到。總之，舉凡高山族起義，「蕃地」的警察單位經常是以同屬高山族的「味方蕃」來討伐他們，警察官自動發揮不遜於原住民的野蠻性等等，都是大鹿卓作品中所描寫的題材。在他的小說作品〈野蠻人〉或〈蕃婦〉中所浮現的寓意，以及日本警察是如何殘忍地對待高山族等描寫，也就是被統治者高山族本身的野蠻性，與統治者「蕃地」警察的野蠻性，都是大鹿卓想要透過作品觸及的。然而，在了解了大鹿卓所謂的高山族之「野蠻性」與日本警察之「野蠻性」後，卻不能不注意到兩者之間極大的差異。綜言之，大鹿卓看到的高山族，就是一個勇猛且素樸的民族，而且也認同這種野蠻性就是他們的民族性格。但與這相對的，「蕃地」警察官甚至是總督府的「理蕃政策」卻認為，應該把這種野蠻性除去，才是肯定殖民地統治「開化」的成果。因此，為了使其正當化而「討伐」，並一再加以屠戮，殺害了為數頗多的高山族。

　　第三、高山族與日本人之間的「蕃婦問題」經常被點出，是因為大鹿卓認為這是高山族起義的主要原因。確實，高山族起義明顯可見地與「蕃婦問題」常常關聯在一起。但是在總督府的「理蕃政策」的拓展過程中，是促使日本人警察官與高山族女性結婚的，原係想透過姻戚關係，對高山族施以懷柔政策。然而，卻因為現地警察官的反覆不定或始亂終棄行為，而使關係終止，以致

高山族的民族情感受到刺激，造成反效果，成為起義的原因之一。
這可以舉出許多實例。目前，雖然已有論述指出霧社事件發生的
原因與「蕃婦問題」有關，但仍然諱言「蕃婦問題」就是導致事
件發生的一個重要原因。大鹿卓的作品中之所以會如此重視「蕃
婦問題」，其實是基於對這個歷史背景的認識。因此，我們不能
忽視這樣的一個小說議題。而藉由這點，我們也才能看清大鹿卓
在處理統治與被統治者當時的情況時，所採取的觀點。

　　那麼為什麼大鹿卓要特別選擇高山族反抗的血腥事件來描寫，
而且一寫就寫了好幾篇？在探討這個問題前，我們先來思考以下
的事情。

　　大鹿卓的〈塔茲塔卡動物園〉發表前，大約是一年之前的一
九三〇年十月二十七日，在台灣中部山地霧社發生了一百三十四
名日本人與兩名台灣漢人被殺的霧社事件。在這之前大約十年間，
並沒有較引人矚目的任何被高山族襲擊殺害之事件發生。這起突
如其來的事件，尤其又發生在日本當局最得意、認為最開化的「蕃
地」中的「霧社蕃」身上。且該事件不只是利用大多數日本人聚
集、警備鬆懈的機會，而且襲擊的對象也鎖定在日本人，而非台
灣漢人，最後並導致歷年來最慘重，一百三十六名人員死亡的結
果。對其「鎮壓」的過程，更是出動了大批警力、軍隊與「味方
蕃」，甚至是飛機與毒瓦斯都被用上，持續了兩個多月才停止，
這事件也讓當時的台灣總督引咎下臺。不管如何，這樣一起大事
件，它爆發的原因絕對是不單純的，而它對台灣內部、中國大陸
各地以及日本國內所投注下的波瀾，更是自不待言（註1）。

　　當然，霧社事件確實也喚起了文學工作者一定程度的關心。
就小說類而言，取材自霧社事件的作品，是絕對不少的。如中村
地平的〈霧的蕃社〉（《文學界》一九三九年十二月號）、坂口

褥子的〈時計草〉（在《台灣文學》一九四二年二月號發表過，
但只有前後各一頁留著，其他內容皆被刪除）、〈霧社〉（《蕃
地》新潮社、一九五四年三月）、西川滿〈蕃歌〉（《面白俱樂
部》第四卷第四號、一九五一年四月）、吉屋信子〈番社的落日〉
（《別冊文藝春秋》第七十一號、一九六〇年三月），西村望《太
陽已下山》（立風書房、一九八四年十月）、寺田勉《太陽的憤
怒高砂族的叛亂》（白帝社、一九八六年一月）等等，都是直接
將整起事件小說化的作品。此外，將這起事件寫入小說片段的，
則除了山部歌津子的《蕃人來沙》（銀座書房、一九三一年一
月）、坂口褥子的〈蕃地〉（《新潮》一九五三年十月號），〈蕃
婦 Ropou 的故事〉（《詩與真實》一九六〇年十一月號），還有
五味川純平的《戰爭與人 3》（三一書房、一九六五年七月）等
等。當然，這些作家並不只是對霧社事件有興趣，其實就筆者所
知，廣泛取材於台灣高山族的作品，至少有三、四十篇之多，這
當中不乏許多可窺知日本人異國趣味的玩味之作。

　　姑且不論大鹿卓以高山族為題材的作品中，並沒有直接描寫
霧社事件，但他執筆的動機，無疑是受到了霧社事件的影響。因
為這是連一般日本人都關心的事件，更何況大鹿卓小時候還有和
雙親一起移居過台灣的經驗，當然會產生較別人更加倍的關心。
正因為這樣，他將幾篇取材自高山族的小說整理後，還發表了隨
筆〈泰雅族的生活〉（《行動》一九三五年八月號）。

　　其實，形成大鹿卓寫作動機的決定性因素，是他的妹妹捨子
嫁給了河野密一事。政治家河野密在霧社事件爆發當時，應台灣
民眾黨的邀請，與河上丈太郎一同抵台調查全國大眾黨事件的真
相，回到日本後，發表了〈台灣統治素描〉（《批判》第二卷第
二號、一九三一年二月）、〈揭發霧社事件的真相〉（《中央公

論》第四十六年第三號，一九三一年三月）等文章，正面否定了
總督府之前所公佈的〈霧社事件之顛末〉（一九三〇年十二月）
之陳述。大鹿卓身邊既然存在詳細調查過台灣高山族反抗行動之
人，而且還是他的妹婿，屬於無產政黨的河野密，光是這些良好
條件就足以促使大鹿卓創作出以台灣高山族為題材的小說。

　　實際去閱讀作品，很難不從這些登場人物，及以高山族之反
抗作為背景，或是霧社在行政區分上的奇妙之處，理解大鹿卓是
有意識地在提筆創作。從取材高山族實際發生的反抗事件，到描
繪出他們的野蠻性這幾點，除了受到曾前往霧社調查事件發生真
相的妹婿河野密的慫恿之外，別無其他原因。反過來說，這幾件
作品都是在特定類型範圍中完成的。

　　再回到之前的話題，首先想探討大鹿卓為何只在〈欲望〉中，
描寫過台灣漢人，而且都是貪婪狡猾的角色，除此之外，就再也
沒有台灣漢人登場，而專以居住在山地中的高山族為對象。對於
這一點，我認為由此可看到當時日本人對台灣的一般觀感，可以
說當時一般的日本人，在各種機會下，接觸到四百萬人口的台灣
人，總是遠比接觸只有十多萬人口，住在深山隔絕世界中的高山
族，要來得有機會，因此他們的關心自然會投向高山族。而台灣
高山族恐怕也和北海道的愛奴一樣，被視為是人口逐漸減少的少
數民族，正因為這樣而不能不抱持著珍惜的念頭罷！此外，在南
方新殖民地台灣的高山族是以人頭獻祭，不像日本北方的愛奴僅
以熊作為祭品。住在高山自然中、沒有文字、生活水準低的高山
族，確是較那些住在平地，且與中國大陸具有相同文化水準的台
灣漢人，更能引起日本人的興趣。這對一般日本人而言，是再自
然不過的事。對大鹿卓而言，不論他取材自高山族的意圖如何，
思及上述諸情況，我認為這就是日本人的一種與異國情趣相連，

無法否定的情思。

　　然而，可以因此單純地說大鹿卓是本於好奇心與趣味本位而創作出這些作品嗎？本文接下來想就這一點，探討在大正年間，以霧社事件為小說題材的有關高山族的種種。

　　確實，調查過霧社事件的河野密曾尖銳地指出：「霧社事件是『民族解放的問題』，是『勞動問題』，也是『攸關殖民地統治的全面問題』」（註2）但相對地，大鹿卓的作品中似乎又很難見到這幾點（若要勉強舉例，我覺得只有〈奧地的人們〉可以感受到）。雖是這樣，我卻一點都不認為大鹿卓沒有將霧社事件放在小說當中，是因為創作才能的欠缺。我寧可相信雖然這是可以寫成小說的題材，而大鹿卓本人也應對這起事件有所關心，最後竟沒有寫入小說的原因，應是大鹿卓刻意如此的。尤其當他在描寫十年前的高山族時，正是在披露自己對高山族的觀點，以及對日本當局關於高山族統治問題的種種思考。

　　換言之，大鹿卓一直想在作品中描述的，是高山族不甘被日本統治，而且長久以來不論是如何遭受到經常性的「討伐」等滅族報復，反抗行動仍不悔持續下去的歷史事實。不反抗不干休是高山族的民族情感。在所謂的「鎮壓」面具下，日本其實一直遂行著撲滅高山族政策。大鹿卓所努力的，就是揭發這個真相。進一步他還要告發的，是那一再坦然地進行虐殺的日本人，才是真正的野蠻人。相對於河野密直接指控訴總督府的「理蕃政策」，大鹿卓則是藉由對十年前高山族蜂起問題的描述，持續地告發日本的「殖民政策」，正是引發霧社事件的原因！由此可見大鹿卓與河野密在思想上的聯繫，其實已超越了一般的姻親關係。大鹿卓的作品《野蠻人》（巢林書房、一九三六年十一月）在台灣曾被列為禁書的事實，可以證明這是一部寓含指控意味的作品。

在最後，本文還要指出與控訴日本人野蠻性的「熱情」，亦即作者所希求的「人性」有密切關聯的幾個重點。描寫台灣山地高山族的作品與後來的礦山作品之間，固然取材不同，但其實有個共通點，那就是兩者都與都會隔絕，都是受自然力量之支配的世界。同時，在台灣山地的高山族與在礦山討生活的礦工，始終都與自然為伍，並流露出原始本性。由於這個共通點，兩者之間並沒有多大的差異性。光是「為了吃而活」這個理由，人性本質就會暴露出來，有時更會出現野性。但暴露出來的人性並不可靠。大鹿卓自〈野蠻人〉之後所持續追求的是真正的人性。高山族的反抗是想討回被奪走的生活領域，這是一種真，也是發自內在、無法阻止的心情。這與在礦毒事件中奮鬥的渡良瀨川沿岸住民的遭遇相吻合，也與為了指控而賭上一己政治生命的田中正造之生命型態有著共通性。或許是因此產生共鳴，大鹿卓自〈野蠻人〉後的熱情原動力正是出自不斷質問自己的信念，因此他能寫出〈渡良瀨川〉與〈谷中村事件〉等作品，而我們也可以由這系列創作中看到他一貫的脈絡。

也就是用這款熱情深植在〈野蠻人〉等作品裡的高山族中，表面上小說是以野蠻性來作象徵，但內在則在試著彰顯更高尚的人性。如〈野蠻人〉中的主角田澤參加對父親炭坑的抗爭運動而與父親對立，但卻又遭到抗爭者的冷落。在遇到這樣的挫折，為尋找感情出口而自我放逐到台灣山地來，到終於覺悟要徹底成為「野蠻人」的行動軌跡中，誠實地道出自己內心的苦惱與矛盾。由此得見他是一個始終忠於一己信仰，秉持希望、提升自我生命的人。

註釋：

(1)　有關霧社事件記載最詳細的資料，戴國煇編著《台灣霧社蜂起事件
　　　—研究與資料》（社會思想社、一九八一年六月）中有列舉。

(2)　河上丈太郎、河野密〈霧社事件の真相を語る〉（《改造》一九三
　　　一年三月號），雖名曰共著，但實際上是由河野執筆。

追記

　　以高山族為題材的作品，收錄在處女創作集《野蠻人》（巢
林書房、一九三六年十一月），白鳳書院版《野蠻人》（一九四
九年十二月），元元社的民族教養新書其中一冊《野蠻人》（一
九五五年一月）及《潛水夫》（新潮社、一九三七年六月）等書
中。大鹿卓著書約十多本，但並未整理成全集或作品集形式出版。

　　本論文參考大鹿卓曾任同人的詩刊《文藝日本》之〈大鹿卓
追悼號〉特集（第七卷第四號、一九五九年四月），此外還有遺
族所整理付梓的詩歌集《松之實》（白玉書房、一九六三年三月）
中所收錄的〈年譜〉。

日本文學中的霧社事件

前言

在日本文學中，以高山族（亦即所謂的高砂族）為題材的作品雖稱不上多，但也絕對不算少。這些作品的年代不只限於台灣是日本殖民地的時代，還涵括到戰後，至於到底有哪些作品呢？先來做一些介紹。

⑴宇野浩二〈搖籃曲的回憶〉初刊於《少女之友》第八卷第八號（一九一五年七月），後收錄於《海之夢山之夢》（聚英閣，一九二〇年一月）

〈搖籃曲的回憶〉／原題：搖籃の歌の思い出

⑵佐藤春夫〈魔鳥〉（初刊於）《中央公論》第三十八卷第十一號（一九二三年十月）後收錄於《美人》（新潮社，一九二四年一月）

⑶佐藤春夫〈旅人〉（初刊於）《新潮》第四十卷第六號（一九二四年六月），後收錄於《旅人》（新潮社，一九二四年十月）

〈旅人〉／原題：旅びと

⑷佐藤春夫〈霧社〉（初刊於）《改造》第七卷第三號（一九二五年三月），後收錄於《開窗》（改造社，一九二六年三月）

〈霧社〉／原題：窓展く

(5)佐藤春夫〈日章旗之下〉（初刊不明）收錄於《霧社》（昭森社，一九三六年七月）

　〈日章旗之下〉／原題：日章旗の下に

(6)山部歌津子《蕃人來沙》（銀座書房、一九三一年一月）

　《蕃人來沙》／原題：蕃人ライサ

(7)大鹿卓〈塔茲塔卡動物園〉（初刊於）《作品》第二十號（一九三一年一月），後收錄於《野蠻人》（巢林書房、一九三六年十一月）

　〈塔茲塔卡動物園〉／原題：タツタカ動物園

(8)大鹿卓〈蕃婦〉（初刊於）《海豹》（一九三三年七月）後收錄於《野蠻人》（巢林書房、一九三六年十一月）

(9)大鹿卓〈野蠻人〉（初刊於）《中央公論》第五十卷第二號（一九三五年二月），後收錄於《野蠻人》（巢林書房、一九三六年十一月）

(10)大鹿卓〈欲望」〉（初刊於）《作品》第六十四號（一九三五年八月），後收錄於《野蠻人》（巢林書房、一九三六年十一月）

(11)大鹿卓〈奧地的人們〉（初刊於）《新潮》第三十四年第三號（一九三七年三月），後收錄於《潛水夫》（新潮社、一九三七年六月）

　〈奧地的人們〉／原題：奧地の人々

(12)大鹿卓〈森林之中〉（初刊不明）收錄於《野蠻人》（白鳳書院、一九四九年十二月）

　〈森林之中〉／原題：森林の中

(13)中村地平〈蕃界之女〉（初刊於）《文藝》第七卷第九號

（一九三九年九月），後收錄於《蕃界之女》（新潮社、一九四〇年五月）

〈蕃界之女〉／原題：蕃界の女

⑭中村地平〈霧之蕃社〉（初刊於）《文學界》第六卷第十二號（一九三九年十二月），後收錄於《蕃界之女》（新潮社、一九四〇年五月）

〈霧之蕃社〉／原題：霧の蕃社

⑮中村地平〈太陽征伐〉（初刊於）《知性》第三卷第八號（一九四〇年八月），後收錄於《小小說》（河出書房、一九四〇年八月）

《小小說》／原題：小さい小說

⑯中村地平〈人類創世〉（初刊於）《作品》第五十五號（一九三四年十一月），後收錄於《熱帶柳的種子》（版畫莊，一九三八年三月）

《熱帶柳的種子》／原題：熱帶柳の種子

⑰中村地平〈蕃人之娘〉（初刊不明）收錄於《小小說》（河出書房，一九四〇年八月）

〈蕃人之娘〉／原題：蕃人の娘

⑱中村地平〈太陽之眼〉（初刊於）《文學者》第一卷第二號（一九三九年二月），後收錄於《台灣小說集》（墨水書房、一九四一年九月）

⑲中村地平〈長耳國漂流記〉（初刊於）《知性》第三卷第十號（一九四〇年十月）～第四卷第五號（一九四一年五月），後收錄於《長耳國漂流記》（河出書房，一九四一年六月）

⑳真杉靜枝〈台灣女性瞥見〉（初刊不明）收錄於《南方紀

行》（昭和書房，一九四一年六月）

(21)真杉靜枝〈征台戰與蕃女歐泰〉（初刊於）《文學者》第
一卷第九號（一九三九年九月），後收錄於《南方紀行》
（昭和書房，一九四一年六月）

〈征台戰與蕃女歐泰〉／原題：征台戰と蕃女オタイ

(22)真杉靜枝〈蕃女里恩〉（初刊不明）收錄於《南方紀行》
（昭和書房、一九四一年六月）

〈蕃女里恩〉／原題：蕃女リオン

(23)真杉靜枝〈阿里山〉（初刊不明）收錄於《南方紀行》（昭
和書房、一九四一年六月）

(24)真杉靜枝〈Rion Hayon 之谿〉（初刊不明）收錄於《口信》
（新潮社、一九四一年十一月）

〈Rion Hayon 之谿〉／原題：リオン・ハヨンの谿

《口信》／原題：ことづけ

(25)真杉靜枝〈口信〉（初刊不明）收錄於《口信》（新潮社、
一九四一年十一月）

(26)真杉靜枝〈高砂族〉（初刊不明）後收錄於《歸休三日間》
（秩父書房，一九四三年七月）

(27)野上彌生子〈台灣〉（初刊不明）收錄於野上豐一郎・彌
生子《朝鮮・台灣・海南諸港》（拓南社、一九四二年八
月）

(28)西川滿〈蕃歌〉（初刊於）《面白俱樂部》第四卷第四號
（一九五一年四月），後收錄於《台灣脫出》（新小說社
〈新小說文庫〉，一九五二年一月）

(29)坂口䙝子〈跛歧的故事〉（初刊於）《文學者》第三十七
號（一九五三年七月），後收錄於《蕃地》（新潮社，一

九五四年三月）

　〈跛歧的故事〉／原題：ビッキの話

(30)坂口䙾子〈蕃地〉（初刊於）《新潮》第五〇卷第十號（一
　　九五三年十月），後收錄於《蕃地》（新潮社，一九五四
　　年三月）

(31)坂口䙾子〈霧社〉新著收錄於《蕃地》（新潮社，一九五
　　四年三月）

(32)坂口䙾子〈蕃地之女〉（初刊於）《別冊小說新潮》第十
　　卷第十號（一九五六年七月），後收錄於《蕃社之譜》
　　（Korube 出版社、一九七八年三月）

　《蕃社之譜》／原題：蕃社の譜

(33)坂口䙾子〈蕃婦羅波的故事〉（初刊於）《詩與真實》第
　　一三九號（一九六〇年十一月），後收錄於《蕃婦羅波的
　　故事》（大和出版株式會社、一九六一年四月）

　〈蕃婦羅波的故事〉／原題：蕃婦ロポウの話

(34)坂口䙾子〈蕃地的 EVE（夏娃）〉（初刊不明），後收錄
　　於《蕃婦羅波的故事》（大和出版株式會社、一九六一年
　　四月）

　〈蕃地的 EVE（夏娃）〉／原題：蕃地のイヴ

(35)坂口䙾子〈adaomona（莫那魯道）之死〉「T（初刊不
　　明），後收錄於《蕃婦羅波的故事》（大和出版株式會社、
　　一九六一年四月）

　〈adaomona（莫那魯道）之死〉／原題：タダオ・モナの
　　死

(36)吉屋信子〈蕃社的落日〉（初刊於）《別冊文藝春秋》第
　　七十一號（一九六〇年三月），後收錄於《西大后之壺》

（文藝春秋社、一九六一年四月）

〈蕃社的落日〉／原題：蕃社の落日

《西大后之壺》／原題：西大后の壺

(37)福本河也〈高砂族義勇軍始末記〉（初刊於）《ALL　讀物》第十八卷第八號（一九六三年八月）

(38)五味川純平《戰爭與人間3》（三一書房〈三一新書〉、一九六五年七月）

(39)宮村堅彌《馬赫坡社日誌－台灣霧社蕃事件祕錄－》（洋洋社、一九六五年十月）

《馬赫坡社日誌－台灣霧社蕃事件祕錄－》／原題：マヘボ社日誌－台灣霧社蕃事件秘錄

(40)守山雅美〈馬赫坡的洞窟〉（初刊不明），後收錄於《馬赫坡的洞窟》（農村文化研究所、一九七三年十月）

〈馬赫坡的洞窟〉／原題：マヘボの洞窟

(41)森道夫（守山雅美）〈Mururoahu之女〉（初刊不明），後收錄於《馬赫坡的洞窟》（農村文化研究所、一九七三年十月）

〈Mururoahu之女〉／原題：ムルロアフの女

(42)稻垣真美《塞德克泰雅的叛亂》（講談社、一九七五年三月）

《塞德克泰雅的叛亂》／原題：セイダッカ・ダヤの叛乱

(43)許盧千惠《吳鳳先生》（Koguma社、一九七五年三月）

《吳鳳先生》／原題：吳鳳さま

(44)佐木隆三〈似曾相識的青空〉（初刊於）《ALL　讀物》（一九七七年十一月），後收錄於《向閃光奔去》（文藝春秋、一九七八年二月）

〈似曾相識的青空〉／原題：見たかもしれない青空

《向閃光奔去》／原題：閃光に向かって走れ

在台灣發表的有關高山族之文學作品。

⑷英文夫〈曙光〉（初刊於）《台灣新文學》第一卷第九號
　（一九三六年十一月）

⑷坂口襠子〈時計草〉（初刊於）《台灣文學》第二卷第一
　號（一九四二年二月）

⑷坂口襠子〈時計草〉收錄於《鄭一家》（一九四三年九月、
　清水書店）〈46〉被刪除之故，再重新改寫此篇。

⑷長尾和男《莎鴦之鐘》（皇道精神研究普及會、一九四三
　年七月）

　《莎鴦之鐘》／原題：サヨンの鐘

⑷吉村敏《護鄉兵》（盛興書店出版部〈台灣文庫〉、一九
　四三年十一月）

　以上是我所知道以高山族為題材的文學作品，其中從一八七
四年的〈征台之役〉作品開始，都與高山族的傳說及高砂義勇兵
有關。以下就要探討高山族蜂起，尤其是與〈霧社蜂起事件〉有
關的一些文學作品。

　　　　　一

　一九二〇年（大正九年）六月，佐藤春夫出發前往台灣，當
時他正值二十九歲，這件事的始末，可以在〈那一個夏天〉
（《霧社》昭森社、一九三六年七月收錄）與〈詩文半世紀〉(讀
賣新聞社、一九六三年八月)中讀到。

　根據書上所載，「為了紓解一些心中悶悶不樂的事而返鄉」

時，「在街頭，偶然地遇到中學時代最親近的老朋友」，說起來這可以說是春夫之所以會前往台灣的緣起（註1）。在書上，以H君之名登場的這位舊友，即是當時在台灣打狗〈現在的高雄〉經營牙科診所的東熙市（註2）。東先生當時剛好為了籌措診所的改建費用，回鄉求家族的援助，於是與春夫重逢了。

　　佐藤春夫由於東熙市「十分生動地描述他現在住的地方有多麼有趣，並頻頻相邀前往一遊」，隨即興起了一遊當地的念頭，於是匆匆忙忙整理行李，非得與東先生同行不可。出發時，儘管只計畫大概去一個月左右，然而在東先生打狗的家，逗留了好一段時間，又在森丙牛（註3）的提議之下跑去廈門快兩個禮拜，隨著丙牛的計畫，又嘗試在台灣遊覽其他地方約半個月的時間，又暫居於丙牛在台北的家，結果離開台灣的時候，已經十月初了（註4），一如書上所記載的「在台灣這塊土地度過了一個夏天」。

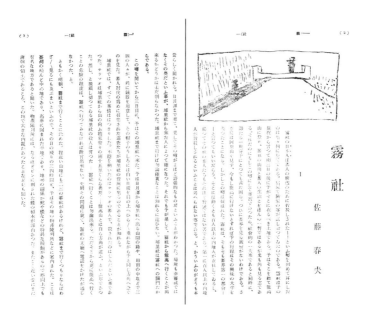

　　春夫以這個長達一個夏天的台灣旅行經驗為題材，發表了將近十篇的小說、遊記、小品文，這當中較特別的有其代表作之一的〈女誡扇綺譚〉（《女性》一九二五年五月號），是以當時安平與台南為舞台，洋溢著異國風情的一部志怪小說；還有走訪彰化、鹿港、台中等地，除了集結當地趣味的風土民情，更透過與台灣知識份子的接觸，議論日本殖民政策的作品〈殖民地之旅〉（《中央公論》一九三二年九月號）（註5）等等。此外，也有假藉高山族（台灣原住民）信仰的描寫，陳述著日本對高山族的政策充滿殺戮與土地掠奪之作品〈魔鳥〉（《中央公論》一九二三年十月號）（註6），還有在本文所收入的〈霧社〉（《改造》一九二五年三月號），都是春夫到台灣旅行的產物。

　　〈霧社〉由題目即可明瞭，是以霧社及其周邊地區為背景所寫成的記實之作，霧社位於台灣中央的山地，不但可稱得上是台灣八大風景勝地之一，更是早期作為理蕃政策的模範地區。然而，就在春夫旅台期間的一九二○年九月十八日，位居偏僻之地的「薩拉瑪歐蕃」突然發動起義，殺害了七名日本人。春夫是在集集街頭得知這個事件的消息，但接著到日月潭遊玩，又在四天後到霧社山裡去。他之所以敢在霧社這般浮動不安的時機造訪，是因為抱持著「登上高山，就算只能匆匆一瞥原住民地區的山河與生活，也要好好瞧一瞧的想法」。很幸運地，透過森丙牛的介紹，認識了下村宏（海南）民政長官這樣一位知心朋友。「長官向大家宣令下去，事先以作家的身份，當作賓客招呼我」，春夫因而得以順利地進入霧社。

　　造訪霧社的春夫在那樣動盪的情勢下，對霧社與當地的高山族以十分冷靜而透徹的眼光來觀察著霧社的一切。例如，看到在通往霧社的山路中落荒而逃的高山族工人，但首先讓人感到驚訝

的是「在這個蕃地（蠻夷之地），意外地發現許多梅毒患者」，還有面對來自十五、六歲的高山族賣春婦的誘惑，感到不知所措的個人感受，以及「有個大頭目的子弟進入醫校，所有的科目能夠在沒有任何特殊待遇的情況下，完成學業，順利畢業」，可見得高山族也並非完全「未開化」之實情，被春夫指出並記錄了下來。對於旅社中的女中叫自己「邦人」（稱呼自己國家的人），感受到她動作與表情中所表露的「溫情」，「像是在撫摸愛犬的感覺一樣」令人感到溫暖，透過這些經歷，春夫對高山族的看法，與一般的日本人所抱持的觀念自然有極大的差異。

　　再來是春夫他對於總督府的理蕃政策方面也有所接觸，並提出了一些疑問。例如，在訪問參觀當地地方機關所附設的物品交易所時，發現幾乎沒有來自高山族的貨品，有的盡是一些粗劣的「內地品」（來自日本國內的貨品），當初當局是為了要對高山族提供一些經濟層面的保護，因而才設置的物品交易所，在春夫看來，實在是機能盡失。此外，參觀蕃人小學的時候，發現像「台灣最大的城市是台北，日本最大的城市是東京；日本最偉大的人是天皇陛下，在台灣最偉大的人是總督大人」這樣子的問題觀念，小孩子們卻回答「在台灣最偉大的人是『東京』；日本最大的城市是『天皇陛下』。這樣錯置的答案，讓春夫對於在台灣的「蕃人教育」提出了質疑，並有了以下的指摘：

　　　　對於四個相對概念的交叉問答，平常既已反覆練習，從內地語（日本語）來理解也並不難，尤其學童也還算能流利地運用內地語，問題就出在學童們對於被強加他們身上所無法去想像與比擬的概念，實在難以獲得真正的理解，而在這當中，不論是教授者或是被教授者所費

的苦心，似乎也只能用同情的眼光來看待了。

其次，「曾為內地人巡查之妻，被拋棄後，擔任蕃語翻譯工作」的一位高挑的高山族婦女（註7），其遭遇所展現的，是理蕃政策獎勵蕃婦與日本人通婚，但蕃婦的意願與下場卻不盡人意的矛盾情況，對於因討伐「薩拉瑪歐蕃」而被臨時召集的高山族人而言，是「寧願不要好戰蕃人自相討伐的戰爭局面」，春夫作了如是的紀錄，認為同族人因外來民族的討伐行動而相互傷害的異常情況，實在讓人感到寒心，也對被支配者的命運感到慨嘆。

春夫在上述種種體驗中，除了在「薩拉瑪歐蕃事件」剛結束之後，獲得了進入霧社的良機，還不單以旅行者的眼光來看事情，也不拘泥於成見，對於霧社與高山族的抗拒情形，以冷靜透徹的作家眼光來描述，更充分理解與體察了理蕃政策下矛盾與衝突的實態，台中州知事在宴請春夫時，說道「內地來的旅行者常常只是稍微觀看了蕃山的生活，便給予蕃人情緒化的關愛與描寫，對於統治者而言是十分棘手的」，相對於這樣的態度，反過來說，難道理蕃政策就沒有一點缺失嗎？春夫的另一個作品〈殖民地之旅〉也有這般的詮釋，書中描述許多遍及種種階層的台灣知識份子，對於殖民地的實態有所反映，也有所批判，春夫的觀點已經超出了旁觀者的境界，即使在〈霧社〉這篇文章中，也可以看出他是以十分冷靜的觀點深刻描寫了台灣的殖民者與被殖民者的形象，而在當時沒有任何日本人具備這種觀點。再者，收錄這篇文章的《霧社》(昭森社、一九三六年七月)一書成了當時在台灣的禁書，這也正說明了〈殖民地之旅〉與〈霧社〉這兩篇文章，是不見容於台灣的殖民統治者。

相對於「薩拉瑪歐事件」在〈霧社〉一文中被提及，也有以

此事件為背景的小說，那就是大鹿卓（金子光晴的胞弟）所寫的〈野蠻人〉。

〈野蠻人〉（《中央公論》一九三五年二月號)是在前一年時，由吉井勇慫恿大鹿卓參加當時《中央公論》的徵稿活動，從一千二百一十八篇稿件中脫穎而出，而且也可以說是大鹿卓的代表作之一，故事內容是這樣的。

> 主角是被視為自暴自棄而來到台灣的田澤，在白狗派出所擔任警官，認識了當地「粗野樸質」泰茉莉卡路的女孩，但他並不覺得自己與那女孩之間有什麼隔閡，而且他在「薩拉瑪歐蕃」的討伐行動當中，取下了一個高山族人的首級，他才發現自己粗暴的一面，甚至還可能更粗暴，於是對於自己變成了野蠻人這一檔事，煩惱不已。討伐行動告一段落後，他「看到洋溢著野性的蕃婦」，又似乎被那種野性給吸引，於是想與之前認識的女孩結婚，想藉此「真正地去呼吸野蠻的氣味」。然而田澤自己也察覺到了，這樣的想法不過是一種錯覺，因為真正的隔閡並非來自野蠻與否，尤其當他看到他的妻子在娘家穿著高山族的衣服，那些高山族的人的一舉一動「因為處於被征服者的地位，而壓抑著原本應有的熱情」，這樣感覺的同時，也發現自己「不就像是一隻野獸，只是被關進去籠子裡，在籠子裡左右來回地走著」。

大鹿卓描寫台灣山地的作品，不只有〈野蠻人〉，在此前後尚有幾篇作品。 透過橫光利一的介紹而發表的〈塔茲塔卡動物園〉（《作品》一九三一年十二月號)，可以說是大鹿卓由詩人轉型

為小說家最初的作品，描寫了關在塔茲塔卡警戒所裡，山貓所象徵的蕃地之孤獨原始文化。還有「蕃婦」(《海豹》一九三三年七月號)，以新竹州大溪郡管轄內喀歐坎蕃的討伐行動為背景，描寫因蕃婦關係的糾葛，所衍生日本警察與高山族的衝突。〈欲望〉(《作品》一九三五年八月號)則是描寫了在日本警察與高山族之間貪圖私欲，被金錢給誘惑的台灣人的下場。〈奧地的人們〉(《新潮》一九三七年三月號)則是一部描寫台東花蓮港兩廳管轄內，切合一九一五年所發生的「高山蕃」事件相關史實之作品。〈森林之中〉(出處不明，但見於《野蠻人》白鳳書院、一九四九年十月)內容與〈蕃婦〉相近，也是一部寫出高山族起義之因與女性大有關係的作品。

　　大鹿卓透過這些作品所呈現的重點，第一、作品內容的背景時期在佐久間總督「五年理蕃事業」（一九一○年開始）告一段落的一九一五年以後，也就是說正值從討伐期進入撫育期的過渡階段，然也是高山族此起彼落地發動抵抗，讓殖民政府感到苦惱的時期。這可以從一九一五年「高山蕃事件」、一九二○年「薩拉瑪歐蕃事件」等等的討伐行動中看出端倪。

　　第二、關於高山族的抵抗，除了歸因為其野蠻的本性，也指出了從事理蕃的警察這一方面的問題。也就是說，蕃地的警察大肆討伐各地的高山族，也將其自身的野蠻性格發揮無遺。在其小說〈蕃婦〉與〈野蠻人〉中寫得較隱諱之處，正是日本警察對高山族有多殘忍的地方，被支配的高山族與支配地位的日本警方，兩方所表現的野蠻性，成為大鹿卓的作品中的主軸，並透過作品有所發揮。但是，他並沒有遺漏去區分他對這兩種野蠻性的差別所在。也就是說，在大鹿卓的眼中，高山族的野蠻性是源自於民族性情，相對於蕃地的警察來說，他們藉著總督府的理蕃政策，

想要根除高山族的野蠻，認為支配殖民地的行為是一種「開化」，於是把討伐行動正當化，大肆殺戮高山族人，這種非源於民族性情的野蠻，正是大鹿卓感到擔憂的一部分。

第三、關於高山族與日本人之間的問題，屢次提出「蕃婦問題」的看法，認為這是高山族起義的一大要因。的確，蕃婦問題是高山族起義的一項重要因素，總督府在理蕃政策的推進過程中，鼓勵高山族女性與日本警察通婚，欲藉此姻親關係對高山族懷柔，然而，實際上日本警察多是一時興起，然後草草結束，這反而刺激了高山族的民族自信心，造成了反效果，也可以說得上是抗日活動的一項要因。現在，關於霧社事件的發生，也有把與蕃婦的關係當作原因來討論，但似乎把真正的原因給隱蔽起來了，這是因為大鹿卓的作品中儘管重視蕃婦問題，但卻不能稱得上是絕對地基於歷史背景與了解，或許我們不能忽視的是，這只是小說的主題而已。當然，要從大鹿卓的作品來了解支配與被支配的者的一些情形仍是可行的。

在此，我們不禁要問，為什麼大鹿卓要特地選擇這些高山族抵抗的流血事件

為題材，寫上好幾篇文章呢？在思考這個問題之前，有一些事情必須考慮到，那就是他在發表〈塔茲卡塔動物園〉前年的一九三〇年十月，台灣位於中央的山地部落霧社，發生人數眾多的高山族起義，殺害了一百三十四名日本人與兩名的台灣人，是台灣史上大規模的抗日事件。這個事件的發生，由於當時近十年期間，高山族沒有十分顯著且外顯的抵抗行動，因此霧社事件可以說是發生得十分突然，而且霧社是總督府自認為開化管制的蕃地當中，最值得自豪的。起義當天，高山族逮住了日本人齊聚而警戒較鬆散的時機，可見其中的計畫性，且主要是以襲擊日本人為

主，可以看出這其中所帶有的民族性格成份。高達一百三十六人的死亡，更是當時抗日起義所罕見。日方的陣壓出動了大批軍隊與警察，有許多「味方蕃」（親日的蕃部）加入鎮壓，不只如此，還用飛機轟炸並施放毒瓦斯，耗時兩個月，更造成了台灣總督的下台，動盪所及，造成日本國內的震撼並不亞於台灣本島。

　　回到先前的問題，為何大鹿卓首部作品〈野蠻人〉要以霧社事件為題材呢？執筆的動機與霧社起義事件應是大有關係，尤其這件事也喚起了大多數日本人的關心，再者由於大鹿卓在小學時代曾因為家中事業的關係，有過移居台灣的生活經驗，再加上妹妹捨子嫁給河野密等也都不無關聯。當時河野密與河上丈太郎應台灣民眾黨之邀，被全國大眾黨派遣至台灣調查事件之真相，受台灣民眾黨協助而調查告一段落後，回到日本寫下了〈台灣統治素描〉（《批判》一九三一年三月號)、〈揭發霧社事件的真相〉(《中央公論》一九三一年三月號)，以及與河上合著的〈話說霧社事件真相〉(《改造》一九三一年三月號)，這些論述對總督府所公布的〈霧社事件始末〉(一九三一年一月)有著相當的批判意味。因此，除了大鹿卓已身接觸了身邊高山族人抵抗行為的調查，其妹婿河野又是日本無產階級政黨的領導人，明瞭了這樣的背景，就不難理解大鹿卓以高山族為小說題材的動機了。

　　實際上，讀這些作品對於高山族及其起義事件的描述，仍不脫當時日本人對高山族的印象—野蠻，關於抗日事件與當中的人物、原因等等，也並非完全依據霧社事件來描寫，因此，免於被誤會是被河野密唆使才寫這樣的題材，故說這些作品多出於作者的本意也不為過。

　　對大鹿卓而言，高山族的存在很能引起他的興趣，他自己住在平地且較高的文化當中，比起與平地四百萬漢族體系的台灣人

接觸，相較之下，與身處山地自然之中，具有特殊文字、風俗（如獵人頭）、低生活水準、文化水準，且人數少於十萬人的高山族接觸比起來，不但挑起他的異國情緒，更勾起了他對少數民族的愛惜保護之念頭。

但是，單純把大鹿卓的寫作動機解釋為興趣與好奇心是不恰當的。關於這點，先不把霧社事件當作小說，而與前一時期大正時期，對高山族的描寫作一些關連性的探討。

相對於河野密方面「認為霧社事件夾雜了『民族解放問題』、『勞工問題』、『殖民統治問題』（註8）」種種尖銳的指責，大鹿卓在其作品中並無明顯有這方面的指摘，但是不見得未涉及霧社事件的起義條件與原因，因為這當中反映了其對高山族與理蕃政策的一些觀點與看法。

也就是說，大鹿卓這些作品想要說的就是，並非只有高山族野蠻而已，高山族對於日本的統治，絕不輕言屈服，對於保衛自己的家園，堅持到底持續抗爭下去，是歷史的實況。抗爭不但引發容易招致民族毀滅的討伐報復行動，越是抵抗越是可見到高山族民族感情的強韌，一方面也反映了日本施行鎮壓的內面，其實是一貫地對高山族撲殺的所謂理蕃政策。因此，要談霧社事件之前，不得不先探討之前高山族對理蕃政策的抵抗，這樣才能對霧社事件的發生，有通盤的理解。如此看來，不但對高山族的野蠻性格徹底改觀，那些平白無故就殺害高山族人的日本人，更有資格被稱作是野蠻人，這是在大鹿卓的作品中必須讀到的一項重要概念。相對於河野密對總督府理蕃政策的直接批判，大鹿卓長久以來，甚至是從霧社事件之前十餘年的高山族起義事件著手，也可說是真正披露了總督府的弱點，據此，大鹿與河野不單是有姻親關係，更有思想上的共通性。而大鹿的作品集《野蠻人》（巢林

書局、一九三六年十一月)在台灣成了禁書，更可說明其作品所帶
有的批判意味。

二

若要提到霧社事件被當成是文學素材是什麼時候，就我所知，
中村地平的〈霧之蕃社〉(《文學界》一九三九年十二月號)可以說
是個開端吧！

中村地平一九〇八年出生於宮崎縣宮崎市，一九二六年到一
九三〇年就讀於新設立的台北高等學校，他之所以會選擇台灣的
學校，是因為「受到佐藤春夫先生的影響，因而強烈地對南方有
所憧憬」（註9），當時台北高等學校校長是美式新式教育「托爾
頓計畫」的研究學者三澤糾，其文學造詣十分深厚，接任的校長，
是以《次郎物語》聞名的下村虎六郎（湖人）。有這樣兩任愛好
文學的校長，再加上夏目漱石門下的詩人林原耕三擔任英語科的
教授，該校學生呈現了愛好文學的風潮。在這樣的氣氛之下，中
村地平與濱田隼雄、土方正己、鹽月赴、今澤正雄合辦了《足跡》
(一九二七年二月創刊)這本文藝誌，並擔任校友會誌《翔風》(一
九二六年三月創刊)的編輯並投稿許多作品，文學的幼芽正茁壯著
（註10）。畢業以後，地平離台進入東京帝大文學部美術史科就讀，
與東京文學界年輕的一輩也有了來往，另一方面得到井伏鱒二的
知遇，師事於井伏門下，與太宰治、小山祐士在當時並稱為井伏
門下的「三羽烏」（註：「三傑」之意）。

由於這個原因，中村地平的作品常少不了台灣的生活經驗，
例如，把在台北高等學校時，與同寢的友人古賀、宿舍伙食的老
闆娘、十七歲的台灣女孩「阿恰」四人所交織的生活，做生動描
寫的小說〈熱帶柳的種子〉（《作品》一九三二年一月號），還

有以繁華一時而今沒落的台灣港口—安平與淡水—為背景的作品〈荒廢之港〉(《台灣小說集》墨水書房、一九四一年九月)都是。此外，尚有描寫與牙醫師結婚，因而來到嘉義的延岡女性之不幸遭遇作品〈旅途〉(《行動》一九三四年五月號)；另一部作品〈啄木鳥〉(《作品》一九三三年九月號)，描寫主角「庄造」(其父在台灣經營妓女戶)，儘管在學校表現優良，卻漸漸染上竊盜惡習的境遇，皆為台灣的生活經驗。

離台近十年後的一九三九年，中村地平以「明治初年征台之役為因，對琉球蕃民的漂流記展開調查（註11）」為目的，到台灣作為期近一個月的取材旅行而後回到日本，依此旅行所產生的作品有，以花蓮港區的塔烏塔烏蕃為舞台的〈蕃界之女〉(《文藝》一九三九年九月號)，描寫霧社起義的〈霧之蕃社」〉。取材自高山族傳說的〈太陽征伐〉(《知性》一九四〇年八月號)，還有輕觸「描寫台灣高中生煩惱」之新聞小說潮的長篇小說〈青葉與若葉〉(博文館、一九四二年五月)。

就這樣，中村地平的作品多取材自台灣，這不單是反映了他把台灣當作是文字上的素材，更說明了他對台灣所抱持的鄉愁與懷想。

在〈霧之蕃社〉裡，中村不但記錄下他原本在台灣的生活經驗，並在離台後，寄予台灣深切的關注。他在 1939 年與來台灣旅行的水越幸一（霧社事件發生當時的台中州知事）有了認識的機會，也因而對於霧社事件這樣「世界文明都想像不出的野蠻慘劇」，有了想把它寫成小說的意願。先不論這個事件有沒有小說化的魅力，起碼都還沒有人十分正式地描述過這個事件，這也是由於此事被當局有心地矇蔽了真相，對於霧社事件的認識，人們也多依賴報導與總督府所發表〈霧社事件之始末〉，於是，他所

寫的〈霧之蕃社〉也並沒有脫離了官方說法的框架，即便是熱烈地討論著日方的鎮壓，卻對高山族激烈的抵抗事蹟甚少著墨，就連日方使用國際上所禁止的毒瓦斯，也由於報導媒體被壓制，幾乎沒有被宣揚。更重要的是他以統治者的姿態來看這件事，自然無法迫近理蕃政策的問題本質。雖然，霧社事件要寫成小說，並無什麼趣味性，而且難寫的地方不少，這可以從中村〈霧之蕃社〉這部作品感覺得出來，因此把它說成是中村勇於挑戰的作品，不失為一個不錯的評價方式。

我雖認為中村地平的作品是描述霧社事件的開始，但卻不能不提起在此之前，與霧社事件有所關聯的作品，有以下三部。

一是山部歌津子的《蕃人來沙》（銀座書房、一九三一年一月）。這部作品以高山族青少年「來沙」為主角，描寫在日本山地統治的推進下，高山族青少年漸漸地被日本化的過程中，面對社會與自身所衍生出的壓抑性苦惱之長篇小說。作者與台灣有沒有什麼關聯並不得而知，關於她執筆的動機，可能是因為讀了井上伊之助作品《生蕃記》（警醒社、一九二六年三月）中的一篇〈密卡的惡夢〉，從這本書的「前言」（作家沖野吾三郎所寫）當中可以看出端倪。雖然井上伊之助的父親被高山族人殺頭，他仍為了傳揚基督教給高山族來到了台灣，但山地並不被允許布教，所以他便在山地以醫療活動為主，服務高山族人。而「密卡」是一位高山族出身的巡查員，故事是描寫他面對充滿虛偽與欺瞞的世界，寧願選擇當一個平凡的高山族人的心路歷程。據此，山部歌津子的《蕃人來沙》在主題上，與井上伊之助的〈密卡的惡夢〉，可說是有十足的共通性。

《蕃人來沙》裡對於來沙這樣一位少年，著重於內心糾葛的描寫，但在結尾部份則有點明問題所在的陳述，這是超出主題的

附帶一提。

> 單身前往台灣的旅途中，聽聞蕃社反動暴亂事件後
> 的種種訊息，也聽到許多人們的傳言，尤其是從神戶往
> 基隆的船上，這樣的話題在三等艙裡被熱烈地談論著。
> 日方為了討伐不到五百人的生蕃，出動了兩個連的軍隊，
> 更從屏東調度三架陸軍飛機加入討伐行列，不分晝夜地
> 施放科學研究所十分自豪的毒瓦斯，彷彿白木蓮花色的
> 毒煙像霧般不斷瀰漫，所到之處，草木焦黑蜷縮，連螞
> 蟻也不得活命，這是從一位男子口中得知所描述之慘況
> 猶如在眼前般真實。

雖然通篇未提「霧社事件」一詞，但很明顯的，這正是在描繪霧社事件；其中使用毒瓦斯的謠傳，在大戰後才被當成新資料發現，當局怕被更多人察覺，連忙打住並否認此項傳言。然而，傳聞早已經廣為流布了，在這當中，山部歌津子以這樣寫作的方式，揭露真相的一角，不但可以說是勇氣十足，也可以說是別具深意啊！

第二是伊藤永之介的〈平地蕃人〉（《中央公論》一九三〇年十二月號）。以在卑南派出所執行勤務，平埔族出身的巡察員「密卡」為主角，描述在卑南製糖所原料採集區域蠻橫無理的日本人之情況。伊藤永之介是當時活躍的文藝戰線派作家。在〈平地蕃人〉之前，還發表過〈總督府模範竹林〉（《文藝戰線》一九三〇年十一月號），內容為三菱製紙株式會社與總督府勾結買賣竹林，使得一家台灣人走向悲慘命運的故事。此作雖然未提及高山族，卻對被迫害的被殖民台灣人有可觀的描述，並對日本在

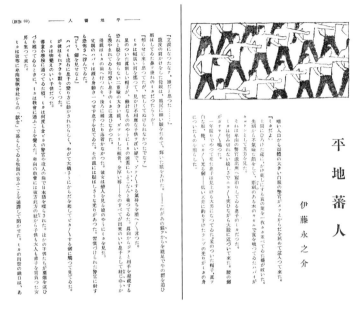

伊藤永之介〈平地蕃人〉
《中央公論》1930 年 12 月

台灣所施行帝國主義之殖民政策有所批判。或許是因為這部作品發表的時機，與霧社事件的發生時間有一點前後關係，特別是刊載〈平地蕃人〉的《中央公論》一九三〇年十二月號，其刊頭標上「凶蠻暴虐的教訓」，並錄有永松淺造的〈叛逆的蕃人〉」。可見，與這些霧社事件相關文章並錄於此，就意義上而言，並非單純的偶然。

　　第三是野上彌生子的紀行文〈台灣〉(野上豐一郎・野上彌生子《朝鮮・台灣・海南諸島》拓南社、一九四二年八月)。一九三八年十月，與先生豐一郎和兒子一起到霧社，在霧社留宿時，她認為如果就這麼離開霧社，實在沒什麼意義，想要藉此機會「看看霧社的生活，探訪事件發生的現場」。有一夜，從「原本是警

察且通曉霧社事件的」宿舍主人那裡，問了許多相關的問題與事發原因，但說的與總督府公布的大同小異，彌生子也就沒再追問下去。隔天，要前往巴蘭社訪問，「離開時，連鄰近的人都流露出親切不捨之情，說實在的，吸引我再來台灣的，不是因為它是個蕃社，而是在那裡的那些人，如果說要離開東京，找一個遠方有趣的土地小住一段時間，我一定選擇這個蕃地」。她抱著這樣的心情，離開了那裡。

在她的文章中，不論是對霧社或是霧社事件，皆是以觀光客的眼光，旁觀者的立場來觀看，對於理蕃政策的批判倒是不見一斑。短時間的停留，且在霧社事件後，理蕃政策又推進了八個年頭所造成的改變，這所有時空條件的轉換，可以和同樣是旅行者訪霧社的佐藤春夫之作品，做一番對照。

三

在日本文學中，關於高山族的描寫並不只限於大戰之前，即使到了今天，日本已經戰敗失去了台灣這個殖民地，取材於高山族的作品並沒有減少過，或許這是因為台灣原本是日本的殖民地，這成了一個十分強烈的歷史要素，然而並不是所有事情都能以此歸納，在此我們也要看看一些戰後提及高山族的文學作品。

首先是西川滿的〈蕃歌〉（《面白俱樂部》一九五一年四月號）。

西川滿一九〇八年出生於會津若松，三歲時跟隨父親到台灣，父親在台灣經營煤礦業，他除了在早稻田第二高等學院與早稻田大學在學的五年之外，一直到一九四六年，他大概有三十年以上的時間，是在台灣度過的。大學畢業後回到台灣的他，在台北《台灣日日新報》的學藝部工作，並不時從事詩與文學的創作，後來

還與在台日本人的文學愛好者合辦文藝雜誌，發行了《愛書》（一九三三年八月創刊）。《媽祖》（一九三四年十月創刊）。《台灣風土記》（一九三九年二月創刊）、《華麗島》（一九三九年十二月創刊）等出版品，可看出其旺盛的活動力。特別值得一提的是台灣文藝家協會機構雜誌《文藝台灣》（一九四〇年一月創刊、一九四四年一月停刊）（註12）。後來興辦媽祖書房（後改稱日孝山房），出版特定書刊。他的舉動，連繫鼓吹起台灣文壇的力量，也充滿了鄉土趣味與愛書意味的濃厚色彩，不但凸顯出台灣文壇的特色，同時也有與內地文壇對抗的意味，被認為是內地文壇的延長化。後來，漸漸地捲入戰時的體制，十分熱心擁護「皇民化政策」。

不論如何，西川的小說〈赤崁記〉《文藝台灣》一九四〇年十二月號）在一九四三年二月獲得了「第一回台灣文化賞」的台灣文學賞，並由長谷川清總督頒獎，這一個文學事蹟在一九四〇年代的當時，可以說是在台日本人作家的眼中最為重要的一個，即便是在撤出台灣之後，西川滿仍十分熱烈地在寫作，以台灣為題材的作品也不少，其中一個是述說霧社起義事件的小說〈蕃歌〉。

〈蕃歌〉作為一個描寫霧社事件的作品，可以說是戰後日本的首例。內容雖沒有特別讓人耳目一新的地方，但卻以敘事詩的描寫手法，給人一種較美好的感受。到底是什麼原因使得西川滿想要把霧社事件寫成小說呢？雖然他的作品有許多都是以台灣為主題，而提到高山族的就只有〈蕃歌〉了。而他又是以怎樣的觀點與想法，來看待與描述霧社事件呢？這些問題並沒有標準的解答，唯一可確定的是西川滿在不得不離開台灣的情況下，對台灣懷著強烈的鄉愁，因而才寫出這些作品。

　　接下來，若要探討霧社事件與高山族的文學面相，就不能不提到坂口䄍子和她的作品。

　　坂口䄍子，一九一四年生於熊本縣八代市，曾就讀八代高等女學校與熊本女子師範本科，畢業後於母校八代市的小學擔任教職工作。一九四〇年嫁給在台中小學教書的坂口貴敏，因而來到了台灣。最初只是在《台灣新聞》發表一些短文，不久，參加台灣放送局徵選廣播故事〈黑土〉入選後，成為當時台灣少數的女作家，也步上了作家之路。在總督府的綜合雜誌《台灣時報》裡，發表過〈春秋〉（一九四一年四月號）與〈鄭一家〉（同年九月號），又成為一本以台灣人作家為中心，由張文環主導的季刊文藝雜誌《台灣文學》（一九四一年五月創刊）的同人，發表過〈時計草〉（一九四二年二月號）、〈微涼〉（同年七月號）、〈燈〉（一九四三年四月號）、〈曙光〉（同年七月號）、〈盂蘭盆〉（同年十二月號）等文章，成為創作精力大大發揮的作家。此外，還出版了小說《鄭一家》（清水書店、一九四三年九月）與《曙光》（盛興出版社、一九四三年十二月），在這期間，入選了「昭和十八年度台灣文學賞（第一回）」的第一候選，獲得肯定。

　　不久，在日本漸漸陷入戰敗之局的一九四五年四月，坂口䄍子一家（包括先生與三個小孩）搬遷至中央山地部落「中原」，到戰敗隔年一月為止，在那裡約住了十個月左右。中原是霧社事件時加入「味方蕃」的巴蘭社等社，在事件後移居的地方，在地理上，距離當時起義抵抗日本人的瑪黑柏社移居地「川中島」十分的接近。在中原的生活，使得坂口對霧社事件不只是親身感受到而已，而且還引發強烈關心。如果沒有這一段在中原生活的經驗，她的文學之路絕對不會走上這個新方向。

　　在搬去中原以前，她有以霧社事件為背景的小說〈時計草〉

（《台灣文學》一九四二年二月號）。雖然這是台灣最初關於霧社事件的作品，然由於觸及當局忌諱，從頭到尾被刪得只剩頭尾各一頁。之後的作品集《鄭一家》雖也有收錄〈時計草〉，但與原作已大不相同，可以說是完全看不到寫到霧社事件的地方，不過，這部作品仍寫出了高山族青年「純」在婚前與高山族的關連，但後來卻捲入皇民化運動的心路歷程。

她在一九四六年三月回到了故鄉熊本，一九四八年秋天成為丹羽文雄主導文藝誌《文學者》的同人，不久就在這本雜誌裡發表了〈跛歧的故事〉(一九五三年七月號)。「跛歧」是四足在地上爬行的意思，故事以患有小兒麻痺而不良於行的高山族俊美青年為主角，並對中原的生活有一番描寫，當中也稍稍提到霧社事件的部份情節。

這個作品發表後，她又在《新潮》發表了〈蕃地〉(一九五三年十月號)，並獲得新潮社第三回文學賞的作品，被認為與之前在台灣發表的〈時計草〉風格十分相似。故事是講述日本人與蕃婦的後代「純」，在理蕃政策之下對認同感到十分的苦惱，並娶了像是獻身般的日本女性為妻，結果卻又發現自己其實還是高山族人的一段過程，而這個「純」的故事，有許多地方都與在霧社事件中起義的「花岡一郎」，予人不謀而合的感覺。

之後，她所寫的有關霧社事件的小說，有收錄於作品集《蕃地》（新潮社一九五四年三月）中的〈霧社〉，這是一部把事件發生原因到平定，作詳盡描寫的小說作品，並把她在中原的見聞與人際互動，以特殊的手法表現，這是其他作家在處理霧社事件時，無法掌握的部份。此外，她還認為事件不是偶發的，而是有周全詳密計畫的。但綜觀作品，似乎對於理蕃政策這樣的主題沒有深入探討，算是比較美中不足的地方。

　　後來，她又發表了一連串的作品，像是〈蕃地之女〉（《別冊小說新潮》一九五六年七號）、〈蕃婦羅波的故事〉（《詩與真實》一九六〇年十一月號）、〈蕃地夏娃〉（出處不明）。收於《蕃婦羅波的故事》大和出版株式會社、一九六一年四月）、〈塔塔歐蒙拿之死〉（出處不明。收於《蕃婦羅波的故事》），因而被稱做是「蕃地作家」或「蕃地作者」(註13)。戰前在台其間，相較於當時她寧願被看作是台灣人或在台日本人，也不願被看成是高山族人，這樣的稱呼對她而言可以說是一個變化。也因此，在中原的生活經驗，成了她作家生涯的一大原動力，作品以此為基調，從此也有了濃厚的私小說色彩，開創了個人的創作領域。

　　相對於西川滿，活躍於台灣文壇的坂口䙥子，回到日本後仍繼續從事作家活動，非作家出身但一樣曾在台灣生活的宮村堅彌與守山亞美兩人，也寫下了關於霧社事件的作品。

　　宮村堅彌生於新潟縣新發田市，一九三二年從東京高等師範學校畢業後到了台灣，到一九四六年撤台前曾任教職於台中第二中學校與台北第二中學校。在這段期間，出版了《超越合歡》（一九四〇年七月、於台北自費出版）與《高砂義勇隊記》（東都書籍株式會社、一九四三年九月），兩書都與高山族有關。前者有一章「霧社蕃與霧社事件」，是依總督府「霧社事件之始末」的內容，嘗試做概要整理的一篇文章，不過事件發生當時，並沒有引起他多大的關心。戰後一段時日，他著手整理了《瑪黑柏社日誌—台灣霧社蕃事件秘錄》（洋洋社、一九六五年十月），這本書中有一篇〈著者的話〉，內容是這樣寫的：

　　　　台灣的蕃地，特別是霧社，結合了秀麗的山河與高

山族純真的魅力，對於霧社事件因而異常地有一種想要
去了解的執念，走訪霧社數十回，訪問了與霧社事件相
關的警察家族以及加入討伐的高砂族生還者，也訪問了
或多或少與此事件有關的人物，對於此事件，詳盡地聽
取了相關訊息。

進而同書的〈後記〉這樣寫著：

　　我想要洗刷事件發生時，引起全國人民憎恨的花岡
一郎的污名，這個秘密藏在心中長達三十五年之久，它
是我一生中最重要的工作。

這種講法顯得有點誇張，但也由此可知，他寫的《瑪黑柏社
日誌》不但基於對霧社事件的執著，也源於他想要洗刷花岡一郎
罪名的心情。然而這部作品若要以史實的角度來看，應該說是虛
構的，然而卻給予讀者在看一部實錄或秘錄般的錯覺。而且在霧
社事件的根本解釋上，與總督府〈霧社事件之始末〉的論調一致，
認為霧社事件「完全是突發性的事件」，與河野密的論文〈霧社
事件真相〉、坂口袗子的〈霧社〉所持之論點相反，一直站在總
督府地方官吏的觀點立場。此外，相對於把霧社事件小說化所表
現出對台灣的善意，他更以身為一個舊時代台灣統治者、關係者
為榮。

　　其次是台北出生的守山雅美（本名中野博正）。他在台北生
活了近二十年，從台北高等學校畢業後，進入東京帝國大學農學
部林學科就讀，之後任職農林省，再到德島農大擔任教授。本來
是一位農林方面專業的研究者，但是「小學時代就喜歡作文」、

「少年時代對高砂族的純真很著迷,還挑戰過台灣蕃地」, 這一點與宮村堅彌很像。另外,他把霧社蜂起事件改編為三幕五場的戲曲〈瑪黑柏的洞窟〉(《瑪黑柏的洞窟》農村文化研究所、一九七三年十月收錄)。不但有台北高校的學長越山正三提供資料,更從《瑪黑柏社日誌》作者宮村堅彌,以及當時是台中州能高郡的警察課長、著有《霧社血櫻》(一九七〇年七月於千葉自費出版)的江川博通兩人的著作當中,擷取不少靈感。可能因為是戲劇,不得不把霧社事件從理蕃政策抽離出來,而且為了達到劇情的張力,角色過度典型化,而難免受到一番批評。

　　以上所提的四個人,西川滿、坂口襗子、宮村堅彌、守山雅美都有在舊殖民時代台灣生活過的經驗。離台後都對台灣都有著濃厚的鄉愁與強烈的憧憬,西川與坂口更是在台灣找到了自己的創作方向。的確,即使是待過台灣,必然也有難以描寫之處,但相對來說,有關高山族抵抗日本殖民與總督府理蕃政策的表現與主題的切入,就稍嫌欠缺,無法超越所謂「不滿的情感對立之抵抗」的描寫領域,更是一項弱點。也就是說,過於執著自身在台灣的生活經驗,而非從不幸的歷史當中去思考人類「生」的意義,純粹只是在回想過去,而陷入了私小說的世界。戰後在日本描寫有關台灣的文學作品,儘管被評為是特立獨行般地存在,但卻因此成為戰後日本文學中不淪為仿效跟風作品的關鍵因素,這與從朝鮮及中國的大陸回來的作家作品有相當大的不同。

　　也有從別的角度來看霧社事件的作家五味川純平。五味川在中國東北地方(滿州)出生成長,並當過關東軍,有過九死一生的經歷,著有長篇小說《人類的條件》(三一書房、一九五六年八月~一九五八年一月),把日本軍的罪惡與日本人同胞搶奪中國人土地的過錯,當作是自己的原罪背負著,並做強烈的控訴。

之後他也以一貫的作風，寫了另一部長篇小說《戰爭與人間》（三一書房、一九六五年～一九八二年、共十八卷）。

　　在《戰爭與人間3》（一九六五年七月）裡頭提到台灣的部份，也提到了霧社事件。在這一系列書中，寫下了從「滿州事變」到太平洋戰爭戰敗的每一日，探討著戰爭對日本人而言究竟為何物？在這樣的主題下，不忘提出在近代史當中不能被忽視的霧社事件，以加強探討與理解，此人歷史觀點之銳利，說是沒有研究日本近現代史之盲點也不為過。他是以自身在中國東北殖民地的經驗進而延伸同為殖民地的台灣情況的。

　　《戰爭與人間》記述兩名軍人為調查霧社事件真相，被派遣至台灣霧社。一位是主角—陸軍省的拓植進太郎大尉。姑且不論是否為真實人物，但他透過到台灣出差的經驗，針對台灣殖民地現況提出「根本檢討必要措施」的觀點。另一位是張作霖爆破事件的河本大作，河本在引起爆破事件後，降回預備役身份，又受政友會幹事長森恪的請託，從滿州出發到霧社去調查霧社事件。這件事記載在平也零兒（河本大作之妻—久子的弟弟）的《滿州的陰謀者—河本大作命運的足跡—》（自由國民社、一九五九年二月）之中，是一個歷史的事實，然而卻不為一般人所知（註14）。其實森恪的本意是想要參考有別於台灣與朝鮮的統治型態，以統治出不一樣的「滿州」，但卻隱藏這個想法，暗中進行。發掘這個史實，可以說是日本近現代史研究上相當大的成果。

　　《戰爭與人間》一書對霧社事件的處理，比起在台居留者坂口褄子等仔細，對於殖民地有問題的部分也一一提出尖銳的質疑，以充實內容及獨特觀點來直搗問題核心。這是他基於在滿州所受的嚴厲考驗，所以才能這樣地來觀察台灣。

　　在此之後，《塞德克・泰雅的叛亂》（講談社、一九七五年

三月）被發表了，這是一部取材於霧社事件的作品。作者是以《拒絕兵役的日本人─燈台社之戰時抵抗─》（岩波書店一九七二年七月）一書而聞名的稻垣真美。一九二六年出生於京都府的稻垣，東京大學美學系畢業，並在該大學院修完碩士課程，是一個從社會科學、歷史學角度，創作近代史小說與報導文學的作家與評論家，活躍於文學界。

　　《塞德克‧泰雅的叛亂》裡，宛如作者分身的歷史系學生「谷村」在霧社事件後的四十年來到霧社察訪，把在那裡的所見所聞與事件當時情景交錯出見，隨著逼近事件真相，也質問與探討事件的現代性。此外，與事件相關的資料也羅織進來，更可說明這部作品並非單單只是虛構小說，與一些把霧社事件主題寫成「私小說」的作品不同，展現了新貌。有關中國的議論地方，也很清楚的提及日本統治台灣所引發的問題意識，努力地把握並深究日本近代史的要點。關於霧社事件這類的描寫，可以從一九六二年訪霧社的大田君枝與中川靜子所寫的報告〈探訪霧社〉（《中國》一九六九年八月號）裡看到。

　　而戰後涉及霧社事件的日本文學不只這些而已。

　　以《良人的貞操》、《自傳女流文壇史》等作知名的作家吉屋信子，則發表了〈蕃社的日落〉（別冊文藝春秋、一九六〇年三月號），為何她會想寫以霧社事件為主題的小說呢？雖然尚不清楚她與台灣之間有什麼關係，不過這部作品有一些處理面向是有別於以往的。故事內容如下：

　　　　因為父親的關係，「我」從「滿州」來到了台灣，在台北的教會受洗了，不久就成為一名傳道者。成為傳道婦的「我」，相信「服務蕃人就是服侍主」，基於父

親的體諒與支持，每個星期都到霧社致力於布教與服務，雖想持續按部就班進行這些活動，但有一天卻突然發生了起義事件。事發十天後，「我」又到霧社，驚見那些結有果實的大樹樹枝下，竟掛著許多高山族人上吊自殺的屍體，一時失神手足無措。不久，「我」被擔憂霧社「暴動」的父親，強硬叫回台北去，連拒絕的機會都沒有。到這個地步，「我」在蕃地傳道的夢想也消失殆盡了。

〈蕃社的日落〉結局雖然是主角因霧社事件在傳道路上受到挫折，但在另一方面，也有因此帶來了某種契機的重大意涵。

由於並沒有出現與霧社事件直接相關的人，因此想當然爾就不會有人在精神上受到極大的打擊，這是就她作品的主題而言，所得到的評價。儘管如此，當人們思想及傳道受挫的主角時，就不禁憶起在其他地方也有像井上伊之助一樣的人存在著。井上就是之前所提過的，儘管父親是被高山族所弒，也致力於山地醫療與服務活動的布教人士。這不正與〈蕃社的日落〉裡所描寫的主角，其對照性的存在嗎？

結語

以上探討了關於霧社事件以及高山族起義的相關作品，不過大多數的作品可以說皆著重於描寫高山族其少數民族所呈現的獨特性質（例如日本人既定觀念中感到怪異的風俗習慣、文化、野蠻未開化之民族氣息等等），強烈夾雜著對台灣懷有鄉愁與憧憬之抒發。對日本的殖民主義與總督府的理蕃政策，引發的根本性矛盾及缺陷，雖然抱持著質疑的態度，但真正站在這樣的立場，

堅持要找出解答與解決之道的作者，其實可以說少之又少。戰後的台灣卻不再是日本的殖民地，至今仍有不少人傾向對於日本人為何對台灣的了解如此貧乏這一點，有所質疑，即使到現在也都未能跳脫出這個情況，如此一來也可以看出，有關當局其一貫作風所留下來的足跡有多麼深刻啊！

附記

　　霧社事件的相關文獻紀錄如下：

1. 尾崎秀樹〈霧社事件與文學〉（《思想》第五四八號 一九七〇年二月）

　〈霧社事件與文學〉／原題：霧社事件と文学

2. 峰矢宣朗〈《霧社》觀感-佐藤春夫與台灣—〉（《天理大學學報》第二四卷第五號一九七三年三月）

　〈《霧社》觀感—佐藤春夫與台灣—〉／原題：《霧社》覚書—佐藤春夫と台湾

3. 峰矢宣朗〈文藝作品中所描寫的霧社事件〉（天理大學國語國文學會編《山邊道第二十號、一九七六年三月）

　〈文藝作品中所描寫的霧社事件〉／原題：文芸作品に描かれた霧社事件

4. 王詩琅〈也談《霧社事件》的文學〉（《台灣文藝》第四三期、一九七四年四月）

　　其他還有閉門二郎〈幽靈懷孕〉？（《探偵實話》第九卷第二號、一九五八年），以及河野密的戲曲〈亞洲的暴風〉（可能揭載於當時的報章雜誌上，有待查證）。

　〈亞洲的暴風〉／原題：アジアの嵐

註釋：

(1) 《詩文半世紀》頁一八八。令他心情鬱悶的應是指他的婚姻出現問題，且與谷崎潤一郎的夫人千代有關係，在〈旅人〉（《新潮》一九二四年六月號）當中也有提及，其對男女感情世界的心灰意冷，於是到台灣到處走走看看的心情寫照，並依推算，他回日本是同年的十月〈與女子 M.K 分離〉之後的事。

(2) 新垣宏一〈《女誡扇綺譚》—斷想ひとつ、ふたつ—〉（《文藝台灣》第一卷第四號、一九四〇年七月）。

(3) 本名丑之助。當時為台北博物館的代理館長，與伊能嘉矩並稱為台灣研究的先驅而著名。著有《台灣蕃族志》（第一卷、臨時台灣習慣調查會、一九一七年三月），對旅遊台灣的佐藤春夫有很大的照顧與幫忙，一九二六年七月自殺身亡。

(4) 〈那一個夏天〉、〈詩文半世紀〉都有提到大概是九月離台，但在集集街頭聽到霧社事件〈九月十八日〉與入山進霧社，並到森丙牛家住半個月，依推論應是十月初離台。

〈那一個夏天〉／原題：かの一夏の記

(5) 請參照拙論〈佐藤春夫《殖民地之旅》的真相〉。

(6) 可參考〈魔鳥〉於講談社出版《佐藤春夫全集》第六卷（一九六七年九月）的註解，與森丙牛《台灣蕃族志》第一卷第五篇「信仰與心的狀態」。

(7) 說的應是泰娃絲魯答歐的事。這位女性與近藤三郎警官結婚，但隨近藤轉任花蓮港後，竟被離棄，她只好又回到了霧社。這件事激怒了她的父親，這也記載在總督府公佈的《霧社事件始末》當中，被視為是霧社事件的起因之一。但在峰矢宣朗〈《霧社》觀感——佐藤春夫與台灣—」（《天理大學學報》第二四卷第五號、一九七三

年三月）書中，則寫出佐藤其實是參考了其所接觸幾位有似經驗的蕃地女孩，用她們的故事來粉飾與描述泰娃斯的故事，寫下了蕃婦受到不平待遇的群像。

(8) 河上丈太郎・河野密的〈霧社事件の真相を語る〉（《改造》第一三卷第三號、一九三一年三月）被認為是河野密主筆的成分比較多。

(9) 中村地平〈南方への船〉（《中村地平全集》第三卷、一九七一年七月)頁一五八。

(10) 與中村地平以作家之姿齊名的是當時的濱田隼雄。濱田與西川滿都是以《文藝台灣》為主要寫作中心的作家，在同誌發表的〈南方移民村〉，於一九四三年二月獲得第一回台灣文化賞的台灣文學賞。其他與中村地平相關的資料在尾崎秀樹的(《足跡》と《翔風》)（《中村地平全集》第三卷的〈月報〉）當中，有詳細的描述。

(11) 中村地平〈旅びとの眼──作家の觀た台灣──〉（《台灣時報》第二三四號、一九三九年五月）。

(12) 《文藝台灣》是台灣文藝家協會的機關會刊，隔月發行。一九四一年二月，台灣文藝家協會改組，第二卷第一號起以台灣文藝社發行的同人誌之姿繼續出刊，並改為月刊的形式。西川滿不管是機關會刊或同人誌時期，皆擔任編輯兼發行人。請參照拙著《文藝台灣》〈中國雜誌解題〉（《亞細亞經濟資料月報》第一八六號、一九七五年二月）。

(13) 坂口襷子〈蕃地作者のメモ〉（《文學者》第一○○號、一九六一年四月）。

(14) 觸及此事實之研究有春山明哲的〈昭和政治史における霧社事件〉（《台灣近代史研究》第一號、一九七八年四月），與戴國輝的〈河本大作と台灣〉（《歷史と地理》第二八一號、一九七九年二月）。

話說霧社事件

一、事件起源到部隊鎮壓

一九三〇（昭和五）年十月二十七日，在台灣中央山地的霧社，大多數的高山族（也就是所謂的高砂族，當時被日本人稱為「蕃族」「蕃人」）群起揭竿起義。參加的部落共有霧社分室轄內的「霧社蕃」十一社，主要是以 mahebo 社、poarun 社、hogo 社、roudofu 社、tarowan 社、suku 社等六社的三百名壯丁為中心。起義當天也是霧社的公學校、各蕃童教育所，以及小學校聯合舉辦年度運動會的日子。正因為如此，霧社來了相當多的民眾。起義的高山族在襲擊會場的同時，也襲擊霧社分室、學校、郵局、各職員宿舍、民宅甚至於分室附近的各個警察派出所。總共有一百三十四名日本人，兩名漢人（當時被日本人稱為「本島人」），共計一百三十六人遭到殺害。同時大多數的派出所都被縱火，還有一百八十支槍枝，二萬三千發子彈也都遭到搶奪，並且在各地築起堡壘，準備面對日本人的反擊。

○ 事件發生當時，霧社轄內的住戶人數與傷亡名單

	居住者	死亡者	存活者
日本人	二百二十七	一百三十四	*九十三
台灣人	一百四十二	二	一百四十

＊受傷後死亡者兩名，避難途中病故者一名，重傷六名，輕

傷十二名

　　從這些數據可以明顯看出，霧社事件並非單純的出草（割人首級）儀式，而是抵抗日本的起義事件。兩名台灣人犧牲者中，一名是穿著日本和服而遭到誤殺的九歲少女，另外一人則是誤中流彈而死。

　　沒有任何台灣人被殺，全部只有日本人遭到殺害，儘管有著這麼清楚的事實擺在眼前，日本還是將事件發生的原因，單純地歸咎為高山族的野蠻、愚昧無知，讓人認為這只是一起突發事件而已，完全湮滅了霧社事件的真相。

　　接到起義通知的台中州，立刻在第一時間裡派出警察隊前往現場。認為事態嚴重的總督府也下令要求其他州的警察隊前往支援，同時更要求軍部出動飛機，由軍隊配合警察隊的行動。當局採取了高度警戒，是因為擔心霧社事件會有直接或間接的影響，導致事態長期、擴大化。同時更是因為擔心，會因此而影響到台灣島內的治安、朝鮮的獨立運動、中國大陸的反日運動，甚至是日本政界都將受到波及。

　　防止台灣島內治安受到影響的戒嚴行動，以最先收到起義通知的埔里街為代表。在埔里的日本人最擔心的是，當警察隊與軍人動身前往霧社之後，約兩萬人的漢系台灣人將會趁隙大規模作亂，因此為了維持治安，組織了純日本人的自警團，戒備守衛埔里街道。為了預防萬一，女性則是全都躲到埔里的台灣製糖廠，或是專賣局內避難，當然這些地方是不允許台灣人靠近一步的。這樣子的防備即使在接援部隊抵達之後，依然日夜持續警戒，自警團直到一星期之後，才進行解散。

　　霧社事件同時也因為具有衝擊性，引來了媒體關係者的注意。

連松竹製片公司的攝影小組也開拔到了埔里。而日本當局自然是對這些媒體關係者進行限制，更阻礙他們的採訪活動。在頒布非常事態的情況下，舉凡電報、信件、照片通通遭到檢查，有如頒布了戒嚴令一般。日本當局認為，這樣子的措施可說是相當正確的，但也因此更加容易扭曲事實、隱瞞真相。

在霧社事件發生兩天後，即三十日，為了成功奪回霧社，軍司令部發出了「對反叛祖國施政的凶狠蕃人，應予以殲滅」的討伐令。也因此，原本被委以支援警察隊責任的軍隊，現在卻登上了戰場第一線，鎮壓的行動也轉變為戰爭的積極行動。他們在霧社一帶投入了大量的兵力與武器彈藥，這同時也成為了即將來臨的美日戰爭的預先演習，而軍部也以這個理由策劃了台灣軍增兵計畫。

於是乎鎮壓反叛高山族的主導權，從警察隊的手中轉由軍隊掌握，整個事件也有擴大的態勢。隨著事態擴大，台灣總督府與軍部之間也屢屢出現對立情勢。

而討伐也進一步成為了徹底性的掃蕩作戰。日本軍利用了沒有加入起義的其他社蕃的高山族，投入了山地大砲和飛機，將反抗的高山族追趕至馬赫坡岩窟，接連數日進行綿密的攻擊。飛機在山區一帶的攻擊火力，比原本預期的效果要高出許多。

另一方面，他們也一邊進行著呼籲投降的勸降工作。從十一月十六日上午十一時開始到正午時分，在馬赫坡溪上游的岩窟與habon溪附近的部落上空，灑下約六千張勸告投降的傳單，大約有五百人因此投降了。

雖然不清楚是在何日何時，不過在這次的戰役當中，日本軍使用了毒氣當作武器。

針對這一點，當時的國務大臣宇垣一成，就在第五十九回的

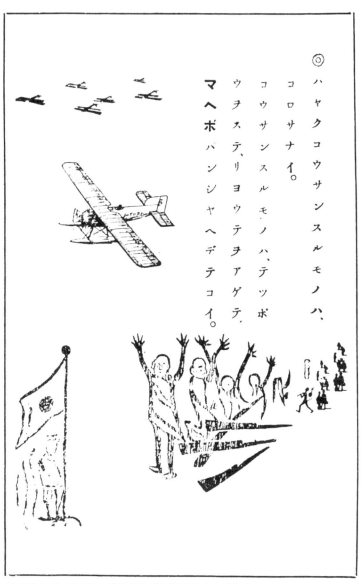

◎ ハヤクコウサンスルモノハ、
コロサナイ。
コウサンスルモノハ、テッポ
ウチステ、リョウテヲアゲテ、
マヘポ バンシャヘデテコイ。

從飛機上撒下的傳單（劉枝萬《南投縣革命志稿》）

帝國議會中辯解，軍隊是使用「催淚瓦斯」，否認有使用過毒氣。然而在整個鎮壓霧社事件過程當中，日本軍使用毒氣卻是不爭的事實。

　　在二次大戰戰後，連溫卿所發表的〈日人土地收奪所演出的兩事件〉（《南瀛文獻》第四卷下期、一九五八年六月）中，具體說明日本軍為了鎮壓霧社事件，實際上是使用了毒氣的事實，而事實也的確是如此。

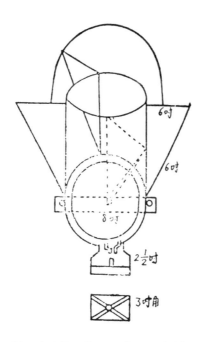

《台灣新文學運動の展開》　研文出版

　　在台北市幸町的中田鐵工廠，從一九三〇年十月二十八日起到十一月四日之間，製造出一百八十六個毒氣彈和炸彈外殼，如上圖所記，放置在軍部裡。而其後的裝填作業，則是不採用原本的台灣人女工，全由日本人

女工進行。最後的三十四個當中的四個，正是如上圖般
的毒氣容器。

　　　十月二十八日　第一回　四個
　　　十月二十九日　第二回　二十八個
　　　十月三十日第三回　二十個
　　　十一月一日第四回　五十個
　　　十一月二日第五回　五十個
　　　十一月四日第六回　三十四個

　　霧社事件在經過兩個月的長期作戰之後，最後終於平息。投
入了大約警察隊一千四百人，軍隊一千七百人，同時更動員了「味
方蕃（合作蕃）」，從山地大砲以至於飛機，甚至是使用毒氣的
徹底性鎮壓。所有的花費總額大約是七十一萬八千日幣。
　　在事件告一段落之後，反抗部落的人口急速銳減到如下所示。

部落名	事件前人口	事件後人口
mahebo	二百三十一	七十四
poarun	一百九十二	九十五
hogo	二百六十九	六十一
roudofu	二百八十五	一百四十一
tarowan	二十八	二十一
suku	二百三十一	一百二十
計	一千二百三十六	五百一十四

注：其他與 tautsua 蕃、torroku 蕃有親戚關係而前往投奔的有
　　四十七人。在犧牲者當中，有超過四百五十人是自殺。

二、關於鎮壓的爭議點

在鎮壓反抗的高山族當時，日本所採取的措施，我認為有兩個問題點。

首先是利用了「味方蕃」，讓他們加入了討伐的戰鬥行列。其二是連毒氣都使用的不尋常報復手段。

日本當時是以給予報酬和強制的雙重手段，召集沒有參加反抗的高山族，稱之為「味方蕃」，並且分配在討伐的最前線。結果也使得「味方蕃」的犧牲人數，和軍隊方面的戰死人數幾乎相同。

軍隊	戰死者二十二名	戰傷者二十三名
警察隊	戰死者六名	戰傷者三名
味方蕃	戰死者二十二名	戰傷者十九名

在類似事件的鎮壓當中，利用其他社蕃的高山族，一直是日本方面的慣例，也是對於殖民地的慣常手段。例如大正九年時的「薩拉瑪歐蕃事件」，就由霧社藩擔任討伐的工作 。在這一回的霧社事件中，則是徵用了 tautsua 蕃、torroku 蕃、萬大蕃等進行討伐。日本這樣子的策略，對於統治者來說，其實就是「分裂民族」、「分割統治」的一般殖民地統治政策，是很理所當然的。因此無可置疑的就是日本利用同族與同族間來互相牽制，讓這些部族彼此互相殺戮，進行所謂的「理蕃統治」手段，皆已由歷史證明。

日本軍曾經使用毒氣也是很明白的事實，日本當局當時擔心霧社事件會產生直接或間接影響，為了早日解決問題，使用了毒

氣。但不可否認的是，其中同時也對於殘殺一百三十四名日本人的高山族，懷有憎恨與憤怒的情緒。在這兩個理由相互影響下所產生的結果就是，使用毒氣一律殺光的不尋常戰爭犯罪。當時有四百五十人自殺，也能算是這個結果下的犧牲者吧！

使用毒氣，不但違反了一九二五年的日內瓦協議書，同時製造出最悲慘的結果，是人道立場上絕對無法容許的行為。而且日本人卻對人稱「天皇陛下的嬰兒」的高山族，使用了毒氣，光這一點，也成為了「理蕃政策」的矛盾處。

就像利用「味方蕃」以及採用「毒氣」的明確事實，總督府以「同化政策」為根本的「理蕃政策」，根本全然不是那麼一回事。

透過這兩點，我認為「理蕃」的方針並非「同化政策」，實際上是「民族歧視待遇」，對此我認為有必要加以深究。

三、內外的迴響與影響

儘管當時日本當局高度警戒，希望不要因此造成直接或間接的影響。但對於整個事件，不論在台灣島內、日本國內、中國大陸各地，都引起了相當大的迴響。

台灣民眾黨向聯合國提出了「禁止使用毒氣」的訴求（《蔣渭水遺集》一九五〇年八月），《產業勞動時報》第二十期也刊登「反對出兵」的文章。此外，同時向拓務大臣、貴族院議長、內閣總理大臣等人，發出「處置相關責任者與改革理蕃政策」要求的電報，並且要求全國大眾黨與勞農黨「派遣調查團」（《台灣總督府警察沿革誌》第二篇中卷、一九三九年七月）。

日本國內的活動，則是有一九三〇年十二月號的《戰旗》上，杉村五郎寫的〈台灣的暴動〉」以及一九三一年一月的《無產階

〈霧社事件の真相を發く〉
《中央公論》 1931 年 3 月號

級科學》中，蘇慕紅所寫的〈在台灣的民族革命〉，還有一九三
一年三月的《新台灣大眾時報》，刊載雪嶺的〈霧社蕃人起義的
真相與我們左翼團體之態度〉，但均受到了禁止發行的處分。

　　全國大眾黨還派遣了河上丈太郎與河野密二人，調查霧社事
件始末。這些調查內容都詳細地寫在〈話說霧社事件的真相〉
（《改造》一九三一年三月號），以及河野密的〈揭發霧社事件
的真相〉（《中央公論》一九三一年三月號）。

　　在中國大陸各地也群起發動，擁護高山族起義的運動並且抨
擊日本對台灣的統治。

　　根據《台灣總督府警察沿革誌》第二篇中卷，在上海發行了
「青年戰士」霧社事件專刊，同時散佈不少「擁護台灣蕃人暴動」

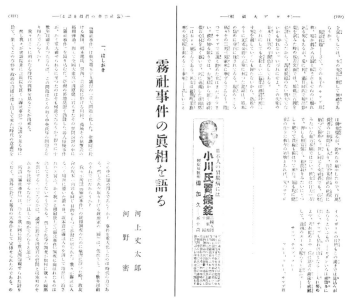

〈霧社事件の真相を語る〉
《改造》 1931 年 3 月號

的傳單。另外在南洋醫科大學的佈告欄上,貼著台灣警察虐殺高
山族的海報,以及抗日的標語。此外,在舉辦的「台灣革命運動
慰問上海各團體聯席會議」中,決議擁護高山族起義。在閩南地
方,也有閩南學生聯合會與上海台灣青年團聯絡,發行〈台灣蕃
族革命援助號召宣言〉、〈台灣革命特刊〉等印刷品,秘密送回
台灣島內各地。

　　當時日本政府應是為了處置內外高漲的抗議局勢,在召開第
五十九回帝國議會之前,接受了石塚台灣總督的辭職。一般都強
烈認為,這是松田拓務大臣的計謀。在總督之後,總務長官、警
務局長,以及台中州知事也都陸續遭到裁換。

　　也因此霧社事件,在殖民地統治政策上來說,並非「政策上

的失策」，而是「事務上的失策」，因此犧牲了一個人的總督府。

四、保護蕃襲擊事件的真相

日本對於投降的五百一十四名反抗高山族，取名為「保護蕃」，收押於 shipau 與 roudofu。羈押所由木柵、鐵絲網與碉堡圍起。霧社分室轄內的警官與部屬人數，在事件發生當時有八十六名。事件發生後的昭和六年四月，則是增加到四倍人數。保護蕃虛有其名，其實全在監視之下。

然而在一九三一年四月二十五日，「保護蕃」突然受到二百三十多名 tautsua 蕃的襲擊。也因此，「保護蕃」人數銳減到如下所示。

收容所	事件前人口	死亡者	失蹤者	生存者
roudofu	一百九十五	六十三	六	一百二十六
shipau	三百一十九	一百四十七	—	一百七十二
計	五百一十四	二百一十	六	二百九十八

＊包含絞死者十二名（roudofu），七名（shipau）。

而 tautsua 蕃的戰死者只有一名。

關於這次的事件，一直都認為是受到日本方面的煽動而引起的，在江川博道《昭和的大慘劇·霧社的血櫻》（一九七〇年七月）中，依據當時派駐在 tautsua 警官所寫的信件內容，首度獲得了證實。這名警官的告白中表示，「為了順利回收借貸給味方蕃的槍砲彈藥，一名警察課長認為有必要提供他們報仇的機會，因此秘密地前往 tautsua 蕃，勸告他們可以襲擊保護蕃。當時他們欣喜的承諾，結果造成了大悲劇。」（簡略）

不管怎麼說，日本的這種報復主義是相當可怕的，只是揭露出「統治者無法抹滅的歧視觀」。軍隊使用毒氣的事實，可以輕易地說明支配殖民地的日本人警官墮落的事實。

而總督府在事件發生後，將遭受 tautsua 蕃襲擊而被殺害的一百九十一名死者（除去絞死者），公佈為「戰死者」。對受到日本警察保護下的高山族，再由警察煽動進行襲擊行為，這種能算是真正的戰鬥行為嗎？另外，持有武器者殺死徒手者，又真的能算是戰爭嗎？

五、遷居川中島的悲劇

霧社事件的悲劇並沒有因此終止。

在保護蕃襲擊事件發生後，火速進行保護蕃移住計畫。五月六號，除了部分殘留者，大約有三百人被強制遷住川中島。要他們遷居其實只是種名義，大家深信這只是為了在遠離霧社的地方，秘密殺害這群人，而這樣的居心一直以來都被忽略。

和保護蕃強制遷居川中島類似的手段，也運用在漢族系台灣人身上。事件當時在霧社住有二十三戶一百一十一名漢族系台灣人，他們為了避難躲至山下，之後就不被允許再回到霧社。

霧社事件對於日本來說是件非常恥辱的事，唯一能夠做到的，就是抹殺整個事件，這也是當局的強烈期盼。因此，將保護蕃遷居川中島，以及不准居住霧社的漢族系台灣人歸山等兩項措施，都充分說明了日本當局的心態。

遷居到川中島的生活非常嚴苛，在上述連溫卿所寫的〈日人土地收奪所演出的兩事件〉中，有著如下的描述。

給予這三百人的土地，水田三十四甲（一甲約一

町）、農田二十甲、山林八十甲，共計一百三十四甲。
其中三十四甲水田是各自分配，農田與山林則是共有。
每人所擁有的水田面積，是當時台灣農民生活中，維持
所需最小限度的四分之一面積而已。（簡略）

遷居川中島之後，霧社六個部落殘留的土地，成為霧社地方
當時最肥沃的一塊土地。總督府將這些土地劃為官有，山林則成
為造林之用。一九三二年八月，將其中耕地的一千七百五十九甲
均分給 tautsua、torroku 兩蕃。而兩蕃有半數的居民八百七十二人
移居此地。

遷居川中島的居民則是在困苦與監視中生活，許多家庭分崩
離析。每天有人自殺，加上衛生條件不佳，因而發生了瘧疾。

一九三一年五月五日起至六月底，當時擔任醫務前往眉原赴
任的虔誠新教徒井上伊之助，就記錄著在川中島發生的瘧疾情況。

　　五月十四日時，霧社方面的頭目抵達川中島，我因
為有病患而前往該地，因此冒著雨盡快出發。（中略）
我往前探頭一看，帳篷中橫躺著數十名患者，其中還交
雜躺著好幾名因為霧社事件而受傷的頭目。他們從海拔
數千米以上的高山，移往平地居住，尤其是在這個蚊子
繁殖的旺季，因此瘧疾快速的傳播。至少有 90% 以上的
人得病，甚至還有日報寫著遷居川中島的居民全數病死
的新聞出現。（《蕃社的曙》友尾社、一九五一年十二
月）

日本方面並不以此滿足，依然繼續追究參加霧社事件的高山

族。十月十五日，郡警察課以舉行歸順儀式為名目，從川中島帶走了許多高山族，他們當中大多數人就此再也沒有回到川中島。

一九三六年所記錄的警察內部文書「關於霧社事件概況說明書」（能高郡警察課）中，就記錄著隔天十六日，在霧社分室舉行家長會時的逮捕情形。

（在霧社分室）所逮捕的行兇嫌疑蕃人，有川中島社二十三人，paran 社七人，takanan 社五人，katsutsuku 社三人。待其情緒平靜之後，調查他們行兇的事實，並且依其自白，區分罪狀為一級（兩年），二級（一年半），三級（一年）的罪行。在申請上級認可之後，進行長期拘留的處分。

另外井上伊之助還記錄了這樣的事。（如前《蕃社的曙》）

當時，為了調查並處分在霧社事件中確實殺害過日本人的蕃人，在當局者之間產生了問題。總督府與台中州的相關官吏均前往當地召開協議會，而我也受邀出席會議。某個負責的官吏就以很認真的態度問我：「有沒有什麼毒藥，能夠讓他們沒有傷口也不會反抗，輕鬆地讓他們離開的毒藥啊！」我想了想回答說，「藥是有的，但是身為一名醫者，我無法用藥來殺人。而且總督府當初在遷移他們時，曾經將他們分批帶往好幾處殺害，這麼恐怖的做法也讓他們有些人不願意搬遷。如今將他們遷移至此之後，卻還要使用毒殺的手段，這樣不但事關日本的威信，我也絕對反對這種做法」。由於沒有一個

人反駁我的說法，因此最後還是將三十七人帶往郡役所進行拘留處分。但是之後這些人卻因為長期無法接觸陽光，還有飲食上的變化，他們全數死於獄中。

至今仍然傳說著，川中島的居民都是以這種方式被帶走而殺死的，這樣子的說法如今仍讓居住在埔里的台灣人深信不疑。

在遷居之後，有人因為自殺，有人因為感染瘧疾，再加上因為曾經參與霧社反抗事件而被警察帶走就沒回來的人，可以想像得到，川中島社的人口在遷居之後顯著減少。

一九三一年五月六日當時遷往川中島的人口是一百一十一戶二百八十二人，五年後的三十六年十月的統計，卻〈增加〉七十三戶二百三十三人。

至此可以明顯看出，從事件發生當時到川中島遷居的過程中，日本始終貫徹著「報復主義」。

也正因為如此，日本人對高山族有「民族性的歧視觀」是毋庸置疑的。同時這也可以說是顯示了日本「理蕃政策」的實態，和「殖民地主義」的本質。另外，歷史也證明了，「民族性的歧視觀」將會使擁有殖民地者沈淪墮落的事實。直至今日，霧社事件也可以說是對於人類的一種「控訴」吧！

霧社討伐寫真帖
台北共進商會 1931 年 2 月

II　台灣文學史

台灣新文學運動的展開

前言　台灣文學史的時代區分

一

　　截至目前為止，日本人做的有關日本統治下台灣文學運動之研究，仍然很少。戰前，曾擔任台北高等學校教授及台北帝國大學講師的島田謹二，以筆名「松風子」及本名，在總督府系統下的綜合雜誌《台灣時報》與台北帝國大學文政學部雜誌《台大文學》上發表了近二十篇論文。此外，還有台灣出身的評論家尾崎秀樹戰後在《文學》（岩波書店）上發表了幾篇，予以訂正潤飾後整理為《舊殖民地文學之研究》（勁草書房、一九七一年六月）。當然，不能光以這些論文就表示說「台灣文學」已經被研究了。

　　我雖大膽使用「台灣文學」這個名稱，但實際上，這並非一般性的用法。日本統治期的台灣文學縱使被批判為品質不精，且文學基礎脆弱，但在現實上它是存在著應當被稱為「台灣文學」的作品，而且可認知已展開某種程度的運動。所以，理所當然應該研究它，並給予正確的評價。「台灣文學」是台灣自主性的運動，但很清楚地，它受到來自「日本文學」與「中國文學」兩方面的影響，在不可分割的關係上開展。由於台灣長達半世紀之久

是日本的殖民地之故，因此「台灣文學」的確有不能一概用文學去解決的多重因素。此外，還有原始資料極端匱乏的缺陷，然而迄今為止，傾向避免從事台灣文學研究的原因，並非光是上述這些理由而已。

綜觀整個日本的舊殖民地研究，戰後方面的研究還停留在十分不完整的狀態，尤其在有關台灣方面的研究最為明顯。研究中國被視為正道，而研究台灣是邪道，這或許是因為將台灣研究視為某種忌諱吧。因此自不待言，「台灣文學」研究，甚至戰後的台灣研究都比中國研究落後甚多。這可歸因於戰前的大部分研究被日本的帝國主義和軍國主義所冒瀆、扭曲的結果而導致的反動，而另一方面，也由於日本敗戰而一切已獲得清算的意識在作祟。在這樣的情況下，台灣近現代史研究會於一九七八年四月創刊《台灣近現代史研究》，多少帶給後來的舊殖民地研究一些刺激！

二

「台灣文學」不能單用「文學」去解決的各種因素中，第一個必須指出的是台灣曾是日本殖民地的這個事實。甲午戰爭的結果，從一八九五年開始，台灣成為日本領土，直到一九四五年日本戰敗為止的半個世紀間被日本統治。現在，有人說日本對台統治是成功的，可惜這全是誤解。殖民者日本人，跟被殖民者漢族系台灣人（以下稱台灣人）與高山族系台灣人（以下稱高山族）的立場各自對立，這是容易了解的事。因此，說「台灣統治是成功」不但缺乏對台灣的理解，而且也否定了殖民地統治的原則。因此寧可說，台灣作為日本的第一個殖民地被施予壓制，但日本則常受到來自台灣住民的激烈抵抗威脅。唯有先了解這些事情之後所做的「台灣文學」評論，才可能觸及到「台灣文學」的本質。

　　而成為殖民地的台灣，除台灣人、高山族之外，更加入了統治者日本人，變成由三民族所構成的台灣。由於高山族不具有書寫語文可以除外，這個文學運動就是由台灣人的文學活動與在台日本人的文學活動兩主軸所構成、相互交錯展開來的，不難想像。另外，從使用的語言來看，台灣比日本更為複雜許多。在台灣有日本語與中國語，中國語則又分為文言文、白話文與台灣話文，而且是混合使用著這些語文。

　　統治殖民地的原則不外是土地掠奪、利用當地資源和勞動力以充實母國，以及為了進行新的侵略作軍事上的利用、補償母國政治與經濟等，不勝枚舉。因此，隨之而來的必然措施即是剝奪被殖民者的語言，並強迫其接受本國語言，台灣自然也不例外。由於被迫接受日本語，致使向來在中國文化圈裡的台灣人、高山族轉移到日本文化圈。日本統治台灣五十年期間有過世代交替，當台灣的日本語教育語言政策逐漸發展，進而產生雖是中國人（台灣人和高山族）卻不了解自己民族的語言、用日語說話、書寫、思考的新階層。在這情況下，用日語參與文藝工作的台灣人人數逐漸增加，身為漢民族卻使用異民族語言──「日本語」來表達自己的心情、留下作品，這絕非正常。但像這種情形應說是這些人的不幸，也是不該被忽視的問題。這不僅是日本統治時代，甚至在戰後已經數十年的現在也如此，而且不知還會延續多少年。

三

　　由上述幾點來看，要用文學史的方法來為台灣文學分期存在不少困難，之前並非沒人嘗試過，所以在此一提。

　　首先是島田謹二，這是他發表於一九四一年五月的《文藝台灣》第二卷第二號的〈台灣文學的過現未〉（後來被收錄於一九

四二年八月由大阪屋號書店所刊行的西川滿編《台灣文學集》）；以及在雜誌《愛書》第一四輯（一九四一年五月）與神田喜一郎聯名發表的〈有關台灣的文學〉等論文。雖是發表於戰前，但島田把台灣的文學分為三期。

第一期是一八九五年割讓台灣，到日俄戰爭的十年期間。第二期是一九○五年後到昭和初期的二十五年左右。第三期約自九一八事變（一九三一）發生之後。島田的時代區分以「（一）日本內地對台灣的興趣之深淺（二）台灣住民的文化教養的程度（三）一般讀者階層對文藝的態度（四）作品的發表舞台與讀者的素質（五）作者質素之可否」等為基準，且鮮明描述各期的特色。

第一期的特徵是漢詩漢文的鼎盛時期。這是台灣人、日本人雙方妥協下產生漢詩、漢文時期。

第二期特徵是俳句、短歌、新體詩取代漢詩、漢文後，隨之盛行。但在另一面同時有人呼籲正統的漢詩、漢文有存在必要，除此之外還流行新詩，因此島田認為這時可以觀察到中國白話文運動對台灣的影響，但還沒產生出優秀作品，因而對台灣人的新文學運動給予消極評估。

第三期的特徵是九一八事變後，台灣文學有明顯的發展跡象。這和時代的需求有關，也與會日語的台灣人增加及日語能力提高有關。雖然如此，台灣文學的水準還沒到達高度發展的階段。

不容否認，島田的論理架構是把「台灣文學」完全建立在日本文學的延長線上，有關中國新文學對台灣的影響，以及其與台灣社會運動的關係卻談得不多，不由得讓人聯想這是大多數移居殖民地的日本人理解的極限。

戰後，針對島田理論被殖民者也提出幾種分期法。但不論是

哪一種，與其說是台灣文學史的時代區分，毋寧說是想把台灣的台灣人之文學運動軌跡給予最大評價。此亦即台灣新文學運動史（譯註：點為作者所加）的時代區分。

首先要介紹的是王白淵的論述。這是他戰後在台灣新生報社叢書編纂委員會編《台灣年鑑》（台灣新生報社、一九四七年六月）的「文化編──文學」欄上執筆的內容。

王白淵把台灣新文學運動史分為「白話文文學期」與「日文文學期」二期，把前者產生的原因歸因為受到中國新文學運動的影響。這種區分純粹是根據使用語文的不同，而不是從新文學運動的發展，然而這也不失為一種想法。

此外，還有王詩琅的方法。從他發表在《旁觀雜誌》第十六期十二月號（一九五一年十二月）的〈半世紀來台灣文學運動〉以及《中學生文藝》創刊號（一九五二年三月）上的〈台灣的文學重建設問題〉文章來看。

王詩琅把台灣新文學分三期，第一期為一九二四年到三〇年以前的「萌芽時期」，第二期為一九三〇年到一九三六年的「正式高潮時期」，第三期為一九三七年的中日全面戰爭前夕到日本敗戰為止、日文盛行的「戰時文學時期」。儘管區分的論據不清楚，但跟王白淵不同的是，他是按照文學活動的展開做分期的。

此外，還有筆者未得見的范泉〈論台灣文學〉，把日本時代的文學活動總括為「草創時期」，戰後的台灣文學運動則視為「建設時期」。意謂著日本統治下的台灣新文學運動已累積許多文學軌跡和成果，但從現在的台灣文學史角度而言，卻還沒達到正式的階段。不過，這種想法也頗具說服力。

參考上述先行研究者的「台灣文學」時代區分法，筆者認為以下分期較為恰當。

　　第一期為新文學運動之前。即漢詩、漢文為唯一的文學表現時代。這個時期是從台灣割讓，到中國新文學進入台灣為止。以運動而言，是針對日語主張要保存中國語（文言文）的運動。不論保存的是文言文或白話文，在整個日本統治期間都一直持續保存中國語，特別是台灣剛被割讓，日本人把延續漢詩、漢文作為利用工具時期，此乃因為它是日本人、台灣人共通的文藝基礎。

　　第二期是台灣新文學運動的展開，可分為前、後二期。

　　前期：從一九二二年中國本土的「文學革命」理論影響台灣，一直到普羅文學甚囂塵上的一九三一年為止。然而，這期間的台灣新文學運動並非獨立，它完全被包含在社會運動內。剛開始運動有強烈的民族主義色彩，而在逐漸受到共產主義或無政府主義影響後，經過分裂與連繫之後趨向多元化，並轉為普羅文化運動。一九三一年，由於左翼份子被大檢舉，社會運動瀕臨崩潰，被迫轉換新方向，把它放在台灣新文學運動上，就可見到中國白話文從白話文運動經歷新舊文學論爭，最後在台灣生根的過程。其次是因中國白話文導致思想發展，以及普羅文學興盛的過程，即使這兩個運動在形態上有所不同，但都被含括在社會運動中。普羅文學運動在理念上的確承繼了新文學運動，所以中文（文言文或白話文）或日本語並不是抵抗表現上的最主要問題。因此，我認為在努力尋求新文學運動方向、定位的階段，可將之稱為「台灣新文學運動的抬頭期」。

　　後期：從台灣新文學運動走向自主的一九三二年左右開始，到中日戰爭前夕的一九三七年為止。一九三一年因為台灣社會運動遭到毀滅性重創，使得眾多的活動家轉而尋求新文學運動的活路，終於形成正式發展新文學運動的基礎。就抵抗的理念而言，這個轉向頗有共通性；以思想背景來說，過去的運動經驗真正成

為積極推進台灣新文學運動的原動力、造成全島性文藝團體的相繼成立，及強有力的文藝雜誌相繼創刊，台灣新文學運動也蓬勃發展的結果。在這期間所產生的語言問題，從普羅文化運動的旋渦中，演變成中國白話文與台灣話文運動的對決，同時還引發鄉土文學論爭。一九三七年後，由於面臨中日全面戰爭前夕，時局緊迫，報紙的漢文欄被廢止、禁止中文創作等措施，使台灣新文學運動面臨轉捩點。此時，由於其後活動被限定只能用「日本語」，中文作家不得不退出文藝界，而以日文創作的台灣人作家也有不少人有意識地離開文藝工作，導致台灣新文學運動迅速弱化，運動本身也發生質變。所以，把這時期名為「台灣新文學運動的自立上昇期」。

第三期從一九三七年一直到日本敗戰為止，為「戰時下的台灣文學」。這個時期，台灣也籠罩戰爭色彩。以文學活動來說，幾乎沒有用中文創作的台灣人作家，而一直用日文創作的台灣人作家也少，取而代之的是另一批日本語台灣人作家的輩出。明顯地，可看到和第二期的世代交替，此外在台日人的文藝工作逐漸有組織地壯大起來，對台灣文學界的主導權漸漸由日本人掌握，日人、台人合為一體，共同打造台灣文學，但另一方面，卻也存在著對抗日人主體的以台灣人為主體的活動。台灣文學就在這樣的情況下發展。

日治下台灣的文學活動，分為上述三期應是適當的。然而，在「日本文學」中也可以看到許多以台灣為題材的作家和作品，這有必要另起一章予以論述。此外，有關在台灣的短歌、俳句等日本的傳統文學，需從與日本文學的關聯加以考察。其次還要思考中國文學中的台灣認識問題。不過在此先以狹義立場，即以台灣人的文學活動為中心，來看日本統治下的台灣文學運動。

下來先討論第二期「台灣新文學運動的展開」。

序節　台灣新文學運動的歷史背景

　　日本統治下台灣的新文學運動，可以說和新文化運動及台灣社會運動有不可分割的關係，不過以近代思想為背景的新文化運動的勃興，是一九一○年後的事情。台灣新文學運動的萌芽可說是一九一一年四月下旬，中國的流亡政客梁啟超應台灣大富豪且後來成為台灣社會運動之領袖的林獻堂邀訪來台時開始的（註1）。然而，實際上新文化運動成為一個運動組織在台灣出現，卻源於一九一四年二月老政治家板垣退助來台之後，同年十二月在台北成立「台灣同化會」之時。

　　台灣同化會以「內地人台灣人（不論官民）為組織成員，作敦親睦族交誼，以期渾然同化，以報一視同仁知皇猷」為其目的。為達成目的，「逐步改良風俗及精神修養」，且謳歌「須守信義、重友愛，不可失去鄰保共同之精神，互以懇誠相待」（註2）。主張任何人都應被賦予人權的同化主義，因超越民族偏見的親近感，受到被虐待的台灣人所歡迎，同化會的組織迅速地整合，會員數一度多達三千多人。可是，大多數的台灣知識份子反倒把它視為一種否定民族的觀念；另一方面，平等對待台灣人和日本人的板垣自由思想，從根本顛覆了日本帝國主義的台灣統治，也受到日本人的攻擊。受到在台日本人與台灣人雙方反對的同化會改正章則為「本會事業以完全避免涉及政治，謀求普及國語（作者註：日本語），矯正風俗以及促進內地人台灣人之間的親善為目的」（註3），但終究無法平息反對派。旁觀多時的總督府，認為此會運作已明顯出現亂子，於是在第二年一月以「危害公安」理由令

其解散（註4），同化會的理想從此煙消雲散。

　　台灣同化會被解散的一九一五年這年，從五月到八月在台南近郊，余清芳、江定、羅俊等人起義，發生台灣史上最大的武力抗爭—「西來庵事件」。「西來庵事件」又被稱為「噍吧哖事件」。被檢舉者有一千九百五十六人，被判死刑的有八百六十六人，（其中一部分被減刑為無期徒刑），為裁判史上未曾有過的重大判決（註5），不少一般民眾犧牲。這個事件，現在有人說是日本方面的策略，台灣人在經過這次慘敗與重大犧牲後，被推落於絕望的深淵。但是由板垣等人引進的自由平等的新思想，卻使台灣青年逐漸覺醒，再也無法忍受台灣總督府及日本殖民地主義的壓迫、歧視和虐待。而同時期在中國，陳獨秀已創刊《新青年》，逐漸形成「文學革命」基礎的時代。

　　同化會事件結束後，台灣思想界短期間沒有重大風波。但是從第一次世界大戰末期以來，世界思想界顯著地興起民主主義和自由主義思想。美國總統威爾遜所提倡的「民族自決主義」思想對民族國家或被殖民民族間影響很大，而這風潮成為促使在遠東的中國人、朝鮮人與其他被殖民民族覺醒的動機。當一九一九年三月，以平壤為首的朝鮮各地興起了獨立運動「三一運動」同時，旋即在中國，反對二十一條要求的反封建、反帝國主義運動的「五四運動」興起，給日本帶來一波波震撼。不久，由於時代的轉變和需求，吸引了年輕台灣知識份子的心，特別是對留日學生的影響很大，而他們的反應也很快速。

　　在台灣上流階級之間，從台灣到日本內地去留學的風潮，始於一九〇一年（明治三四年）前後，到了一九〇八年，在東京的學生人數已達六十人，且之後有日漸增加的傾向。一九一二年，日本為台灣留學生蓋建高砂寮後，留學人數更為增加，到一九一

五年留學生總人數已達到三百多人，而到了一九二二年更激增為二千四百人（註6）。在這樣的背景下，台灣人的確有自然不得不轉換接受日本教育的情形，但在現實問題上，卻是由於當時的台灣尚未有高等教育機關的設立，因而高等以上的台灣子弟的教育，不得不到日本內地求學。即使醫學校早已在一八九九年設校，但高等學校是在一九二二年、台北帝國大學是在一九二八年才創校（註7）。此外，對台灣人而言，從初等教育的階段就有就學上的差別待遇，在台灣要接受高等教育是困難的（註8）。

渡海到日本內地的台灣留學生，得以逃過台灣總督府的監視。對社會問題和政治運動投注關心的同時，也透過來自大陸的中國留學生與朝鮮人學生的接觸，得到加強民族自覺的機會。他們不只是從旁觀察五四運動和三一運動，把它當做彼岸的事件而已，而且進而把它視為台灣人共通的問題去思考。在日台灣留學生的民族覺醒，逐漸傾向於作為實踐運動而發展的時間是在一九一九年底。在林獻堂、蔡惠如等人的領導下，組織了約有一百多人的「啟發會」，不久改稱「新民會」。「新民會」是以「專事研討台灣所有的應革新事項以圖提升其文化為目的（註9）」的團體，但是日本當局卻把它看成是「實踐民族自決主義的立場，在實行島民的啟蒙運動同時，謀求合法地伸展民權為不爭的事實（註10）」。設立當時的新民會有如下的成員參與（註11）。

會　　長：林獻堂　副會長：蔡惠如
幹　　事：黃呈聰　蔡式穀
名譽會員：陳懷澄　連雅堂
普通會員：林呈祿　羅萬俥　蔡國麟
（明大）蔡先於　彭華英　陳全永　李烏棕　林濟川

　　　林石樹　　林朝廷　　郭國基　　顏春風　　呂靈石

　　　吳清水　　陳添印　　黃成旺　　鄭松筠　　陳福全

　　　莊垂勝

（早大）王敏川　　黃　周　　林仲輝　　呂盤石　　施至善

　　　王金海　　林仲樹　　吳火爐

（中大）蘇維梁　　吳境庭

（商大）吳三連　　蔡珍曜　　陳昆樹

（帝大）劉明朝　　林攀龍

（專修）林伯文　　柯文質　　蔡敦曜

（慶大）陳　炘　　王江漢

（其它）林資彬　　李若曜　　蔡炳曜　　莊以若　　洪元煌

　　　黃元洪　　蔡培火　　石煥長　　陳天一　　謝春木

　　　楊淮命

　　「新民會」的活動為：①為了謀求台灣統治的改革活動，尋求會員以個人名義參加所謂「六三法」撤廢運動及台灣議會設置請願運動。②廣泛宣傳「新民會」的主張，啟發島民，為爭取同志發行機關雜誌。③謀求與中國人同志取得連絡，努力培養對台灣的運動等三點（註12）。由於大多數的新民會會員為學生，所以引起針對學生與非學生身分的指導幹部之一體化，認為在活動上並不妥的議論，不久，新民會會員中的學生會員另外組成「台灣青年會」，並把新民會置於指導地位，以後的各種運動一概以「台灣青年會」名義進行（註13）。

　　「新民會」及「台灣青年會」的機關誌《台灣青年》（至一九二二年二月為止，刊行通卷十八號，其中三號被查禁，一號出訂正號），由於前述原委，於一九二○年七月創刊，刊行雜誌所

需經費來自於新民會會員、富裕的在日台灣人的捐獻，及依靠台灣有力人士的捐款來維持。這些有力人士包括辜顯榮的三千圓、林熊徵的一千圓，及顏雲年的一千圓在內（註14）。辜顯榮是割台時日本軍進入台北城時的嚮導，因此有功而飛黃騰達，擔任許多要職，被台灣人譏罵為第一號御用紳士、最大「台奸」人物。林熊徵為在財富上可與台中林獻堂爭霸的台北板橋的林本源家當家。顏雲年則為於基隆瑞芳經營金礦的大富豪。

台灣新文學運動的導火線由創刊機關雜誌《台灣青年》所點燃的。於是，新文學運動在跟隨著《台灣青年》的發展而蓬勃的新文化運動中衍生。《台灣青年》創刊號不但有來自日本內地，也有來自台灣的投稿，當中日文以六十二頁篇幅、中文以五十四頁的比例刊登。作者有台灣總督田健治郎，以及中國學者蔡元培、楊度等人的題字，還有來自明治大學校長木下友三郎、貴族院議員永田秀次郎、東京神學社校長植村正久、明治大學教授吉野作造及泉哲、大日本平和協會副會長阪谷芳郎，以及台灣的林獻堂、顏雲年、林熊徵等，多數內外人士寄來的祝辭，可說是在獲得統治者方面及各知識階層的祝福和激勵中，踏出燦爛的第一步。這本刊物的創刊號和第二號都算平穩中和，內容只留在鼓勵青年奮起的程度，後來民族主義色彩逐漸加強，也刊登了從六三法撤廢運動到台灣議會設置請願運動的消息。

所謂六三法是日本占領台灣的第二年，日本帝國議會議決通過的「法律六十三號」，是授以台灣總督律令制定權的法律。由於台灣總督掌握了這個律令制定權，就可以從事禁止台灣人的集會、結社，並限制言論、出版，及沒理由的逮捕，從事無視於基本人權的行為，所以從台灣人身上收奪土地、禁止只有台灣人的株式會社的設立等經濟性抑壓，甚至強制購買公債或郵政儲蓄，

以至於教育和職業上與日本人有差別等所有統治權，都歸其所有。此法本來以三年為限，後來再三展延，到了一九〇六年以「法律三十一號」重新確認六三法，變成台灣總督的律令權，連帝國議會也毫無辦法，唯有敕令才可以改變。到了一九三七年，好不容易這惡名昭彰的律令才改掉，但當時的總督政治已經十分穩固了。

　　六三法撤廢是所有台灣人的希望，新民會從設立開始一直在推動這撤廢運動，但是新民會內部卻有人提出異議，這便是林呈祿在《台灣青年》第一卷第五號（一九二〇年十二月）發表的論文〈六三問題的歸結〉，認為六三法撤廢運動是否認台灣的特殊性，肯定內地延長主義的運動，所以應該提倡中止六三法撤廢運動，主張台灣的特殊性，推展台灣特別議會設置的運動。林呈祿是畢業於明治大學後到中國大陸去又復回到日本內地擔任新民會幹事的青年知識份子。因此，上述他的論文給新民會會員間帶來深刻的感動。然而，六三法撤廢運動急轉直下地被台灣議會設置請願運動所替代。於是，台灣議會設置請願運動跟在台灣的主族主義啟蒙運動合併，成為台灣社會運動的一環，從一九二一年到一九三四年，持續整整十四年之久。參與此運動的積極份子有林獻堂、林呈祿、蔡惠如、蔡培火、蔣渭水、王敏川等人，在十五次請願中，簽署請願的人次，達到一萬八千五百二十八人（註15）。

　　另一方面，第一次台灣議會設置請願運動（一九二一年一月）展開的同年十月，在呼應東京「台灣青年會」運動的目的下，以林獻堂、蔣渭水、蔡培火等人為中心在台北創立了「台灣文化協會」。這是說服了抑制、禁止所有以台灣人為主體的結社的總督府，網羅地主、小資本家、公務員、醫師、教員、律師、領薪階級、學生等一千多人中產階級以上的台灣知識份子所結成的。會

則雖只揭露「助長台灣文化之發展為目的（註16）」這樣的抽象目標，但其面臨的對策不待言是要求台灣特別議會的設置、促使台灣人的民族性自覺、及最終要達到以政治運動解放台灣等主要主張。其手段為①會報的發行、②各地設置新聞雜誌閱覽所、③舉辦各種講習會及文化演講會、④戲劇或電影的巡迴公演、⑤以書籍、報紙、雜誌的仲介販賣為目的，開設書店等作為文化協會的活動內容，然後以都市為中心謀求逐漸發展到鄉下村落（註17）。結果，這個組織從一九二三年開始，有四年之久的最盛期，在台灣全島所舉行的演講會有八百次，聽眾達到三十萬人盛況（註18）。

　　上述台灣青年會的活動、台灣議會設置請願運動、台灣文化協會的活動，都揭示了類似的目標，並互相關聯。在統率的機構底下，作為台灣文化及全部社會運動的推進母體而發展且擴大。

　　到了一九二二年四月，《台灣青年》為了呼應在台灣的文化啟蒙運動及民族運動的展開，改名為《台灣》，到一九二四年五月廢刊以前，共發行通卷十九號（其中第二號在台灣查禁）。和新文學有關的論文和創作，也大約在這個時期出現。然而，《台灣青年》及《台灣》是以文化啟蒙運動為主軸的雜誌，它只是為了新文化運動的啟蒙發展而包含了一些有關新文學的作品，說不上跟新文學運動的直接關係有多深。

　　至一九二三年四月，台灣雜誌社除《台灣》之外更創刊了《台灣民報》。前者為理論雜誌，後者為適合大眾的半月刊雜誌。由於同年十月《台灣民報》成為台灣文化協會的代言機關之緣故，隨著《台灣民報》的發展，不久便將《台灣》廢刊，把全力傾注於《台灣民報》雜誌，從半月刊變成旬刊，更發展為週刊。後來隨著發行份數增加，到一九二五年八月，《台灣民報》的發行量

突破一萬份，雖然只是週刊報紙，卻成長到和台灣其餘四日刊報紙並駕齊驅（註19）。於是，台灣青年會的機關雜誌《台灣民報》超過了其領域，發展成所有台灣社會運動的指導性推動機關。這項壯舉，以台灣而言，的確是革命性的事情。更何況它為文藝提供園地，經常刊登文藝作品或文學評論，是作為文化啟蒙的台灣新文學運動推動之場所，長期以來是新文學運動展開的據點。

然而，當時的《台灣民報》在東京發行，再送回台灣，以這樣的形式發行，要送到讀者的手上非常不容易。而且最大的關鍵來自於日本統治者害怕會帶給台灣民眾影響力所作之阻撓，這樣的阻撓不止一次、兩次，首先日本內地的內務省予以嚴加監視，若獲得通過送回台灣，則又有台灣總督府保安關係的官吏揮起「台灣出版規則」予以審查，好不容易獲得通過，再來是地方上警察以公安為理由再度予以檢閱，所以在台灣遭到查禁並不罕見（註20）。當然此類措施並不限於《台灣民報》，凡是被帶進台灣的書籍、新聞、雜誌無一例外。例如矢內原忠雄的《帝國主義下的台灣》（岩波書店、一九二九年十月），佐藤春夫的小說《霧社》（昭森社、一九三六年七月）等都是在台灣不能公開亮相的書本。

因此，突破各種困難到達讀者手裡的《台灣民報》，有時延遲了一個月以上（註21）。即使如此，《台灣民報》創刊僅二年四個月就成長到跟台灣四日刊報紙並駕齊驅，這是因為由台灣人發行的報紙別無其他，可以評估為有良識的台灣知識份子在這份報紙上找到精神的寄託的結果。另一方面也証明，文化運動、社會運動已從台灣知識份子滲透到大眾。

從一九二〇年代後半，在台灣的思想界，可以看到新的無政府主義、共產主義的影響。迄今為止唯一強而有力的文化啟蒙團體，亦即台灣文化協會，內部有連溫卿等人的共產主義派的抬頭。

一九二七年一月，連溫卿驅逐了以前的民族主義派的指導幹部，轉換了方向，改組為共產主義的啟蒙團體。無法使《台灣民報》成為方向轉換後的文化協會機關報紙的連溫卿等人，在同年六月著手於大眾時報社的創立，要求台灣農民組合參加，以文化協會會計部長林碧梧為社長，在一九二八年五月七日創立了《台灣大眾時報》（註22）。此報儘管遭受到各種阻礙，仍繼續發行到同年七月九日的第十號為止，但因記事內容的關係，始終未能獲得在島內發行許可。

另一方面，被趕出台灣文化協會的舊幹部，於一九二七年五月以蔡培火為主幹結成「台政革新會」，旋即改稱為「台灣民黨」。但是不久後，即遭到禁止處分。之後於七月，由蔣渭水等一百九十七人為成員的「台灣民眾黨」結黨成功。隨著「台灣民眾黨」的實權轉移到蔣渭水派，對其左傾化意見相異的林獻堂、蔡培火、楊肇嘉等人，在一九三〇年七月，結成擁有三百七十多人會員的「台灣自治連盟」。

此外，作為台灣的社會運動，即無政府主義團體的「台灣黑色青年同盟」早在一九二六年十二月結成，另外台灣共產黨於一九二八年四月在上海成立，還有「台灣農民組合」的結成是一九二六年六月，為在第二年十二月舉行的全島代表大會增加了濃厚的左翼農民組合的色彩。作為一個勞動組合（公會）、為全島性組織的「台灣工友總連盟」在台灣民眾黨的指導下於一九二八年二月宣告成立，從三〇年代開始，可明顯見到台灣共產黨的積極滲透，而且在勞動爭議上有濃厚的共產主義化色彩。

如此這般地，從一九二〇年後半一直到三〇年代的台灣社會運動，受到來自中國大陸、日本內地，或者世界性傾向的無政府主義及共產主義的影響，派系鬥爭趨向激烈。

　　可是，一九三一年，情況有很大的不同，台灣人唯一的合法政治結社「台灣民眾黨」在二月被宣告禁止，在前年十月爆發的高山族蜂起的「霧社事件」（註23）是直接的理由。此外同年六月與十一月兩次以台灣共產黨為中心的左翼活動家大量被逮補，使台灣社會運動受到大打擊，以致台灣共產黨毀滅。農民組合和總工會等也瀕臨潰散。一九三一年剛好是中國大陸爆發「九一八事變」，使台灣島內外面臨異常緊迫的情勢。

　　《台灣民報》在這種台灣島內社會運動高漲中，於一九二七年七月獲得台灣發行的許可，同年八月一日開始由台北發行，這和日本國內政友會與憲政會的糾紛中，憲政會系的伊澤多喜男就任台灣總督不無關係。台灣民報社把陣容予以強化，增加篇幅，作為台灣人各種文化團體和社會運動組織的代言機關，比以前更努力於提振台灣人的民族意識，因此，台灣的社會運動可說是更加興盛了。

　　《台灣民報》遷台發行後，有關人士把下一個目標訂為「日刊《台灣民報》的發行」。於是一九二九年一月創立台灣新民報社，開始向總督府活動。可是當時的台灣總督石塚英藏並沒有理會這個願望，這是因為由日本人經營且已經存在的四日刊報紙的讀者被搶走的嫉妒，再加上對台灣人經營的《台灣民報》瓜分出版界大餅懷有抵抗感的關係，所以未能如願。不過反過來看，這也不外乎是露骨地表現了殖民者的優越和新聞業界的排他主義而已。至此，台灣民報社與台灣新民報社短暫地於一九三〇年三月合併，從同月二十九日發行的三〇六號開始，把報紙名稱改為《台灣新民報》。直到同年九月，總督府石井警務局長才提出日刊發行許可的條件，那便是「資本由日本人台灣人合資，其比率雙方同等、幹部為日本人台灣人同數、記者也是日本人與台灣人同數

（註24）」，這明顯無視於台灣人的主體性。

　　長久以來的願望《台灣新民報》日刊的發行終於獲得許可，這正是台灣的社會運動連根被剷除，連影子也找不著的時期。石塚總督因「霧社事件」被迫負起責任，取而代之的是新總督太田弘政，而在日本國內則是從民政黨的若槻內閣更替成政友會的犬養內閣，日刊的許可成為政黨政治抗爭餘波中產生的副產物，這時已是一九三二年一月了（註25）。不管如何，願望總算實現，成為日刊的《台灣新民報》，經過準備期間，於同年四月十五日終於發行。不用說，公司組織得以擴大，篇幅大大增加。並特闢日文、中文文藝欄各一頁，文藝作品的發表園地比以前更廣泛的開放，可稱做長篇小說的新聞小說也開始連載，這都是改為日刊以後的事情。

　　向來的新文學運動，主要以《台灣民報》為據點而展開。與其說是新文學運動，寧可說是做為新文化運動的一環而被包括在內，所以新文學運動本身可說還是十分脆弱的。雖然從一九二〇年代後期到三〇年代社會運動的興隆與普羅文學勃興，也可以看出新文學運動漸趨於興盛，然而，一九三一年日本當局對台灣社會運動的壓迫與情勢的緊迫，也給這些活動家帶來很大的影響，結果，迫使他們其中的大多數人轉向於新文學運動。他們把之前投注於社會運動的精力投在新文學運動中，除了藉以尋求自己的存在與活路外，並也以其代替社會運動的任務。於是這成為新文學運動的直接能源，新文學運動逐漸有了收穫，並成為促使新文學運動達到自立上升狀態的力量。只可惜一九三七年四月，總督府的廢止報紙「漢文欄」命令，及其先後的查禁中文創作、不准中文雜誌刊行的動作，迫使新文學運動中斷，體質發生變化。始終抗拒著廢止「漢文欄」的《台灣新民報》，到了六月也終於不

得不接受這個事實；最後一本中文、日文併載的文藝雜誌《台灣新文學》也不得不廢刊。這時的台灣新文學，除了一部分外，其餘的都只能用日文創作。

　　所以，一九三七年後的台灣新文學界，因此而產生了後遺症，亦即暫時有一段時期在台灣人作家中看不到令人注目的活動。從社會運動轉向於新文學運動的多數人，因找不到活路，離開新文學運動他去，就都是因為總督府廢止報紙「漢文欄」的緣故。另一方面，隨著中日戰爭戰況愈加激烈，時局也越趨緊張。首先，一九四一年二月，《台灣新民報》被迫改名為《興南新聞》。接著在一九四四年三月，由於戰況的惡化，在台灣各報紙一致團結的名目下，全島的六個日刊（註26）報紙被統合為《台灣新報》。至此，《台灣青年》—《台灣》—《台灣民報》—《台灣新民報》—《興南新聞》一系列一貫的主張，完全被粉碎，同時，台灣人的代言機關也從此消失。

第一節　台灣新文學運動的抬頭期

一、新文學理論的介紹與白話文運動

　　在台灣，新文學運動的萌芽，被認為是跟隨著新文化運動的展開而來，且發生於一九二二年（大正十一年）以後，起初它是以介紹中國大陸的「文學革命」到台灣來的形態開始的，而作為實際運動，發展成新文學運動，則是從一九二四年到一九二五年，經過「新舊文學論爭」後的事情。

　　一般認為一九一七年一月，在美國的胡適向陳獨秀編輯的雜誌《新青年》投稿的〈文學改良芻議〉一文，為中國大陸「文學

革命」的開始。胡適在文中，揭示文學改良的八項目（註27），主張把文言（文語）改為白話（口語）的表現方式是文學改良的要點，並認為用該時代的口語寫成的東西才是活生生的正統文學。胡適的主張，由陳獨秀繼承，隔月就把這主張加以發展為〈文學革命論〉，提出「三大主義」（註28），把胡適的以口語表現的文學改良的提倡，從階級觀點再提示。這時贊同胡適、陳獨秀主張的人很少，然而，北京大學預科講師劉半農和錢玄同等人各自發表數篇論文支援文學革命，只不過，這多是理論層面的投言或推動者的言論而已。所謂文學革命的作品，初期有詩的創作，像是胡適等人的新詩被刊於《新青年》，不過這些作品還沒有脫離「嘗試」的階段。到了一九一八年，被稱為文學上劃時代性的小說─魯迅的〈狂人日記〉發表於《新青年》，文學革命這才在創作層面上看到成果。魯迅在這以後還接二連三地發表了新作品，特別是一九二一年連載於《晨報》副刊的〈阿Q正傳〉，使得文學革命有了決定性的勝利。另一方面，反對文學革命主張的人也很多，這表示一般人也不是突然就能夠贊成或接納文學革命所提倡的內容。不過，當一九一九年的「五四運動」把文學革命作為其一環予以包容、吸收，文學革命就已經變成任何反對派不可動搖的東西，它已經確立了文學革命的正統性。如此這般地，透過「五四運動」的過程，不但出現沿順著其主張的文學作品，而且各地的新聞、雜誌的口語化趨向隆盛，同時儒教的封建道德在各地、各家庭迅速地崩潰。

　　然而，中國大陸這種新氣息並沒有立即反映到台灣，這當然並非因為在台灣及在日本的台灣知識份子把大陸的「文學革命」本身評估過低的關係，而且也不是在觀念上就能簡單地下結論說，這是因為總督府的台灣與中國大陸的隔離政策太過強硬，就可以

交代得過的。不過，台灣在一八九五年割讓給日本後，已過了四分之一世紀，以台灣人而言，對中國大陸這個既像是祖國、卻同時又是外國的國家，的確不容易讓他們正確地掌握祖國的狀況。

　　青年階層對世界的動靜經常是敏銳地反映著的，當時留學於中國大陸的台灣人學生，在一九二〇年代末有十九人，一九二三年十月已達到二百七十三人（註29）。三年之間的激增雖令人瞠目，但比起留學日本的台灣人學生，這只不過是十分之一或更少。而且，有關一九二〇年以前的留學生紀錄也沒有留下任何資料，因而，我們可判斷認為，中國大陸因「文學革命」、「五四運動」而要迎接新時代的重要轉換期之際，台灣人幾乎無法有直接機會去接觸這款氣息與活力。

　　儘管如此，一九二〇年代以後留學中國大陸的台灣人學生增加，這不但是「民族自決主義」思想的影響，更和一九二一年十月成立的「台灣文化協會」的運動形態有關，所以可視為是透過其活動進展所形成的民族覺醒。台灣雖割讓給日本，但以台灣人而言，中國大陸乃是他們的祖國，因此，到大陸留學除了是為了提高自己的知識、培養民族意識，同時也是為了加深跟台灣文化協會、台灣議會設置請願運動，及在東京的「新民會」、「台灣青年會」等的連繫。

　　實際上，為了回應這期待，首先在中國大陸的台灣人學生間有了組織。先是在一九二二年一月成立「北京台灣青年會」，接著一九二三年六月有了「廈門尚志社」，同年十月再成立「上海台灣青年會」，一九二六年三月又有了「中台同志會」（南京），及同年十二月的「廣東學生聯合會」。這些團體皆倡導「台灣解放」、「反日本帝國主義」（註30），各組織不但與大陸的中國人接觸，也頻繁地跟台灣島內及日本留學生連絡，更對台灣文化協

會的活動與台灣議會設置請願運動特別積極支援。

　　由於種種緣故，中國大陸的新動向「文學革命」遲遲未能傳到台灣。中國新文學運動的氣息傳送到台灣，及透過東京台灣人留學生組織「台灣青年會」的機關誌《台灣青年》開始，一九二二年一月發行、第四卷第一號上陳端明發表的〈日用文鼓吹論〉便是濫觴。以日用文應該以簡便為主張，本文舉出襲用文言文的弊害，並提倡採用白話文，作為結論。他舉出採用白話文的優點如下：

> 　　白文之利，第一可以速普及文化，啟發智能，同達
> 文明之域。第二意義簡易，又省時間，稚童亦能道信，
> 自幼可養國民團結之觀念，其影響於國家不少。有此種
> 種之便，故白文行見必更盛行於世，非偶然也。

　　然而，陳端明論文似乎並沒有引起一般人的注意。此理由根據本身與台灣新文學運動有密切關係，在戰後擔任台灣省文獻委員會委員、且在各領域有多數論考的廖漢臣的論點，有下面兩點（註31）。⑴《台灣青年》雖自創刊時就採用中、日文兩種，但實際上是以日文為主，因此讀者中以懂日文的占大多數，重視中文的人少。⑵《台灣青年》雖創刊了幾年，但發行冊數並不多，且在日本內地發行，不容易引起台灣讀者的廣泛注意。

　　因此，實際上中國大陸的新文學理論被介紹到台灣，是一九二三年以後發表於《台灣青年》改名後的《台灣》漢文欄上的黃呈聰之〈論普及白話文的新使命〉（第四年第一號、一九二三年一月）與黃朝琴之〈漢文改革論〉（第四年第一號第二號、一九二三年一、二月）。由於這兩篇論文，白話文運動正式被帶進台

灣，開始向前邁進。發表論文的這兩個人，不久就渡海到中國，其中黃呈聰加入神學會學習基督教後返台，黃朝琴則在中華民國的外交部任職直到終戰。

黃呈聰的〈論普及白話文的新使命〉有如下記載：

　　我今年（一九二二年）六月到過中國地，看過了這個白話文普及的狀況，一般得著利便很大，更加確實感覺有普及的必要。這個白話文，不但是民國採用做國文，使全國的學堂，將這個文編做教科書，以普及全國的民眾，其他新報、雜誌、著書、譯書大概也都是用這個白話文做的。（中略）回想我們台灣的文化，到如今猶遲遲沒有活動，也沒有進步的現象，原因在那兒呢？我要回答說，是在我們的社會上沒有一普遍的文，使民眾容易看書、看報、寫信、著書，所以世界的事情不曉得，社會的裡面暗黑，民眾變成愚昧，故社會不能活動，這就是不進步的原因了。

此外，又進一步討論到白話文之歷史考察，白話文與古文研究的難易，白話文與台灣文化和日常生活的關係，以及為了普及文化、白話文的新使命，然後下了結論：

　　總而言之，這個白話文是做文化普及的急先鋒，所以自今以後要從這個很快的方法來普及，使我們同胞已經學過了多少漢文的人很多，常常愛看中國的白話小說，將這個精神引到看現在中國新刊的各種科學和思想的書，就可以增長我們的見識了。

　　黃朝琴的〈漢文改革論〉是把黃呈聰的論文更具體地推進，提倡如下的事情。

　　　　照國語講習會的辦法，利用夜間的閒暇，開設白話文講習會，使不識丁的兄弟，練習練習，以最少的時間，使他們得著最大的智識，教授的方法，用言文一致的文體，以言語根據，使聽講的人，易記易寫，免拘形式，不用典句，起筆寫白就是了！

　　這兩篇論文所提到的問題，只是用語問題、亦即文字改革而已，還沒有觸及到文學問題。然而，正因為包含著跟文學有深切關係的問題，因此，對台灣人知識份子投下很大的波紋，他們要丟棄向來土豪劣紳專有物的陳腐且難解的古文，把他們日常講的話直接變成文章，因而讓台灣人從「同化主義」與「愚民政策」中受到保護，並藉以促進文化的提升和民族的覺醒。簡言之陳端明的論文與黃呈聰及黃朝琴論文之間的影響力的差異，在於《台灣青年》與《台灣》之間的運動形態與規模之差異。總之，《台灣》是適應台灣島內運動、擴大而產生的東西。而且，時機正是台灣文化協會設立一年後、一切已上軌道活潑地推動運動的時期。

　　這一年即為一九二三年四月，《台灣民報》跟《台灣》同時由台灣雜誌社所創刊。它扮演了文化啟蒙的一環、把中國大陸的新文學直接帶進台灣的角色。《台灣民報》正如在創刊號上早已採用白話文的英文稱呼「The Taiwan Minpao」一樣，是一份全文使用白話文的報紙。同時，創設「台灣白話文研究會」，將之作為《台灣民報》創刊的紀念事業。研究會制定暫定簡章，把會址設置於台南市，揭櫫以研究白話文來普及台灣文化的目的，在報

紙上徵求會員。這固然有響應黃呈聰、黃朝琴提倡的濃厚意味，但其背後有中國大陸強勢的「文學革命」、「新文學運動」很大的影響，因此在其基礎上可以看到企求跟中國大陸一體化的台灣知識份子的民族意識的昂揚 (註32)。

由於《台灣民報》的創刊，正式的白話文運動於是展開，新文學理論也多傳入台灣。在《台灣民報》上最初出現的論文為許乃昌的〈中國新文學運動的過去現在和將來〉（第四號、一九二三年七月十五日），當時許乃昌在上海大學留學，跟蔡惠如、彭華英同樣受到中國國民黨和共產主義的影響，他們一邊跟東京新民會、台灣青年會、台灣島內的台灣文化協會等幹部取得密切的連絡，一邊支援台灣議會設置請願運動及鞏固在上海台灣人的團結。在這期間，許乃昌以秀湖（《台灣民報》誤植為秀潮）的筆名，把其論文投稿給《台灣民報》。

許乃昌的論文指出，新文學（白話文學）運動本身不只是大進步，也為各種學術帶來重大的影響，此外本論文亦介紹從梁啟超開始以至於胡適的「八不主義」、陳獨秀的「三大主義」，以及他們跟五四運動的關係，甚至中國大陸的文藝雜誌《小說月報》、《詩》、《創造》的歷史和作品。他雖沒積極討論到台灣文學應如何走，但介紹胡適和陳獨秀的文學理論卻是功不可沒。刊載他這篇論文的《台灣民報》，因胡適的小說〈李超傳〉過不了總督府的這一關，在台灣遭到查禁，因此只有在日本內地的台灣人才能讀到。

雖然，《台灣民報》自創刊以來採用白話文，提倡創設白話文研究會，的確給台灣知識份子帶來相當大的影響，但實際上，能夠將白話文應用自如的台灣人卻很少。這是因為大部分的台灣人並不熟悉北京白話文（北京官話為標準的白話文），台灣人的

白話文只能說是台灣式白話文的程度罷了。有的是胡亂使用「啦」字，有的是混雜日語的名詞，或是直接用方言，而且文白夾雜混用。

於是，在《台灣民報》創刊的第二年，即一九二四年三月十一日發行的第二卷第四號上，刊載了當時在上海南方大學留學的施文杞及林耕餘的兩篇論文。兩人因無法忍受亂七八糟的台灣白話文，共同討論後，施文杞從上海投稿的〈對於台灣人做的白話文的我見〉中指出台灣人使用白話文的謬誤，並呼籲白話文學研究者注意。

　　我很希望台灣的同胞，如要研究白話文，最好多讀些白話文，並來中國買些白話文的書去做參考，才會趕快地得著門徑。

以逸民為筆名的林耕餘發表的〈對在台灣研究白話文的我見〉與施文杞站在同一個立場，提出對白話文研究上的勸言，要求促進研究，並認為白話文就應該要用北京的白話文不可。

　　我的意見是要問諸同胞是要做台灣的台灣人呢?還是要做東洋的台灣人呢?若是要做台灣的台灣人，那就可以不必去研究那幾萬字的漢字來學時髦了。……若是要做東洋的台灣人的，那就不然，非學白話文不可，必須有些少漢學的根底，和懂得國語（中國國語）才能夠寫得出來。我很希望在台灣熱心提倡白話文的諸位先生，在台灣多設幾處研究國語（中國國語）的機關，應時勢的要求，補其不足，把已萌芽的白話文推廣一步，才不辜

負當初提倡一般的苦心。

其次，在同年六月十一日發行的第二卷第十號上發表了蘇維霖的〈二十年來的中國古文學及文學革命的略述〉。這是以胡適的論文〈五十年來之文學〉為素材，傳來中國大陸在一九二〇年所頒的教育部令中，即已將白話文一舉成為中華民國國語的訊息。

新文學運動在中國大陸的發展迅速驚人，但是在台灣，文言文的勢力依然強固，認為白話文是很「俗氣」的觀念仍然根深蒂固。在一九二四年十一月一日發行的第二卷第二十二號上、前非的〈台灣民報怎麼樣不用文言文呢？〉，是為了要解開持有這種想法人的疑慮而寫的吧！在這篇論文中，指出《台灣民報》不用文言文而採用白話文的理由，有如下的三點、⑴白話文比文言文好的地方，就是不用深僻的典故，不要求整齊句子，不避俗字俗語，可以爽快如實地寫、⑵虛字比文言文簡化、⑶正因為如此，可以促使人覺醒，普及平民教育，啟迪青年知識，解放人民束縛並獲取自由。

如上述，我們可以看到台灣新文化理論之介紹與白話文普及的情況。不過即令如此，這還只是提到用語問題在白話文運動下的狀態，進一步地符合新文學的文學內容的提倡，還沒有真正被提倡開。自從胡適的喜劇〈終身大事〉在《台灣民報》的創刊號上發表以來，儘管在創作層面也可看到新文學的推動，但還是以轉載中國人作家的作品或歐美作品的譯文居多。此外，也有渡海到中國大陸的台灣人留學生的創作：如翁澤生的〈誰誤汝〉（第一卷第六號、一九二三年八月十五日），施文杞〈台娘悲史〉（第二卷第二號、一九二四年二月十一日），但作品水準並不高。居住在台灣或東京的台灣人作品也不少，如楊雲萍的小說〈月下〉

（第二卷第十號、一九二四年六月十一日），張梗的戲曲〈屈原〉
（第二卷第十四號、一九二四年八月一日），但都還脫不了習作
的階段。此外，台灣人最初著手寫的白話文作品，可能是以新詩
最多。總之，自台灣文化啟蒙一開始就努力引進中國新文學運動
和歐美文藝思潮潮流，台灣的《台灣民報》可說是居功厥偉。

二、新舊文學論爭

　　如前所述，中國大陸的新文學運動，在台灣是以白話文運動
的形態而展開的，但這僅止於用語問題，絕非可以說是新文學的
運動。他們之所以首先把用語當作問題，是由於台灣比之中國大
陸，是被置於特殊的狀態。只從語言上予以考量，中國大陸只有
文言文與白話文對立的問題，而在台灣卻有日本語與中國語的問
題、文言文與白話文的問題、北京白話文與台灣話文的問題，所
以非常複雜，必須考慮。此外，在日本化的推進中，關心的是如
何保持及如何持續中國文化，這才把注意放在標記形式的語言問
題上。

　　然而，雖說白話文運動只是用語改革的問題，但從用語問題
到出現新文學實踐的動向一事來看，新文學運動本身的性格是顯
而易見的。這轉變出現在台灣為對舊文學的攻擊，也是和中國大
陸的「文學革命」所經過的過程完全一樣。

　　當中國大陸新文學運動盛行時，在台灣仍看得到詩社的林立、
仍舉辦著大規模的詩會，還有新詩誌的發行等，都可看出台灣漢
詩壇所呈現的盛況。把這現象說成台灣漢詩的運動形態正在改變
也行，但其實它應該是在日本化中逐漸喪失的漢詩文的素養、尋
求正統派漢詩的台灣知識人的希望，因為他們認為這樣才能保持
與祖國有精神的相連。

　　在這期間，把以前的白話文運動一舉推進，猛烈地攻舊文壇，因而引起新舊文學論爭的，正是張我軍其人。張我軍以《台灣民報》為舞台，開始介紹新文學與攻擊舊文壇。

　　引起新舊文學論爭的張我軍，其第一篇論文乃刊登於一九二四年十一月二十一日發行的《台灣民報》第二卷第二十四號之〈糟糕的台灣文學界〉（筆名一郎）。在這以前，張我軍在第二卷第七號（四月二十一日），從留學所在地—北京國立師範大學投稿〈致台灣青年的一封信〉一文，早已指出舊文學所具有的弊病。其內容如下：

　　　　諸君怎的不讀些有用的書來實際應用於社會，而每日只知道做些似是而非的詩，來做詩韻合解的奴隸，或講什麼八股文章替先人保存臭味。（台灣的詩文等從不見過真正有文學的價值的，且又不思改革，只在糞堆裡滾來滾去，滾到百年千年。也只是滾得一身臭糞。）想出出風頭，竟然自稱詩翁、詩伯，鬧個不休，這是什麼現象呢？

　　這是〈致台灣青年的一封信〉中的一部分。然而，很難說是篇將新文學向前推進的文章。另一方面，沒多久，猶如呼應張我軍的意見一般，張梗也發表了長篇論文〈舊小說的改革問題〉（《台灣民報》第二卷第十七～第二十三號，九月十一日～十一月十一日），這是一篇提倡為了認知文學的真實與現實間的差異，應以科學的態度去面對，並以戲曲〈桃花扇〉與小說為例，論及小說改革的文章。

　　不久從師範大學休學，後任職於東京台灣民報社的張我軍，

張我軍發表〈糟糕的台灣文學界〉
《台灣民報》1924 年第二卷第二十四號

感到對台灣文壇仍由舊文學所侵占而氣憤，於是在《台灣民報》發表〈糟糕的台灣文學界〉，正式地對舊文學宣戰，正面批判舊文學。

> 這幾年來台灣的文學界要算是熱鬧極了！差不多是有史以來的盛況。試看各地詩會之多，詩翁、詩伯也到處皆是，一般人對於文學也興致勃勃。這種現象實在是可羨可喜的現象。那末我們也應能從此看出許多的好作品，而且乘此時機，弄出幾個天才來為我們的文學界爭光，也是應該的。如此纔不負這種盛況，方不負我們的期望，而暗淡的文學史也許能借此留下一點光明。然而創詩會的儘管創，做詩的儘管做，一般人之於文學儘管有興味，而不但沒有產出差強人意的作品，甚至造出一種臭不可聞的惡空氣來，把一班文士的臉丟盡無遺，甚至理沒了許多有為的天才，陷害了不少活潑的青年，我們於是禁不住要出來叫嚷一聲了。

張我軍這篇論文同時對一般人提示兩點：⑴必須弄清楚文學到底是什麼，為了認識文學的趨勢，應多讀有關文學原理與文學史的書。⑵為著培養豐富的思想，磨練表現的方法，應多讀中國與外國的好作品（詩、劇曲、小說等）。

接著張我軍在《台灣民報》第二卷第二十六號（一九二四年十二月十一日）發表〈為台灣的文學界一哭〉。〈糟糕的台灣文學界〉是對整個舊文壇的批判，此次卻是從正面向台灣的第一大詩人連雅堂（本名橫）及他主宰的雜誌《台灣詩薈》（註33）予以攻擊。這是因為刊登在《台灣詩薈》第十號（一九二四年十一月

號）上林小眉（景仁）的〈台灣詠史〉的跋文中，被連雅堂責難
提倡新文學的關係。張我軍因而對連雅堂有如下的抨擊：

> 這樣給他（連雅堂，作者註）分析起來，便可以瞭
> 然明白他對於新文學是門外漢，而他的言論是獨斷，是
> 狂妄，明眼人一定不會被他所欺。呵！我想不到博學如此
> 公，還會說出這樣沒道理，沒常識的話。真是叫我欲替
> 他辯解也無可辯解了。我能不為我們的文學界一哭嗎？

邁入一九二五年，張我軍發表〈請合力折（原文）下這座敗
草叢中的破舊殿堂〉（第三卷第一號、一月一日），對胡適揭櫫
的「八不主義」及陳獨秀提倡的「三大主義」予以更詳細的解釋，
向整個台灣島的舊詩人發動總攻擊，做了如下的結論。

> 台灣的文學乃中國文學的一支流。本流發生了什麼
> 影響、變遷，則支流也有自然而然的隨之而影響、變遷，
> 這是必然的道理。然而台灣自歸併日本以來，因中國書
> 籍的流通不便，遂隔成兩個天地，而且深其鴻溝。回顧
> 十年前，中國文學界起了一番大革命。新舊的論戰雖激
> 烈一時。然而垂死的舊文學，到底是『只有招架之功，
> 沒有還手之力』。不，連招架之功也沒有了。一班頑固
> 的老學究敗得垂頭喪氣。那一大座的破舊殿堂—舊文學
> 的殿堂，經了這陣暴風雨後，已破碎無遺了。（中略）
> 可是我們最以為憾的是，這陣暴雨卻打不到海外孤懸的
> 小島。於是中國舊文學的孽種，暗暗於敗草叢中留下一
> 座小小的殿堂—破舊的—以苟延其殘喘，這就是台灣的

舊文學。我們回顧這座敗草叢中的破舊殿堂，禁不住手
癢了。我們因為痛感這座破舊的殿堂已不合現代的台灣
人住了。倘我親愛的兄弟姊妹還不知醒過來，還要在那
裡貪夢，就有被其所壓的危險了！我不忍望視他們的災
難，所以不自顧力微學淺，欲率先叫醒其那裡頭的人們，
並請他們和我合力拆下這所破舊的殿堂。

張我軍更在下一號又發表了〈絕無僅有的擊鉢吟的意義〉（第
三卷第二號，一月十一日）。首先說到真正的文學與台灣文人的
錯誤，其次由歌德的詩作原理來提示人為什麼作詩，再論及到台
灣流行的擊鉢吟及其意義。擊鉢吟有命題，使用的押韻有限定，
詩作有限制，創作時間有規定，有些場合也限定創作的詩篇數目，
這都和本來應有的文學相距甚遠，雖是如此，舊詩人卻仍喜歡吟
會的理由如下：

> 總括說一句：也有想得賞品的，也有想顯其技巧的，
> 也有想學做詩（技巧的詩）的，也有想結識勢力家的，
> 也有想得賞品兼顯揚技巧的，也有想得賞品兼顯揚技巧
> 兼結識勢力家的。

張我軍提出他的想法，他認為擊鉢吟的意義僅有兩點為①培
養文學的趣味、②磨練表現的技巧，但這對原來的文學而言，不
但毫無益處反而有害。

張我軍這些一連串的論考的確給舊詩人間帶來某種程度的衝
擊，因此被攻擊得很厲害的舊派也不能緘默。作為舊詩人的據點、
御用新聞，號稱在島內擁有最多發行部數的《台灣日日新報》及

一九二五年一月五日號的「漢文欄」裡，首先刊出悶葫蘆（本名不權）的〈新文學的商確〉一文，開始反駁。其要旨如下（註34）：

　　㈠漢文學有隨世推移觀貴報革新之要。貴報亦屢論之不遺餘力。然不敢如一、二(不通不)之白話體，即傲然自命為新文學也。

　　㈡台灣之號稱白話體新文學，不過就普通漢文，加添給個了字及口邊加馬。加勞。加尼加矣諸字典所無活字，此等不用亦可之(不通不)文字。假如用齊天大聖法力，俾一一變成鑽石，亦不該如村婦之簪花，簪得全無順序，徒笑破人口。

　　㈢今之中華民國新文學，不過創自陳獨秀、胡適之等，陳為輕薄無行、思想危險之人物，姑從別論；胡適之之所提倡，則不過僅用商榷的文字，與舊文學家輩虛心討論，不似吾臺一、二青年之亂罵。蓋胡適之對於舊文學家，全無殺父之仇也。

　　㈣日本文學雖則革新，然至於鄭重文字若詔勅等，亦多用漢籍故典，不知今之時髦知之否？

　　張我軍對悶葫蘆的反駁，當然在其後發表〈揭破悶葫蘆〉（《台灣民報》第三卷第三號、一九二五年一月二十一日）中予以痛擊。他指出，悶葫蘆之說法完全沒有觸及到新文學的根本問題，為的是反對新文學而已。

　　於是，新文學提倡派與舊文學派之間論爭盛大地展開，而以《台灣日日新報》為首的御用新聞提供篇幅給舊文學派，暗地裡

聲援其反擊。這是因為他們認為漢詩人符合日本人的東洋趣味，他們害怕新文學理論中潛藏的反帝國主義、反封建主義的革命思想被帶進台灣。然而，新文學派不但沒有降低對舊文學派的攻擊，透過《台灣民報》越加強論陣。一直為張我軍的論爭全面提供篇幅的《台灣民報》為了推進新文學運動，更加盡力地轉載中國人作家的作品或外國作品，魯迅的〈鴨的悲劇〉、〈故鄉〉、〈狂人日記〉，淦女士（馮沅君）的〈隔絕〉、謝冰心的〈超人〉、胡適的〈說不出〉、皮耶爾・路易斯〈匹克路斯〉（周建人譯），愛羅先珂的自傳〈我的學校生活的一斷面〉（胡愈之譯），加藤武雄的〈鄉愁〉（胡愈之譯）都是。

　　於是，論爭繼續持續著，舊文學派的鄭軍我（本名不詳）發表了〈致張我軍一郎書〉（《台南新報》一月二十九日），張我軍寫〈復鄭軍我書〉（《台灣民報》第三卷第六號、二月二十一日）予以反駁。此外，對於張我軍的〈隨感錄〉（《台灣民報》第三卷第四號，從二月一日開始連載，至次年二月二十八日的第九四號為止，斷斷續續地連載十二次），黃衫客以〈張一郎隨感錄〉（《台南新報》二月二十八日）予以反擊等，可見新舊文學論爭活潑地展開。

　　另一方面，聲援張我軍的人也不少，半新舊（本名不詳）發表〈《新文學之商確》的商確〉（《台灣民報》第三卷第四號、二月一日），批判悶胡蘆的〈新文學之商確〉。接著蔡孝乾因張我軍的〈為台灣的文學界一哭〉受到啟發，發表〈為台灣的文學界續哭〉（台灣民報第三卷第五號二月十一日）。蔡孝乾更在《台灣民報》第三卷第十二號（四月二十一日）直到第十七號（六月十一日）連載〈中國新文學概觀〉，支援張我軍。前非（本名不詳）亦在台灣民報第三卷第十四號（五月十一日）直到第十六號

（六月一日）發表〈隨感錄〉，參加張我軍的論陣。

在這期間，張我軍的活動積極，從《台灣民報》第三卷第六號（二月二十一日）至第九號（三月二十一日），介紹胡適的〈五十年來之中國文學〉的〈文學革命運動以來〉（未完），在其序文寫道：

> 文學改革的是非論戰，在中國是七、八年前的舊事，現在已進到實行期、建設期了。所以文學改革的是非已用不著我們來討論。已有人替我們討論得明明白白了。

所以對照中國大陸的狀況，新文學已是時代的趨勢，如今用不著去討論。自此以後，張我軍認為沒必要再提出打倒舊文學，轉而把重點傾向於原來的提倡新文學。

《台灣民報》第三卷第七號（三月一日）至第九號（三月二十一日），張我軍發表了〈詩體的解放〉，催生新詩創作，其結論如下：

> 如果我們希望我們的詩壇能與世界的詩壇取一致的行動，如果想使我們的詩壇也開放幾朵燦爛的鮮花，那末請大家把舊詩體來解放罷!我們應和自由詩派取同一的行路！

此外，張我軍更發表〈研究新文學應讀什麼書？〉（《台灣民報》第三卷第七號、三月一日），提示可以說是新文學的參考書的書籍。張我軍很具體提出，曾毅《中國文學史》（泰東圖書局）、胡適《五十年來之中國文學》（上海申報館）、生田長江

《近代文藝十二講》（改造社）、廚川白村《文藝思潮史》、《近代文學十講》（大日本圖書株式會社）、《歐洲文學史》、橫山有策《文學概論》（久野書店）、廚川白村《苦悶之象徵》（改造社）、傅東華《詩之研究》（上海商務印書館）、胡懷琛《新詩概說》（同上）等，從有關文學史和文學原理的書開始到藝術論、藝術史、美學、文法、新詩集、短篇小說集、長篇小說、翻譯小說，甚至於雜誌《創造週報》、《創造季刊》、《小說月報》等，事實上介紹了中文、日文書籍數十種。這可以看到張我軍等當時新文學派想法的一端，也可以看到謀求新文學普及的積極姿態。

　　同年，即一九二五年八月二十三日，《台灣民報》歡度《台灣青年》第五週年慶，並兼紀念《台灣民報》的發行部數超過一萬部，發行了「第六七號臨時增刊號」，在增刊號上刊登張我軍值得紀念的論文〈新文學運動的意義〉。這是把胡適的「建設新文學」理論加以發展，提倡(1)白話文學的建設、(2)台灣言語的改造，並對主張「白話文言併用的混合體文」或「台灣話文」支持者的反駁。把他的反駁文分項說明如下：

　　　　我們主張用白話文作文學的器具，又在上面說我們之所謂白話是中國的國語。然而有些人說：「我們不會說中國語，如何能夠以中國語寫作詩文呢？若說古文不好，何不用白話文言混合體呢？」（中略）「不對！不對！這層不用杞憂！中國現在不會說國語的正多著哩！然而他們為什麼大都會寫呢？那是因為各地的方言的組織和國語相差不遠，所用的文字又同一樣，不過字音有一點不同罷了，所以念過書的人，都會看會寫。」——

(1)白話文學的建設

　　還有一部分自許為徹底的人們說：「古文實在不行，我們須用白話，須用我們日常所用的臺灣話才好。」這話驟看更有道理了，但我要反問一句說：「台灣話有沒有文字來表現？臺灣話有文學的價值沒有?臺灣話合理不合理?」（中略）「所以我們的新文學運動有帶著改造台灣言語的使命。我們欲把我們的土話改成合乎文字的合理的語言，我們欲依傍中國的國語來改造台灣的土語。換句話說，我們欲把臺灣人的話統一於中國語，再換句話說，是把我們現在所用的話改成與中國語合致的。這不過因為我們有種種不得已的事情，說話時才不得不使用臺灣之所謂的「孔子曰」罷了。──(2)台灣語言的改造

　　簡言之，張我軍把新文學運動的最後目標歸納為如下兩點：第一是建設白話文學以代替文言文。第二，改造台灣語企圖統一於中國語（即北京白話）內。張我軍之後在《台灣民報》寫了〈文藝上的諸主義〉（一九二五年十一月一日的第七七號到一九二六年一月二十四日的第八九號，連載六次），但新舊文學論爭在這篇〈新文學運動的意義〉的出現時，可說已暫時告一段落。這是因為響應張我軍所提倡的台灣新文學建設，產生了第一個台灣人作家─彰化的開業醫生賴和。賴和的散文〈無題〉以懶雲的筆名跟張我軍的〈新文學運動的意義〉一起，發表於臨時增刊號。以這篇為嚆矢，賴和陸續發表了新文學作品，像是詩〈覺悟的犧牲〉（第八四號、十二月二十日）、還有第二年創作的〈鬥鬧熱〉（第八六號、一月一日）、〈一桿『稱仔』〉（第九二號～九三號、二月十四日～二十一日）。張我軍本身也在一九二五年十二月，

出版了台灣初次使用白話文的抒情詩集《亂都之戀》，在《台灣民報》誌上翻譯武者小路實篤的戲曲〈愛欲〉（第九四、九五號、一九二六年二月二十八日～三月七日），亦發表創作〈買彩票〉（第一二三號～一二五號、九月十七日～十月三日）。此外，跟江夢筆共同發行台灣第一本白話文文藝雜誌《人人》（一九二五年三月創刊，同一年十二月、出兩號就廢刊）的楊雲萍（友濂）陸續發表了創作〈光臨〉（第八六號、一九二六年一月一日）、〈到異鄉〉（第一○一號、四月十八日）、〈弟兄〉（第一一九號、八月二十二日）、〈黃昏的蔗園〉（第一二四號、九月二十六日）、〈加里飯〉（第一三六號、一九二七年一月二日）。附帶一提，中國人作家的作品，如郭沫若的詩〈牧羊哀話〉，魯迅的〈阿Q正傳〉也被轉載。

　　如前所述，新舊文學論爭是由張我軍所引起的；新文學陣營依靠《台灣民報》，舊文學陣營依靠御用新聞《台灣日日新報》、《台南新報》或詩誌《台灣詩薈》，反覆地激烈爭論。儘管新文學派獲得勝利，但還不足以驅逐舊文學派。反而，舊文學派上不但不見衰微的氣象，甚至可說伸展了其勢力，這只要看詩社的數目就可以了解。台灣全島的詩社數，至一九二四年初有六十六社（註35），十年後的調查有一百二十八社（註36）（其中重覆的有五社，因此實際數目為一百二十三社），在一九三六年時已超過一百八十四社（註37）。這實在是驚人的現象，由此也可以推測，在那段時期曾經舉行過無數連吟會或大會。而且，這些活動皆由廣泛的台灣漢詩人所要求與支持，殆無疑義。

　　因此，新舊文學論爭在這以後也引起了新的論爭。從一九二五年到一九三二年，既是社會運動家、漢詩人且為白話文作家的陳滿盈（號虛谷、一村），與詩誌《七言聯彈》（一九二五年十

月創刊）的主筆張紹賢、林獻堂的秘書且和各種台灣社會運動有
很深關係的文學家葉榮鐘、同為社會運動家的陳逢源，還有楊雲
萍、廖漢臣等人屢次向舊文學陣營發動攻擊。此外，在一九四一、
一九四二年，圍繞著「台灣詩人七大毛病論爭」議題，舊文學陣
營的內訌開始了。如此這般地，新舊文學論爭離開了張我軍之手
以後仍然持續下去，可以說是日本統治台灣的整個期間都從未曾
停止過。不過，理論上的問題在張我軍為中心的第一期論爭時，
大致已獲得結論。因此，這以後的論爭，從新文學運動的形成來
看，是衍生的，與其說是論爭，不如說是攻擊才適當。一九四一、
一九四二年的「台灣詩人七大毛病論爭」（註38）需要從別的角度
去檢討，在這兒不再贅言。不過，這些論爭貫穿新文學運動理念
卻是個事實。新舊文學論爭，不，應說是新文學運動本身，不僅
是抵抗日本所企圖的中國大陸切離政策，而且謀求與本土的一體
化，要求保持和繼中國文化啟蒙台灣文化，更是從新知識份子的
立場來批判舊讀書人的存在，並批判那些因對中國大陸解放產生
共鳴而屈服於殖民地統治的人。

三、普羅文化運動與新文學運動

　　台灣的社會運動從一九二〇年代後半到三〇年，在文化運動、
政治運動、共產主義運動、無政府主義運動、農民運動、勞動運
動等所有領域中的組織大致就緒，其運動的活潑是台灣近代史上
登峰造極的時期，這已在序節「台灣新文學運動的歷史背景」中
提到。

　　另一方面，從一九二九年春天前後，全日本無產者藝術連盟
（納普）機關誌《戰旗》被送到台灣來且逐漸有增加之傾向。在
「戰旗社的統制運動下，求確立及擴大機關紙戰旗及其他宣傳出

版物的直接分發」（註39）之目的下，同年十二月，計畫設置戰旗社台灣支局，樹立此計畫的是當時台北高等學校學生的上清哉、藤原泉三郎等人，不過，這計畫遭到台北高等學校讀書會的檢舉而未能實現。之後，台灣共產黨中央的國際書局及台灣文化協會、台灣農民組合等對《戰旗》的關心高漲，國際書局非法進口分發給讀者。當然，靠個人設法入手的讀者亦不少。

在這種情況下，隨著社會運動的分化和尖銳化，為了這些主義的宣傳、昂揚、發展、啟蒙，響應這些主張所必要的雜誌也就出現了，這可以看做是社會運動興隆的產物。一九二八年五月，左傾化的「台灣文化協會」創刊《台灣大眾時報》是一個例子，直到邁入一九三〇年，突然創刊了幾份普羅雜誌，像是《伍人報》、《台灣戰線》、《明日》、《洪水報》、《現代生活》、《赤道》、《新台灣戰線》等便是。這些雜誌不一定是因新文學才發行的雜誌，但為了推進台灣社會運動，給新文學傾注不少力量，因而值得討論。簡言之，隨著共產主義和無政府主義發展所產生的對普羅文學運動關心的高漲，引發了普羅文學運動的發展。到了一九一一年，台灣文藝作家協會結成，台灣第一本普羅文學雜誌《台灣文學》創刊了。

A：《伍人報》（註40）

《伍人報》於一九三〇年六月，根據台灣共產黨員王萬得的主張，由陳兩家、周合源、江森鈺、張朝基五人出資，在六月二十一日創刊。《伍人報》之名稱乃出資者為五人而予以命名。此外，「伍人」這個名詞，以台灣俗語而言，有「嘲笑辯論」的意思。

創刊當時的伍人報社，伍人報社代表兼營業負責是王進益，

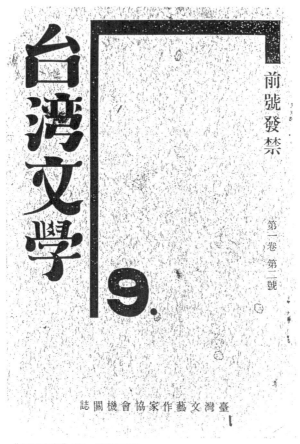

《台灣文學》第一卷第二號

中文編輯為王萬得，日文編輯為周合源，廣告為黃白成枝，會計為張朝基，由這五個人負責經營方面的事。此外，王紫玉、謝祈年、陳兩家、湯之口政文、周井田、林斐芳等人擔任勸募讀書等外勤事務。張信義、蘇聰敏、蘇德興、謝賴登、許嘉種、黃石輝、林水龍、潘阿德等各自擔任地方委員，同時成為分發雜誌的據點。

伍人報社為合法雜誌，所以幹部未必全部由共產主義者所佔

據。因此，不久像民族主義者的黃白成枝或無政府主義者的林斐芳，思想色彩較清楚的人都退出，計畫刊行別的雜誌。取代這兩人，補入了織本多智雄、江森鈺而繼續活動。

　　《伍人報》自從創刊號刊行三千部以來屢次受到查禁處分，但繼續到十五號以後（十五號改名為《工農先鋒》），由於短缺資金陷入經營困難，決定合併於楊克培所籌畫的《台灣戰線》社，遂於同年十二月廢刊。雖然這份刊物發行未滿六個月，但受到台灣共產黨員、台灣左翼青年等的支持和投稿，逐漸在全島七十多個地方完成分發網路，透過台灣共產黨的連絡線，跟日本內地的全日本無產者藝術連盟（納普）、戰旗社、法律戰線社、農民戰線社、普羅列塔亞科學同盟以及台灣大眾時報社等保持密切的連絡，成為台灣普羅文學運動的先驅。在文藝方面所執筆的，有蔡德音（天來）、黃師樵、廖毓文（漢臣）、朱點人（石峰）、王詩琅等人。而刊行了點人〈一個失戀者的日記〉和黃石輝的評論〈怎樣不提倡鄉土文學〉是該雜誌的成果。

　　B：《台灣戰線》（註41）

　　《台灣戰線》緊接著《伍人報》，和王萬得一樣，透過台灣共產黨員楊克培，和黨中央委員謝氏阿女（謝雪紅）、郭德金和林萬振，以及台灣文化協會的張信義、王敏川、賴和、陳煥珪等人為同人，以國際書局為大本營，同年八月創刊。其發刊宣言，強調如下。

　　　　如今欲以普羅文藝來謀求廣大勞苦群眾的利益，鄭重運動解放身處在資本家鐵蹄下過著牛馬般生活的一切被壓迫勞苦群眾，在如此重大意義及目的下創刊了本雜

誌。欲使它成為台灣解放運動上之先鞭,唯一的文戰機
關及指南針。(中略)。當此時期我們不可躊躇,須下
定決心一致努力,把文藝奪回普羅列塔利亞的手中,使
其為大眾的所有物,以促進文藝革命。當此過渡期,如
果沒有正確的理論則沒有正確的行動,這是我們所熟知
的事實。因此,須要讓勞苦群眾隨心所欲地發表馬克斯
主義理論及普羅文藝,如此地使無產階級的革命理論跟
無產階級的革命運動合流,使加速度的發展成為可能,
藉以縮短歷史的過程。(註42)

如此一來,一開始以尖銳態度創刊的《台灣戰線》,自創刊
以來雖已刊行到四號,但每號皆遭到查禁處分,不得不廢刊。於
是,策劃跟因經營困難而苦惱的王萬得之《伍人報》合併,並於
同年十二月刊行新的《新台灣戰線》,但卻又因相繼被查禁,不
久被迫消滅。

C:《洪水報》(註43)
《洪水報》是民族主義者黃白成枝退出《伍人報》後,一九
三〇年八月跟謝春木共同創立的綜合雜誌。在《伍人報》執筆的
人也投稿過此刊物,所以兩者可說是大同小異。但本報因謾罵《伍
人報》,雙方有一度展開過論戰。大約共發行了十號左右。

D:《明日》
《明日》是在黃白成枝退出《伍人報》前後也退出的無政府
主義者林斐芳,與宜蘭的黃天海共同策畫的中日文併用之文藝雜
誌,於一九三〇年八月創刊。本刊旨在要求尚在耽溺於惰眠的人

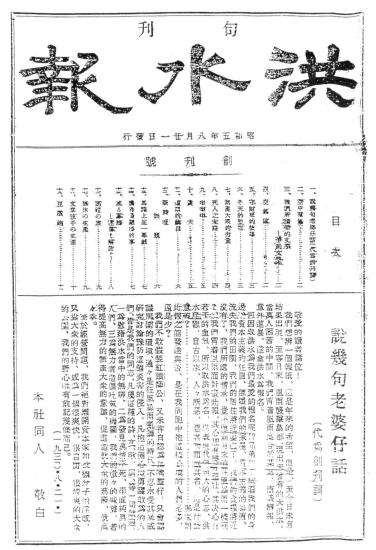

《洪水報》1930 年 8 月 21 日

覺醒,對直接輸入的公式主義追隨提出批判,揭櫫了格調高昂的
「創刊宣言」。

> 時代的潮流,急流激變,已到達時代的黃昏時期,
> 歷史上將有劃時代出現。時代雖然處在這樣的好機,可
> 惜,我們台灣島民還在享受蓬萊仙島的樂處,尚沒有從
> 春眠裡覺醒。因此我們不得不大聲呼喚:「早一天覺醒!
> 早一天走向明天之路!我們不能用有生命來死守今日黃昏
> 時期的廢墟,迅速走向明日之路,多見生活的幻影,多
> 少在多層面、生活上濺出美麗的火花!(中略)」。現
> 在島內,從事此種工作的人眾多,可是大部份的人直接
> 輸入外國品,囫圇個兒吞,有強要適用台灣的傾向。(中
> 略)。因此,我們現在詳細考察台灣現況,及嚴格檢討
> 輸入於台灣的一切學術,且要詳細予以調查,考察除社
> 會問題之外的人生問題,以便開闢走向台灣明日之路。

在創刊號看到和文學有關的作品,比較引人注目的有王詩琅
為生田春月之投身自殺而寫的一文,以及孤魂(黃天海)所寫的
作品。《明日》所刊的文藝作品中,中文詩特別多,不過也有如
第二號(八月)王詩琅的〈新文學小論〉,或子野(本名不詳)
的〈中國文壇的介紹〉,或第三號(九月)瘦鶴(本名不詳)的
小說〈新郎的禮數〉、黃天海的戲曲〈蟲的生活〉等作品。在這
雜誌上執筆的有張維賢、王詩琅、廖漢臣、黃天海、林斐芳等人。

執筆者中的林斐芳、王詩琅、張維賢等人,說起來是屬於無
政府主義的,所以《明日》大體是類似無政府主義派的雜誌。事
實上,《明日》引起了一九二九年十一月宣告成立的無政府主義

團體「台灣勞動互助社」的關心，互助社欲利用它為機關雜誌而頻繁地投稿了無政府主義的宣傳文件。此外，它的販賣大部份為互助社所承擔（註44）。可是向一般讀者灌輸這樣的固定觀念，對於黃天海等未必是無政府主義者的人，是很為難的事。於是，在第二號上，黃天海發表〈明日雜誌社的一個聲明〉，努力解釋即使執筆者是無產階級，此雜誌仍不帶有任何色彩。最後，這本雜誌發行至第三號，第四號因被查禁而結束。

　　E：《現代生活》

　　《現代生活》是一九三〇年十月在彰化，由許乃昌創立的中文雜誌，同人有黃呈聰、林篤勳、楊宗城、賴和、許嘉種、許廷燎、許乃昌、周天啟等八人，可說幾乎都是居住在彰化的人。〈創刊辭〉中創刊主旨敘述，下面三點為目的，簡言之：⑴圖謀合理知識之普及、⑵提供台灣缺乏的趣味與娛樂，同時促進各種新鮮娛樂機關的發展、⑶提升日常生活，改革社會為完美的。表明跟任何黨派都沒關係，且不當任何團體或結社的機關，更不高唱主義主張，亦不被其它雜誌的論調所拘束。創刊號的記事大多與日常生活有密切的關係，以小說而言，雖在目次上可以看到賴和的〈棋盤邊〉，但本文則全部被刪除。令人覺得有趣的是佐藤春夫取材於對岸地方的小說〈星〉中譯刊載。這本雜誌只見到創刊號，似乎沒刊行第二號。

　　F：《赤道》

　　《赤道》是一九三〇年十月，林秋梧在台南創刊的中、日文併用的旬刊雜誌。盧丙丁、胡金碖、莊松林、林宣鼇、梁加升、趙啟明、陳天順等人加入了陣容。儘管在「創刊第一號」裡高唱

著不被任何黨派所左右的主旨，但它卻批判中央的「派閥」化（Sect），呼籲更加密合地域、以統一戰線方式遂行無產階級革命之姿，一邊說明《赤道》不是共產思想不良份子之集合，並於無

《赤道》1930 年 10 月 31 日

產階級文章中闡述，企圖解釋他們真意的所在。

　　值得一提的是曾刊行一九二七年蘇維埃十月革命十周年紀念時，作為國賓被邀請回國後致力於蘇俄文化之介紹和普羅文化運動的秋田雨雀的〈蘇俄的概觀〉（創刊號至第三號，十月三十一日～十一月三十日）。由此可以解釋《赤道》和戰旗派的立場採取同一步調（註45）。可以確認的是到第五號（一九三一年一月十七日），其中第二號被查禁。

　　G：台灣言論出版自由獲得連盟（註45）

　　由於《伍人報》、《台灣戰線》、《洪水報》、《赤道》這些在台灣的普羅雜誌的相繼創刊，以及台灣社會運動的高漲，為了推進統一運動，使這些團體更加緊密，於是一九三〇年十月二十五日在台北舉辦了「台灣言論出版自由獲得懇談會」。在這會議裡，與會的有台灣戰線社的謝氏阿女、郭德金、陳煥圭、伍人報社的周合源、江森鈺、蔡天來、洪水報社的許昭明、黃白成枝、曾得志，還有受到邀請的台灣文化協會台北支部、台灣工友總連盟、工友協助會、台北維新會、台灣文化協會本部、台灣農民組合本部、彰化總工會等諸團體，以及其他新聞記者數名、律師古屋貞雄等人參加。協議的結果，贊成通過「台灣言論出版自由獲得連盟」的組織案。然而，後來徵求會員時只有台南的赤道報社與古屋貞雄申請入會，結果，連盟以不成立而告終，這也可以看做是台灣共產黨的另一種鬥爭形態吧！

　　如前所述的普羅雜誌，都是以台灣人為中心的。然而，普羅運動理念本身本來是沒有民族差別的，所以在一九三一年連接兩次左翼份子被大量逮捕（六月與十一月）後，由日本人、台灣人雙方所組成的文藝團體「台灣文藝作家協會」（註46）告成立。

「協會」在共產主義思想運動勃興，特別是普羅文化運動的興隆與「納普」機關誌《戰旗》的影響下而告成立，是一九六三年六月三十一日的事情。會員共三十九人（包含十位台灣人）所構成，日本人有別所孝二、湯之口政文、青木一良、林耕三、藤原泉三郎、上清哉、井手薰（平山勳）；台灣人則有王詩琅、張維賢、周合源等參加，然而幹事七人（除了幹事長別所孝二之外，有藤原泉三郎、井手勳、水野至、奧村榮（別名下川末秀）、山本太郎、福田哲夫）都是日本人。以第一個日本人、台灣人合作的全島性文藝組織而言，其主導權不在台灣人手裡，而握在日本人手上。

　　台灣文藝作家協會在規約上雖主張「探究新文藝並將其確立於台灣為目的」，且因協會幹部會員由共產主義派所構成，所以此協會並非以作為普羅作家協會而產生，而是依靠文學來發展共產主義運動為其目的是很清楚的。此外，協會不單單是同人的集合，為了強化一個文藝團體的自覺，除謀圖確立財政、組織的擴大之外，也努力建設基於馬克思主義的台灣自主的文學。

　　同年八月，決定刊行機關誌《台灣文學》，但創刊號因內容不妥為理由全部被查扣。這大概是因為此份刊物剛好產在整個台灣社會運動遭到未曾有的強大彈壓時期，而受到當局更大的壓迫緣故吧！

　　到了第二年，針對活動方針，協會內產生分裂，別所孝二派脫離了協會。別所等人退會後，同年二月總會上，把今後活動方針的中心任務從「探究新文藝並將其確立」改為「確立和宣傳新世界觀及具新社會認識之文學」，開始提倡劇團組織。此外又改任新幹事，由南風原幸子（平山勳）、柏木靜夫、李彬（江賜金）、矢代仙吉（下川末秀）、南谷二十三、山本太郎、瀧澤鐵也等七

人就任。因此可以發見總會動向為強化普羅文學的普及。（註47）

　　同年三月，圖謀加強以納普為主的日本內地普羅文化團體間的密切關係，協會把林耕三派到日本內地，但因林在神戶被逮捕，以致於不能達成目的。此外，由於林持有的書信，使得當局察知協會的全貌，以及協會發展到日本內地的普羅作家同盟的意圖。因此，緊跟著林的逮捕，第五號遭到查禁，第六號（六月二十五日）陷入不能發行的狀態，加上會員的分裂與離散，資金的缺乏，《台灣文學》遭廢刊，同時，台灣文藝作家協會也崩潰。

　　該雜誌雖以日本人執筆的居多，但台灣人中也有李彬（江賜金）、徐瓊二（徐淵琛）、毓文（廖漢臣）、點人（朱石峰）、黃菊次郎、明弘（賴銘煌）等人投稿。然而在詩詞創作方面，不管是日本人或是台灣人，其水準並不高，所於沒有值得一提的作品。

第二節　台灣新文學運動的自立上升期

一、鄉土文學論爭

　　因中國大陸的「文學革命」引起共鳴，從白話文運動走向新舊文學論爭，而展開新文學運動的台灣文學界，在創作方面也有賴和等幾位新銳作家把熱情傾注於小說或詩上面。將這些作品作為新文學運動的一環，大約是一九二六年前後的事情。即使如此，當時新文學運動的實體，不外乎是對文言文建立中國白話文的地位，確立中國白話文在新文學的地盤，所以對新文學運動而言，僅能稱之為草創期而已。

　　台灣新文學運動，歸根究底可以說是中國白話文的文藝工作

的推動，由於是在台灣，所以比起中國大陸的情況更加複雜。簡言之，台灣的語言雖屬閩南語系統，但和中國之閩南語，有幾分不同的地方。此外，雖同為中國語言，台灣語跟北京語顯著不同，可以說和外國語言一樣有隔閡。所以就算普及北京白話文，也不容易填補與台灣之間的鴻溝，北京白話文無論如何也不能像台灣話一樣大眾化。雪上加霜的是與中國大陸隔絕的台灣，由於有從中國文化轉換為日本文化的政策，台灣語本身有衰微的傾向，而且台灣語是口語，本來就被認為是不適合文章化的語言。因此，在台灣新文學運動展開上，不得不把台灣語當作問題。以蔡培火為中心的「羅馬字運動」，和以連溫卿為中心的「台灣語保存運動」，跟白話文運動—新舊文學論爭並行興起，在其意識上，其出發點可說是一樣的。然而，從正面挑戰台灣語，特別是台灣語創作的問題，是一九三○年、一九三一年發生的「台灣話文運動」與「鄉土文學論爭」。

　　台灣話文運動是把台灣語保存運動更進一步推進的言文一致運動，但它並不特別主張保存台灣語，而是主張台灣語的文字化，以代替日本語、文言文、白話文，以便撲滅文盲，擴大台灣新文學運動的社會基礎。此運動具體提倡「鄉土文學」，主張用台灣語撰寫作品。所謂「鄉土文學論爭」由此展開，而台灣話文運動的端緒，由黃石輝的〈怎樣不提倡鄉土文學〉一文開啟。這篇作品發表於一九三○年創刊的《伍人報》第九號（八月十六日）到第十一號（九月一日），分三次刊登出來。黃石輝在此論文中，以「身在台灣的人應該寫台灣的文學」為前提，主張「使用台灣話文創作文藝」。其理由在於他認為「文言文和白話文都是「貴族式」的東西，與大眾無緣，如果以勞苦大眾為對象作文藝活動，必須提倡鄉土文學，建設鄉土文學」。針對將文藝大眾化，黃石

輝具體提出三點主張。

一、用臺灣話寫成各種文藝─排除那些用台灣話說不出
　　來的，或台灣沒有用著的話，改用台灣的口音。增
　　加台灣特有的土音。例如「我們」這個字，在臺灣
　　有二種用法，有時候用做「咱」，有時用做
　　「阮」，所以如用台灣話的時，就該分別清楚來才
　　行。
二、增讀臺灣音，就是無論什麼字，有必要時便讀土話。
三、描寫台灣的事物─就是可以使文學家們趨向於寫實
　　的路上跑，漸漸洗除了冒捏粉飾的惡習慣，一方面
　　可使廣大的群眾容易發生同樣的感覺

　　黃石輝這篇文章認為祖國的東西什麼都好的這種觀念有待商
確；即白話文運動─新舊文學論爭有必要再檢討。此議題吸引了
很多人的關心，於是，一九三一年七月，黃石輝把前述論文更具
體化，發表〈再談鄉土文學〉於《台灣新聞》。這篇文章從七月
二十四日開始連載八次，由 1. 鄉土文學的功用 2. 描寫的問題 3. 文
字的問題 4. 言語的整理 5. 讀音的問題 6. 基礎問題 7. 結論等構成。
茲把各項目中黃石輝主張整理如下：

①鄉土文學是代表口語的，而一個地方有一地方的話，
　所以要鄉土文學。
②我們所寫的是給我們最親近的人看的，並非給特別遠
　方的人看。所以必須使用最親近的語言與事物。
③務必使用漢字，文字不夠用時採用替代字，否則另外

造新字。

④沒有必要時，無必要的就免去用它了。

⑤採字義，來讀土音。

⑥編撰「常識課本」、「尺牘課本」、「作文課本」、「白話字典」、「白話辭典」等書，請書房老師授課。

⑦糾集同志組織「鄉土文學研究會」，同時規定標準式代字或新字，編撰課本或字典之類書，用詩、小說、散文、論文提示典範。

黃石輝的主張很明顯地在於建設台灣話文，其提倡的出發點幾乎與白話文運動時類似。

另一方面，在黃石輝發表〈再談鄉土文學〉前後，郭秋生於同年七月初開始，在《台灣新聞》上連續發表〈建設『台灣話文』一提案〉達三十三回，提倡台灣話文。這篇長篇論文由：(1)文字成立的過程(2)言語和文字的關係(3)言文乖離的史的現象(4)特殊環境下的台灣人(5)台灣話文等五節所構成，其重要的主張在最後一節可看得到。他認為日本語、中國語（文言文、白話文）都不是言文一致，羅馬字標記理論上固然不錯，但實際上行不通；結果，主張台灣語的文字化亦即主張台灣話文，而他也舉出台灣話文的優點如下五點。

1. 學習。省濫費字解，用法這兩層工夫，所以容易學習。

2. 學得的字，即使得隨說話寫出，所以免像學文言要先認字，其次識解，再識用法，而後方才曉得作文。

3. 間接的表現言語的文句越多，讀書越多越，固執古文

句越難發揮獨創性一方理解的人越偏一方。若直接記
號臺灣語的文字，便無難解放這種病根。

4. 間接的表現言語的文句，大都以三分表言，七分合意
為特色。所以作者的真情，在讀者往往有兩人異見這
在言文一致的文字可免。

5. 一代有一代的時代色，若沒有直接記號言語的文字，
的確沒會滿足以表現。

茲將郭秋生所訂定之〈台灣話文的原則〉整理如下：

1. 先予以研究某一種語言是否有完全一致的漢字存在。

2. 若意思一樣而音稍微不同時，放棄語言，以文字正確
讀音為正確。

3. 若意思相同而音相當不同時，既成的成語（如風雨），
用文字的音去讀，除此以外的一切用台灣語的音去讀。
（如落雨等）

4. 文字的音與語言的音相同，但習慣上容易招致誤會時，
全部不用。

5. 為了彌補這些缺陷，必須製造合乎語言的新造字。

簡言之，郭秋生的主張跟黃石輝類似，為了以漢字來表現台
灣語，不惜用創造新字，提倡建設理想的文言一致的台灣話文。
此〈建設『台灣話文』一提案〉的結論如下：

於是台灣語盡可有直接記號的文字。而且，這記號
的文字又純然不出漢字一步。雖然超出文言文體系的方

言的位置。又超出白話文(中華國語文)體系方言底位置，
但卻不失為漢字體系的較鮮明一點方言的地方色而已的
文字。這所以有文言文素養的人當不難一目瞭然，有白
話文素養的人更可即地明白。至於在最初志學的人自然
是容容易易知音便可解義。學過的人也自然是會曉文言
白話裏的的共通字義了；這就是我所提案台灣話文的要
領。設使我的見解沒有錯，將來沒一定會做台灣人文盲
症的對症藥，最少限度也有獨特發揮台灣的鄉土色，振
肅台灣人的不具性（譯注：殘缺性），為真台灣的表現。
這幾款的能力，不知道有心於台灣改革的同胞，對我的
見解有什麼高見？

　　這篇論文發表不久，郭秋生再度用前篇論文同一題目的〈建
設『台灣話文』一提案〉發表，這一次發表於《台灣新民報》（八
月二十九日、九月七日）。在《台灣新聞》發表的前述論文偏向
於主張台灣語的文字化，把要點放在驅除台灣文盲症，而此篇於
《台灣新民報》之發表，以承繼前述論文的形式，討論台灣話文
建設上的實際工作。他以為做為基礎工作比之黃石輝所說的「研
究會的組織」、「字典的編撰」，能更有效的是整理歌謠（特別
是現在流行的民歌），那感染力勝於其他文藝，所以主張有必要
積極的推進。他進一步認為，歌謠由台灣各地方各系統的語言所
構成，因此，整理歌謠得以獲知台灣各系統語言共通的東西，了
解共通語到底是什麼？郭秋生所提倡的這「歌謠的整理」問題，
後來在雜誌《南音》，以及台灣文藝協會機關雜誌《第一線》上
開花結果，更在一九三六年六月，被整理為單行本；這單行本便
是李獻璋主編的《台灣民間文學集》（台灣文藝協會發行，台灣

新文學社經銷）。

　　以上黃石輝、郭秋生所發表的文章，在割讓後的台灣文學中，乃是別於依憑日本文的文學（一八九五年以降）、依憑白話文的文學（一九二二年以降）外的第三種文學的提倡，由於這主張是最親近的語言「台灣語」的文學表現之故，引起多數台灣人的注目，有人贊成，有人反對，於是展開了一場自「新舊文學論爭」以來的大論爭「鄉土文學論爭」。

　　反對論在黃石輝發表〈再談鄉土文學〉不久後的同年八月一日和八日，在《昭和新報》（註48）上，廖毓文（漢臣）首先以〈給黃石輝先生──鄉土文學的吟味〉一文批判黃石輝，然後相繼發表有八月十五日《台灣新民報》林克夫（金田）的〈鄉土文學的檢討──讀黃石輝君的高論〉，八月二十二日、八月二十九日《昭和新報》朱點人（石峰）〈檢一檢『鄉土文學』〉。這三個人都是反對鄉土文學的，在反對台灣話文上雖然意見一致，但各人的論調未必相同。

　　對黃石輝所主張的「鄉土文學」，廖毓文反論的要點在於，第一、鄉土文學本來就是反對都會文學的「田園文學」。第二、黃石輝論文缺乏了時代性和階級性。第三、黃石輝這種「所謂鄉土文學是代表口語，一個地方有一個地方的話語，所以有必要提倡鄉土文學」的主張，其理論十分粗糙。文學的構成條件並非那麼簡單，因此對於「台灣話文」的反論，以如下的理由總結。

　　　　我們的台灣語還很幼稚，不足以用來作文學的利器。
　　　所以我們主張用中國白話，正如日本各地以東京語為標
　　　準一樣來從事我們的創作。像方言此類的東西免不了還
　　　留語言還沒統一以前的階段。必須我們費時專心註解才

能寫的沒有錯誤。所以，我們把中國白話作為標準，可
以直接使用文字表達內在的必然，讀者也不至於會誤解
字義，而且到處通用。

林克夫的反論較廖毓文的反論更具體，用簡潔的形式提示，
分析黃石輝的〈再談鄉土文學〉，指出了鄉土文學定義的誤謬與
狹隘，以及鄉土文學提倡的不利與無意義，還有鄉土文學本身所
懷有的矛盾，甚至提出基於台灣與特性的台灣話文的困難等。

朱點人也對黃石輝的論文提出一問並指摘其錯誤及問題點，
基本上與廖毓文及林克夫站在同一立場。

另一方面，在黃石輝、郭秋生兩人的論文發表後，同年十月
十五日開始，在《台灣新聞》，連續十四次刊載了樹林黃純青的
〈「台灣話改造論」〉。他以台灣語為何不改造不可為理由，提
出以下見解。

    2   言文無一致，要改做一致。

    3   讀者無統一，要改做統一。

    4   語法無講求要講求。

    5   言詞太錯雜要整理。

此外，並以台灣語文建設為前提，提出漢文存廢問題取音或
取意的問題與中國語有關的問題等想法。關於提倡以實用主義來
整理漢文。漳州人、泉州人發音相同可相通於中國音的取其音，
其餘取意。將獨立的台灣語予以改造使其與廈門音一致，保持和
中國語的共通性。提倡上述項目後，黃純青針對改造台灣語有何
效用，整理如下列三點：

1、 南進兮國是，可以促進。

2、 台灣話將滅，可以防止。

3、 漢文將亡，可以補救。

如此這般，黃純青的主張是提倡以廈門語為標準來改造台灣語，與其說是支持台灣話文，勿寧說是站在支持台灣話文的立場上，提出跟中國白話文的折衷案。

台灣話文支持派與中國白話文支持派的論爭，自從黃石輝、郭秋生提倡後激增，從一九三一年到一九三二年可以看到非常多的論考，但雙方的對立大體上從上述介紹的黃石輝、郭秋生、黃純青、廖毓文、林克夫、朱點人的文章可窺伺一斑。此外還有一九三一年二月二十四日發表於《台灣新聞》的賴明弘（明煌）的〈做個鄉土人的感想〉（註49）。這是篇從支持中國白話文的立場來反駁台灣話文支持派的文章，從別的面相而言，是頗富趣味的論文。也就是說：

> 鄉土文學所提倡的意義就是為著台灣普羅階級，以無產大眾做目標而幹的。為著台灣普羅階級而提倡，這意義就是為著全世界普羅階級而盡力。

> 鄉土文學的通用範圍只在於台灣，除了漳州、廈門以外就沒有通用的價值。那末鄉土文學的意義就只為著台灣的貧民大眾。然而現在世界的普羅階級是在要求大同團結。欲求大同世界的實現。我們台灣的貧民大眾也是有這同樣的欲求，已是在向著這路上進去的。在這過程中，只在小小的台灣才能通用的鄉土文學，不但沒有提倡的必要，倒會使在走向大同路上去的台灣普羅階級

生出『麻煩』『隔離』的不便,阻害牠的連絡性。

於是,對鄉土文學提倡派有如下的勸告:

> 緊緊降下鄉土文學的旗幟,從事更偉大、較有聯絡性、較有意義的世界普羅階級的鄉土文學「世界語」。若是世界語的性質和文字形式上和我們台灣違別太遠,可先提唱那較廣闊,較有聯絡性的,還有意義的中國白話文。

開始於黃石輝的〈怎麼不提倡鄉土文學〉的「鄉土文學論爭」,在這樣的情況下,展開了「台灣話文支持派」對「中國白話文支持派」的論爭。在型態上雖然類似「新舊文學論爭」,但論爭本身更形複雜,這可以說因為參加論爭的雙方人多,論爭者又以各處報紙和雜誌為舞台,所以才會如此地複雜。

首先,將參加論爭的人整理如下。

台灣語文支持派……黃石輝、鄭坤伍、郭秋生、莊遂性(垂勝)、黃春成、賴和、李獻璋、黃純青等人。

中國白話文支持派……廖毓文、林克夫、朱點人、賴明弘、林越峰(海成)等人。

此外,李春霖、曾演奏、劉魯等人在《台灣新聞》上發表過參考意見,華僑林鳳岐在《台灣新民報》、日本人小野西川在《語苑》發表意見,論考發表者眾多,且範圍廣大(註50)。

此外,由於論考發表的地方有《台灣新聞》、《昭和新報》、《台灣新民報》、《台灣日日新報》、《三六九小報》(註51)等

報紙以及《伍人報》、《南音》等雜誌，論爭在這些園地裡交錯著展開，比起新舊文學論爭時新文學派的據點只有《台灣民報》而言，鄉土文學的論爭並沒有特別限定論爭的地方。

　　鄉土文學論爭是含有深刻問題的論爭，有下面幾點可看得出來。

1. 由於台灣割讓給日本，從向來的中國文化色彩轉換到日本文化色彩，因此為了保持日益失落的中國色彩、為了昂揚中華民族意識，有必要從各層面努力。這對於舊文學支持派，中國白話文支持派，或者台灣話文支持派都是共同課題。

2. 在台灣，日本語依然只是外國語，文言文依舊是舊文人的專有物，白話文又是知識份子的所有物，不管哪一種，都是跟台灣一般民眾距離遙遠的東西。因此，先要有可以簡單成為表現工具的語言。究竟是要選擇要求中國白話文的普及、抑或台灣語的文字化，造成必須做一抉擇的結果。

3. 中國白話文抑或台灣話文的問題，自然地跟帶有解放鬥爭性格的台灣社會運動的運動方針結合。亦即對國民大革命有壓倒性的共鳴，而希望與祖國一體化的都市新知識份子，他們選擇了中國白話文；而對日本帝國主義妥協的運動，並不使自己地位崩潰的地方階層則對台灣話文表示同感。

　　其結果，鄉土文學論爭在普羅的圈子內產生論爭，「文藝大眾化」成為引發問題的發條而展開，論爭在唇槍舌戰中持續下去。

因此，毫無疑問地雙方是面對現實的深刻的對立著。

我把這鄉土論爭不當作台灣新文學運動「抬頭期」的現象，而當作是第二期「自立上昇期」的問題，基於如下的理由：因為雖然鄉土文學論爭在普羅列塔亞文化運動的圈子裡爭論，但在這時未能一決勝負，而被帶進一九三二年一月創刊的《南音》雜誌上，在那兒再度被討論及整理。如今想起來，提倡鄉土文學對普羅列塔利亞文化運動而言多少帶著布爾喬亞運動的性格，我認為這與對日本帝國主義帶有妥協的運動的要素有關。

然而，無可否認的鄉土文學論爭是台灣新文學運動從「抬頭期」到「自立上升期」的橋樑。

二、《南音》的創刊

正如前面一再地提到一樣一九三一年這個年頭，是台灣社會運動的高漲受到大打擊，幾乎瀕臨結束的一年。台灣民眾的結社遭禁止，台灣共產黨及其影響下的各種運動也大體崩潰，之後殘留下來的唯有「台灣地方自治聯盟」（一九三〇年八月於台中成立），但這是以地方的土著布爾喬亞為基礎的結盟，可以說是穩健派的運動組織。

在其間，一九三一年秋，帶有呼應台灣地方自治聯盟的文藝組織「南音社」宣告成立，翌年一月一日，創刊中文半月刊《南音》。南音社由十二個同人組成，大多數是台灣中部出身的人。以鹿港的周定山、莊遂性（垂勝）、葉榮鐘、洪櫓（洪炎秋）為首，包括彰化的賴和、許文達，豐原的張煥珪，及大屯的張聘三。中部以外有台南的陳逢源、吳春霖，台北的郭秋生、黃春成以上的十二人。其中洪櫓是跟連雅堂人稱雙璧的台灣有名的漢詩人洪棄生之次子，是一九二〇年來台灣旅行的佐藤春夫的作品〈殖民

地之旅〉中曾見其登場（註52）。以他的情形而言，一九二二年到北京，北京大學教育學系畢業後，仍留在中國大陸，所以在同人中，是唯一住在台灣島外的夥伴。

　　按《南音》的同人中，葉榮鐘、莊遂性（垂勝）、張煥珪、陳逢源、黃春霖等明顯地是屬於台灣地方自治聯盟的會員。向來的台灣社會運動，尤其是基於民族主義立場的新文化運動，在台灣中部相當興盛，同時台灣地方自治聯盟也把本部放在台中，明顯地也可看出南音社的成立跟這些運動及聯盟並非毫無關係。不過《南音》正如「創刊詞」所言，表面上是無黨派的文藝雜誌，只倡導新思想的增進，新文藝的發達。於是，一開始便以主編兼發行人黃春成的名義在台北發行，為了創刊方便，把跟台灣地方自治聯盟毫無關係的黃春成部署在責任者的位子上，企圖緩和當局的警戒也說不定。此外，這也可能是剛開始發行時，在受檢閱上，在台北發行也許比較方便的緣故。但從第一卷第七號（一九三二年五月二十五日）開始，就把發行場所遷到台中，主編兼發行人也更改為張星建（第七號印有張星健是誤排）。

　　《南音》創刊為一九三二年一月一日。在創刊號即刊出總督府翻譯官及出版物檢閱負責人井出季和太，與總督府高等學校教授大浦精一、兩個屬於體制內日本人的祝辭。據說黃春成和井出季和太的交情很深（註53），的確有因此而避免當局嚴密監視的意圖。即令如此，《南音》在第三號（二月一日）刊出陳逢源〈對於台灣舊詩壇投下一巨大炸彈（下）〉，引用梁啟超來台時的詠詩、即製造糖會社剝削蔗農的詩，受到當局「要注意」的警告（註54），之後連續第五號、第六號、第七號被刪除，第九、十、十二號被查禁，旋即休刊。成為終刊號的第十一號是九月二十九日發行。

　　很可惜，這是一本未能維持一年的雜誌。但是，在台灣社會運動被彈壓後淒涼的狀態下能刊行，有其意義存在。在此刊物中，創作有懶雲（賴和）的〈歸家〉（創刊號）與〈惹事〉（第二、六、九、十號），一吼（周定山）的〈老成黨〉（創刊號─第三號）、〈摧毀了的嫩芽〉（第八、九、十號），赤子（本名不詳）的〈擦鞋匠〉（第三、四號），芥舟（郭秋生）的〈貓兒〉（第四號），涼（本名不詳）的〈幻影的消滅〉（第五～十一號），俗（本名不詳）的〈酒筵上〉（第七號）、悲鴻生（本名不詳）的戲曲〈媱某嫺〉（第九、十號）等作品。然而，《南音》盡了最大責任，其特色也可以說是，它做為台灣話文實踐的場所。因此，《南音》大體上，始終設有「台灣話文討論欄」、「台灣話文嘗試欄」及「台灣話文新字問題」等專欄，做了各種嘗試。這從負人（莊垂勝）所寫的台灣話文運動鄉土文學的總論以至於新字的討論，以及郭秋生對民歌和童謠的記述，就可以說是文藝雜誌《南音》的最大特色。另外，從第七號開始有李獻璋的民歌採集值得注意，這時他年僅十八歲。

　　另一方面，正如在奇（葉榮鐘）的「卷頭言」中所看到的，為了強調啟蒙性文藝運動的層面，此雜誌曾刊行邱耿光的〈作文十則〉（第七號），相馬御風講述（未青譯）的〈文學概論〉（第八、九、十號）等。另外陳逢源之〈對於台灣舊詩壇投下一巨大的炸彈〉（第二、三號），也應記上一筆。

　　《南音》並非在完全與台灣社會運動疏遠下創刊，應該可說是在與台灣地方自治同盟配合、而且接二連三被刪除與查禁的辛苦中，依然在台灣語文運動和創作上獲得相當成就的一本刊物，有關這一點，應該給予高度的評價。可是，在另一方面，來自台灣人方面的毀謗似乎也不少，這當中隱密，黃春成回顧當時事情

有如下論述（註55）。在《新高新報》上，用東門生的筆名發表詆毀文，非難創刊號所刊出的井出季和太的祝辭是假的，是假借日本人名所寫，當局應嚴格予以注意。在《台灣新聞》文藝欄上曾刊登一文批判《南音》不是高尚的刊物，不應特別予以提倡，且它一點特色也沒有，只不過是資本階級的娛樂刊物、林獻堂等霧峰派的消遣玩藝。

　　筆者以為，就整體而言，《南音》是一份具有文化啟蒙運動的層面，企圖為文藝大眾化做一些摸索，以為處在閉塞狀態、未開放自由表白等特色的混合雜誌。不過，作為一個文藝雜誌要維持獨立，而且同時向一般大眾開放的這種姿態，在當時的狀態下，可能受到很大的影響。

三、日刊《台灣新民報》的學藝欄

　　從一九二〇年代後半到一九三〇年代一直蓬勃發展的台灣社會運動，特別是普羅運動，卻以三一年為終點，被迫面臨幾乎崩潰的狀態，因此，不少台灣知識分子藉新文學運動求取抵抗表現。其中之一，一九三二年一月《南音》的創刊便是這類摸索之一，在這以前新文學運動的展開，已經有一條大潮流存在，不用說，這就是《台灣民報》與《台灣新民報》。這時的《台灣新民報》已經擁有可和台灣的代表性日刊報紙《台灣日日新報》、《台南新報》、《台灣新聞》一較高下的發行數，可是由於還在周刊型態的發行階段，因此，篇幅並無餘裕，無法為文藝提供更多的版面。

　　到了一九三二年一月，《台灣新民報》才獲得它所盼望的日刊發行許可。於是，台灣新民報社革新面目，設立學藝部，經過短暫的準備期間後，同年四月十五日推出日刊第一號。從日刊第

一號開始新闢了中文、日文各一頁的「學藝欄」，不用說，這個給眾多文藝愛好家開放了作品發表的園地，順勢地促使台灣新文學運動的高漲，並吸引台灣一般社會的關心。它繼續不斷地擔任台灣新文學發展的一環，成為台灣新文學運動重要的據點。由於《台灣新民報》改為日刊，所以可以看出《南音》的一部份同仁蘊釀、策動跟它有所合流（註56），這可以認為是《台灣新民報》已具備了令人寄予期望的園地之故。

　　《台灣新民報》變成日刊：新闢中文、日文各一頁的學藝欄，所造成的最大可能是可以連載真正的長篇小說。其最初的連載小說是林輝焜的處女作〈不可爭的命運〉。因吳三連的邀稿而執筆的林輝焜，正如大部分的台灣人作家一樣，與其說是作家不如說是文藝愛好家，當時他擔任淡水信用組合專務理事的要職，在職中所發表的〈不可爭的命運〉，以封建制度下的婦女問題為題材，加入批判台灣人無自覺性的內容，連載約有七個月之久。整個作品感覺不出高度的文學性，也不脫所謂通俗小說的領域，儘管如此，倒也獲得了讀者的好評，可說是有價值的作品。《不可爭的命運》一書於一九三三年四月自費出版。

　　繼〈不可爭的命運〉連載的是，同樣處理女性問題的小說─賴慶的〈女性悲曲〉，此小說連載長達一年以上。此外還有陳鏡波的通俗小說〈灣製十日談〉（灣製 Decamerone）。然而〈灣製十日談〉本來以一天一話的進度，預定於百話完結，卻因赤裸裸地描寫當時的風俗、男女情愛和癡情，屢次遭當局刪除，不到二十話就被下令停刊（註57）。

　　另一方面，在白話文小說上首先要舉出的是上海聖約翰大學畢業後返回台灣，在台灣新民報社台北本社任職的徐坤泉。徐坤泉以阿Q之弟的筆名連續發表〈暗礁〉（相當於〈可愛的仇人〉

前篇）、〈可愛的仇人〉、〈靈肉之道〉。這些作品的共通特色，是把台灣社會的各種世相與台灣人男女個性，藉由綿密的描寫，企圖觸及台灣人的苦惱。文章非常簡潔，並在白話文中摻雜方言，在連載時就獲得好評。單行本《暗礁》於一九三七年四月、《可愛的仇人》於一九三六年二月，《靈肉之道》於一九三七年六月，分別由台灣新民報社所出版，且再版了好幾次，至今仍然被許多台灣人所愛讀。甚至在一九七三年時，在台灣省文獻委員會贊助下，拍成電視劇。

　　如上所述，有這些長篇小說在《台灣新民報》連載，顯然是改成日刊的《台灣新民報》的收穫，但「學藝欄」並不只有小說，還有詩、評論、文學研究等。不管如何，日刊《台灣新民報》新闢「學藝欄」，使得台灣新文學運動質與量更上一層樓。「學藝欄」也給多數文藝愛好家帶來刺激，成為台灣新文學運動的一個推進機關，對台灣新文學的發展與強化貢獻良多，應予以高度評價。

　　然而日刊《台灣新民報》在一九三二、三三年當時還是跟《南音》（一九三二）一樣，只是台灣新文學運動的兩大潮流之一。也就是說它是相對於立腳於台灣話文運動潮流的《南音》，一個中國白話文運動的潮流。讓這兩個潮流合而為一的是一九三三年十月於台北成立的「台灣文藝協會」（機關誌《先發部隊》、《第一線》），在一九三四年五月於台中作為全島性文藝組織初次成立的「台灣文藝聯盟」（機關誌《台灣文藝》）。在時空上，台灣新文學運動從此才開始符合「自立上昇期」的開展。因此，可以說日刊《台灣新民報》是產生這些文藝組織、成為文藝雜誌的母胎之一。

　　由於一九三三年十月「台灣文藝協會」、一九三四年五月「台

灣文藝聯盟」的成立，以前只靠著《台灣新民報》「學藝欄」的
文藝工作者和文藝愛好家，已經不能單靠它滿足，漸漸擴及到這
些文藝組織和文藝雜誌上，這是因為報紙的「學藝欄」這種有限
園地，總是有某些限制存在。此外，由於學藝部握有編輯權，對
編輯的方式，文藝工作者不能說是沒有不滿，這是因為「學藝欄」
對新文學缺乏方向感，且容易陷入通俗的關係。因此，該學藝欄
與其他活潑地展開運動的文藝組織成反比，只能走向衰退一路。
一九三五年七月的台灣文藝聯盟機關誌《台灣文藝》第二卷第七
號的「二言‧三言」欄中有如下的文章。

　　　新民報的文藝欄越來越寂寞，以前誇稱島上唯一文
　　藝舞台的榮耀，如今安在？悲哉！相反地，《中報》的
　　文藝欄越來越顯活躍。真叫人欣喜。（造謠專家）

　　《中報》指的是台中的日刊紙《台灣新聞》。台灣新聞社文
化部長田中保男對台灣文學有很深的了解，而這時候台灣文藝聯
盟內部發生「派系（Sect）問題」，以《台灣新聞》為舞台展開論
爭，使得《台灣新聞》文藝欄比《台灣新民報》更加熱鬧。

四、台灣藝術研究會與《福爾摩莎》

　　一九三二年在台灣的新文學運動主要以立腳於中國白話文潮
流的《台灣新民報》系統與立腳於台灣話文潮流的《南音》系統，
兩潮流為中心推進，但在這時，東京的一部份台灣人留學生之間
有了新的動向。

　　此事起因於任教在岩手縣立女子師範學校的王白淵，於一九
三一年六月在盛岡的久保莊書店出版了詩集《荊棘之道》，揚名

左翼文壇，於是跟在東京的左翼青年林兌、吳坤煌等開始有書信往返，一九三二年二月提出有關台灣普羅文化聯盟結成計劃，然而，在東京，由於台灣人的發展有別於日本共產黨系統的諸組織，而另外的特殊組織是不合於共產國際(Komintern)之組織原則的，因此決定把組織遷移回台灣後，再實踐聯盟的結成。而在結成之前，暫時在「日本普羅文化連盟」（コップ，Koppu）的指導下形成如籌備會一樣的組織。其結果，此年二月組織了屬於「コップ，Koppu」的文化團體，次年一九三三年三月成立「台灣藝術研究會」。

　　一九三二年三月成立的文化團體是以「文學的形式教育大眾的革命性」為目的，由文學部、美術部、演劇部、音樂部、普羅球類部、映畫部，出版部、會計部等八個部門所構成，各校代表有東洋大學的張文環、日本大學的吳坤煌、林衡權、翁廷森、東京帝國大學的張水蒼、法政大學的吳遜龍、日本神學校的吳坤煌、謝榮華（註58）。文化團體並預定刊行機關誌《台灣文藝》，從同年七月暫時發行「ニュース，News」，實施宣傳活動，以招募同志及募集發行資金。「ニュース」同年八月十三日以吳坤煌為發行人，創刊號中七十份發給日本內地和台灣島內的同志。接著，在準備刊行第二回「ニュース」時，由於參加九月一日震災紀念日反帝遊行的葉秋木被逮捕，被調查之後，當局查覺了該文化團體的存在，以至於「ニュース」不得發行，組織活動亦在剛萌芽時被摧毀。幸而，此文化團體不成為處罰的對象，成員獲釋。

　　同年十一月，林添進、魏上春、巫永福、柯賢湖、吳鴻秋、吳坤煌、張文環、莊光榮等人討論重建問題，但是徹底主張非法組織的魏上春、柯賢湖、吳鴻秋以目前作為暫定方針，而與主張合法組織的吳坤煌、張文環之間意見對立。論爭結果，兩派互不

相讓，於是支持合法組織派於一九三三年三月二十日以蘇維熊為主持者，以「圖謀台灣新文藝之向上發展」為目的，成立「台灣藝術研究會」。當時的檄文〈同志諸君！！！〉乃圖謀促進台灣新文學運動的積極推進，並招募參加台灣藝術研究會者，其訴求如下。

> 同人在此會合，自立為先驅者，消極方面要整理研究固有的微弱文藝作品及現實民間膾炙的歌謠傳說等鄉土藝術，積極以上述特殊氣氛中產生之吾人全部精神，吐露湧自心底的思想與感情，決心創造嶄新的、真正的台灣人文藝。吾人要創造嶄新的「台灣人的文藝」，不拘泥於偏狹的政治、經濟思想，從高遠寬廣的視野從事創作，提倡台灣人的文化生活。而且地理上位於中國與日本中間的台灣人，應介紹兩者文化，以對東洋的文化有所貢獻。

於是五月十日，在張文環經營的神田喫茶店「トリオ（托里歐）」（註 60），聚集吳坤煌、王白淵、張文環、巫永福、蘇維熊、施學習、陳兆柏、王繼呂、楊基振、曾石火等十二人，選舉編輯部員，選出部長蘇維熊，部員張文環，會計施學習及吳坤煌，協議發行機關誌《福爾摩莎》。

《福爾摩莎》（註 61）七月刊行創刊號，發行五百本，被送至東京的主要新聞社、各會員、圖書館及台灣島內的同志，又透過台中的中央書局約售出五十本。雖名為台灣藝術研究會，但組織上不能說是堅固，而且發行資金也碰到相當多困難，所以第二號在同年十二月，及第三號在一九三四年六月發行後，到了第三號

不得不停刊。雖未見到創刊號，但以見到的第二號、第三號而言，由於特別考慮能否平安出刊，所以比較缺乏煽動性的色彩，要吸引更多台灣知識份子的注目，似乎有些不夠看。

在這三期中，蘇維熊的〈對於台灣歌謠一試論〉（創刊號）、吳坤煌〈論台灣鄉土文學〉（第二號）是收穫之作，表現了在東京台灣人對鄉土文學論爭的深切關心。此外，在創作方面有張文環、巫永福、吳天賞、王白淵、賴慶、吳希聖等人執筆，巫永福的〈黑龍〉與吳希聖的〈豚〉（同在第三號）是焦點作品。特別是〈豚〉在《台灣新民報》上接連討論有數週之久。〈豚〉跟發表於日本內地的普羅文藝雜誌《文學評論》第一卷第八號（一九三四年十月）而引起了討論的楊逵（貴）的〈送報伕〉，被一九三四年五月成立的「台灣文藝聯盟」評論為是那一年中的力作，頒發了獎勵金。

如前所述，台灣藝術研究會及其機關誌《福爾摩莎》是在東京的運動，而《福爾摩莎》發行三號就夭折，並合併於甫告成立的台灣文藝聯盟，但它給台灣新文學運動的發展帶來巨大且深遠的影響。在東京就是由於這種活動的刺激，而有了一九三三年十月在台北的「台灣文藝協會」的成立。此外，因為有台灣藝術研究會與台灣文藝協會的活動，一九三四年五月，台中才會成立劃時代的全島性文藝組織「台灣文藝聯盟」，進而迎接了台灣新文學運動的最盛期。

由此可見，台灣藝術研究會所扮演的角色，絕非微小的。

五、台灣文藝協會的成立及機關誌《先發部隊》《第一線》

一九三二年的台灣新文學運動，如前所述，只要看《南音》

與日刊《台灣新民報》就可了解,可以說台灣新文學漸漸匯為一股潮流。然而,自從《南音》於同年九月停刊以來,事實上,台灣還沒產生作為新文學運動主體性、健全且有力的組織,因而看不見台灣新文學運動有統一性的進展。

到了一九三三年三月,東京組織了台灣藝術研究會,七月時創刊了《福爾摩沙》,此舉才成為促進台灣文學界奮起的刺激劑,隨即「台灣文藝協會」在台北宣告成立。台灣文藝協會是以台灣北部的文學青年為中心組織而成的,依其組織計劃而言,除發起人郭秋生、廖漢臣之外,還有黃得時、林克夫(金田)、朱點人(石峰)、蔡德音(天來)、陳君玉、徐瓊二(淵琛)、吳逸生(松谷)、黃青萍(啟瑞)、林月珠等人參與。(註63)

台灣文藝協會於同年十月二十五日在郭秋生所經營的江山樓正式舉行創會典禮。以自由主義為協會的基本精神,以台灣文藝健全的發達為目標,為達成目的訂有如下四個行動。(註64)

1. 關於文藝及與文藝有密接關係的各種問題之研究批判。
2. 關於文藝知識及文藝趣味的普及上應分的行動。
3. 發行機關什誌或刊行相當的單行本。
4. 其他為遂行本會目的認為必要的事項。

接著舉行幹事的選舉,郭秋生當選幹事長,黃得時、陳君玉、林克夫、廖漢臣等五人分別被選為幹事。

然而,台灣文藝協會雖告成立,可是由於財政基礎未能確立,所以不能立刻刊行機關誌。結果到頭來,協會成立已過半年後的一九三四年七月十五日,才好不容易創刊了命名為《先發部隊》的機關誌。這是一本自稱「純文藝雜誌」、全由白話文構成的文

藝雜誌。《先發部隊》跟以前的文藝雜誌大異其趣的是所有的打字都是橫排排列，這除了《第一線》（《先發部隊》的後身）之外，在日本統治下台灣是空前絕後的，應該給人帶來非常嶄新的印象吧！

《先發部隊》的創刊號有如下的「宣言」，它令人充分感到台灣文藝協會的姿態，及掌握住台灣新文學運動的現況。

我們台灣的凡有分野，都已是碰進了極端之壁，無論是政治生活、經濟生活、社會生活、個人生活，而呼改造之聲，久已熾熱，同時待望於真摯有力，為改造的先驅與動力的文藝的出現也算已非一日了。

可是不幸現狀的台灣文學，時至今日，還在荒涼不堪，甚至荊棘叢生著的。也別說其有無和時代的水準並行，與曾否應過時代民心的渴仰。

若說一點點的花草樹木穀物固然不算沒有。然而前途猶遠，為單調之人生的調和，為行旅人疲倦的歇息，為空漠之生活內容的充實，不還一丈尚須九尺的狀態嗎！這是誰都不免興嗟而起悲觀的一回事了。但，事之如此，卻也不是基因於我們的文學園地不毛，而沒有發生文學的素質，也並不是沒有熱心的耕作者，而把園地拋荒，而是依存於其他的種種原因，如散漫的自然發生期的行動，也許不失為原因之一，是故雖曾多方努力而終於被種種的荊棘窒息姑作別論，就算能夠結實於既成園地的產物，都不但無從見其生動的進境，尚且多要侷促於個人的天地而不覺的。何況期待「精神之糧」的收穫與其能夠應時代的渴望呢？

　　　　從散漫而集約，由自然發生期的行動而之本格的建
設的一步前進，必是自然演進的行程，同時是台灣新文
學所碰壁以教給我們轉向的示唆。

　　從內容層面看來，《先發部隊》創刊號網羅了小說、隨筆、
戲曲、詩、評論等各領域文藝，由於有「純文藝雜誌」之訴求，
在品質上令人感到有高一層的表現，不過最值得一提的還是編輯
了「台灣新文學出路的探究」特輯。黃石輝、周定山、賴慶、守
愚（楊松茂）、點人（朱石峰）、君玉（陳君玉）、毓文（廖漢
臣）、秋生（郭秋生）等人，各自發表了有關台灣新文學運動的
論文，可以看到年輕的台灣文學有意識地摸索著應走的方向。此
外，還有黃得時的〈〈科學上的真〉與〈藝術上的真〉〉，青萍
（黃啟瑞）的〈詩歌的科學性〉，逸生（吳松谷）的〈文學的時
代性〉等三篇論文，可了解到台灣文藝協會一開始就積極地挑戰
台灣新文學的檢討與發展。因此，小說、詩歌也沿著此意鞏固下
來，小說方面有點人的「記念樹」、櫪馬（趙啟明）的〈私奔〉、
毓文的〈創痕〉、克夫（林金田）的〈秋菊的告白〉等四篇。此
外，在《先發部隊》創刊號讓人覺得有趣的是山本有三的〈慈母
溺嬰兒〉(月珠・德音共譯)，及蔡嵩林從日本內地投稿的〈郭沫若
先生訪問記〉。特別是蔡嵩林的文章雖不能說內容充實，但這訪
問記可能給台灣青年帶來某種啟發。

　　《先發部隊》的創刊，邀請了王詩琅、李獻璋、陳茉莉等參
加「台灣文藝協會」為新會員，其組織逐漸被強化（註66），所以
從創刊號發行半年後的一九三五年一月，才有機關誌第二號的發
行。可是由於遭到當局的干涉，雜誌名不得不改為《第一線》，
也被迫不得不刊登日文作品而讓步。不過即使如此，在這之間，

《第一線》編輯了「台灣民間故事特輯」，可算是台灣文藝協會
的收穫。《第一線》為什麼編輯如此的「特輯」，卷頭言有所說
明。

> 記得《新民報》在週刊時代，也曾募集近百篇的歌
> 謠，後來也有募集過傳說故事，可惜應募的僅僅數篇而
> 已。其次《南音》和《三六九小報》也有登載這方面的
> 作品，仍是歌謠佔大部分，民間故事，依然寥寥沒有幾
> 篇。本誌鑑及這點，對傳說故事方面，再下了一番的努
> 力。所得的結果，全部發表在本號。

在《第一線》發表的台灣民間傳說和故事多達十五篇（註
67），可以看到「鄉土文學論爭」—《南音》以來的台灣話文運動
的果實，也表現了他們對民族固有的文化遺產關心之深。這可以
說是台灣新文學運動史上的壯舉，也關係到民間文學的價值問題，
因而展開了張深切、李獻璋和廖漢臣之間的論爭，在《台灣新民
報》、《台灣新聞》、《東亞新報》（註68）上，熱鬧有數個月之
久。討論的內容雖不得而知，大概是李獻璋、廖漢臣站在民俗學
立場、張深切站在文學立場的討論吧！總之，《第一線》的「台
灣民間故事特輯」，是其最大的成果，之後由協會予以整理，於
一九三六年六月，以李獻璋主編《台灣民間文學集》（註69）之名
予以出版。

　　《第一線》除了《台灣民間故事特輯》十五篇作品之外，主
要還有HT生（林金田）的〈傳說的取材及其描寫的諸問題〉、茉
莉（陳茉莉）的「有關民謠的管見」等相關論文，還有逸生的評
論〈薄命詩人蘇曼殊〉，毓文的戲曲〈逃亡〉，以及芥舟（郭秋

生）的〈王都鄉〉、朱點人的〈蟬〉、王錦江（詩琅）的〈夜雨〉、越峰（林海成）的〈月下情話〉等四篇小說。

在台灣文藝協會大致可以看到郭秋生的《南音》潮流與廖漢臣、王詩琅之於普羅文化運動等兩個潮流，並在台灣新文學運動留下比以前更大的足跡。不用說，這是因為它是台灣初次出現的純文藝團體，而且努力於檢討與整理新文學的出路、民間文學的挖掘與保存，更把鄉土文學論爭以來互相對立的台灣新文學運動予以整合，把運動組織成一體，在這點上應獲得評價。然而，值得惋惜的是會員幾乎為台北及居住於北部台灣的文學青年，並非全島性規模的文藝組織。

台灣文藝協會成立半年後，劃時代的全島性文藝組織「台灣文藝聯盟」在台中宣告成立。《先發部隊》創刊四個月後，台灣文藝聯盟的機關誌《台灣文藝》創刊。到此，台灣新文學運動在組織面、活動面、以及文學水準方面都出現大成果。因此，台灣文藝協會允許協會會員自由參加台灣文藝聯盟，同時只出了一期《第一線》，就與台灣文藝聯盟合流。於是，台灣新文學運動有了全島性的統一，迎接自立上昇時代。

六、台灣文藝聯盟的成立與機關誌《台灣文藝》

台灣文藝聯盟是一九三四年五月於台中宣告成立的全島性文藝組織，它是日本統治期間具有最大規模的台灣新文學運動。我們不能忽視，這個組織之所以能夠成立，是因為在成立時，其內部剛好處於社會運動台灣新文學運動高潮的朝氣中，文藝愛好家間高漲起來的大團結趨向。其外部因素則是受到在東京成立的台灣藝術研究會及其活動機關誌《福爾摩莎》的發行，以及受其刺激在台灣成立台灣文藝協會等的影響。

　　然而，這樣的組織，不在首府台北，亦不在古都台南成立，是值得注意的事。之所以會在台中，乃因為台中是新興都市，充滿了年輕的氣息，其近郊以林獻堂為首的許多社會運動家輩出，不但在傳統上積極地吸收新文化、新思想，而且民族意識特別強。相反地，台北是總督政治君臨之地，也是經濟、社會的中心，在文化方面雖握有領導地位，但本質上卻有跟台灣人自主的文化活動不相容的地方。台灣文藝協會之所以未能擺脫北部台灣文藝組織之範圍，而發展為全島性規模的文藝團體，可能與它沒具備這樣的條件有關。此外，古都台南，雖有高度的文化，但是風土傾向執著於傳統，與其說是新文學的地盤，它更像舊文學的地盤。因此，台灣文藝聯盟在台中成立，可說是理所當然。

　　以下，我們從台灣文藝聯盟的成立過程來觀察它的活動。此活動幸而有台灣文藝聯盟中心人物張深切的回憶錄《里程碑》（四）（台中聖工出版社、一九六一年十二月），以及賴明弘（銘煌）（台灣文藝聯盟創立的斷片回憶）中的詳盡記錄，還有機關誌《台灣文藝》第二卷第一號（一九三四年十二月）〈第一回台灣全島文藝大會紀錄〉，張深切〈文聯報告書〉等存在，可由此大體了解情形。

　　台灣文藝聯盟經張深切、賴明弘等人的提議，於一九三四年五月六日，在台中市西湖咖啡館二樓舉行「第一回全島文藝大會」宣告成立。大會由全島各地趕來參加的代表，包括漢詩人在內，共有八十二人（註70）。以人數而言，也許不能說很多，但是可以窺見他們對新文學懷有如火的熱誠。然而，大會因為與蜂湧而來的警察之間，存在著緊張，加上台北和彰化的大多數人持旁觀的態度，他們對統一性的文藝組織的成立表現消極。在《里程碑》（四）中，張深切有如下的表白。

「詎料彰化的會員故意集體遲到，臺北的出席者竟
有人主張沒有組織文藝團體的必要。文人相輕，自古以
來，成為無法可醫的遺傳。幸而臺北、彰化以外，各地
會員都熱心支持大會，很順利地通過了文藝聯盟的組織，
並議決發行《台灣文藝》雜誌。」（註71）

會場張貼了「萬丈光芒喜為斯文吐氣・一堂裙屐欣看大雅扶
倫」、「甯作潮流衝鋒隊・莫為時代落伍軍」、「推翻腐敗文
學」、「實現文藝大眾化」、「擁護言論自由」、「擁護文藝大
會」、「破壞偶像・創造新生」、「精誠團結起來」、「為文學
奮鬥到底」、「文藝大會萬歲！」等許多標語（註72），明白的表
示這個大會所指出的方向。

大會由賴慶的「開會詞」開始，接著張深切代表籌備委員說
明籌備的經過，何集璧朗讀祝電和祝辭，然後大會全體並為年輕
就去世的同胞邱春木默禱一分鐘。會議開始前黃純青被選為議長，
但因他是舊文學陣營的漢詩人，故不無反對之聲。張深切在前述
所著之書寫下這事的始末。

大會依照程序進行，主席推舉總督府評議員黃純青，
有許多青年反對他，說這次的大會是我們青年作家新文
藝運動的發軔，不該讓給封建遺孽的老古董當主席。我
在幕後說明我們召開這一大會，已非容易，況且日本當
局異常注意，今後需要工作的事業甚多，他不但可以做
我們的掩身符，還可以做我們的擋箭牌，求之猶恐不得，
豈可隨便摒棄？」（註73）

接著任命紀錄委員為賴明弘、林越峰（海成）、江賜金等三人，參與員為賴慶和張深切，評審委員為林克夫（金田）、廖毓文（漢臣）、林糊、何集璧、蔡秋洞等五人。

當天的議案，則由籌備委員提出如下七個項目：

1 文藝團體組織案

2 機關雜誌發刊案

3 刪除（受到當局警告）

4 提倡演劇案

5 與漢詩人聯絡案

6 作品獎勵案

7 文藝大眾化案

此外，來自地方的提案，有吳宗敬提出的「漢文字音改讀案」。

討論的結果，「文藝團體組織案」雖面臨台北新劇運動家張維賢的反對，但仍照原案通過了。此外，「機關雜誌發刊案」也通過，決議刊行月刊《台灣文藝》。有關演劇，被認為並非文藝聯盟該負擔之事而遭保留。而「與漢詩人聯絡」一案，張深切雖然極力訴求為了要張羅機關誌發行上的資金非常必要，但，正如林越峰的發言—「吾人理當打倒舊文學、打倒吟風弄月、無病呻吟的腐敗詩人，豈可以跟他們合作？！（註74）」一樣，受到大多數的反對而遭否決。至於「作品獎勵案」則責成委員去辦理；而「文藝大眾化案」獲得全員一致贊同。但吳宗敬的「漢文字音改讀案」則被否決。

「台灣文藝聯盟章程」（註75）把這些討論出來的結果納入而定案，因此按照「章程」規定，當夜立刻舉行委員選舉，選出如下十五人為執行委員。

北部　黃純青、黃得時、林克夫、廖毓文、吳逸生（松谷）、
　　　趙櫨馬（啟明）、吳希聖、徐瓊二
南部　郭水潭、蔡秋洞
中部　賴明弘、賴慶、賴和、何集璧、張深切

　　大會在朗讀「文藝大會宣言」後結束，其宣言文被發表在《台灣新聞》、《台灣新民報》上，所以台灣文藝聯盟的成立廣為一般台灣民眾所知。因此，這一天（一九三四年五月六日）是台灣新文學運動史上非常有意義的日子，大大開展了台灣的文化與文藝的前途。

　　之後，執行委員互選，其中彰化的賴和、北屯的賴慶、豐原的賴明弘、台中的何集璧跟張深切等居住於中部的五個人成為常務委員。之後，在彰化溫泉舉行第一回常務委員會時，又推賴和為常務委員長，但因賴和堅辭，因而由張深切任委員長代行。

　　當台灣文藝聯盟作為全島性文藝團體宣告成立以來，在台灣各地和東京，都依循其「章程」精神，紛紛結成各支部。同年八月二十六日嘉義支部誕生，接著埔里、佳里、鹿港、豐原等地也創設支部。本來依附在台灣藝術研究會的東京留學生也合流於文藝聯盟，於一九三五年一月，成立支部。台北的台灣文藝協會也准許會員自由參加文藝聯盟，而只出一期的機關誌《第一線》就合流於台灣文藝聯盟，雖未能確定時間，但同樣成立了支部。

　　如此這般宣告成立的台灣文藝聯盟，要看到機關誌《台灣文藝》的創刊，卻要等到聯盟成立半年多以後的一九三四年十一月五日。有關從成立到機關誌創刊需要半年多的時間一事，張深切在《里程碑》（四）中敘述如下：

　　大會閉幕後，經過了一波三折，終於把最難量重的
責任推到我身上來；常務委員會誰也不肯承擔主任委員
兼雜誌出版負責人。會散了，大家各自回鄉了，所留下
的只有一個空招牌，人在哪兒？錢在哪兒？會務如何執
行？常務委員一共五人，賴和住彰化、賴慶在北屯、賴
明弘豐原，臺中只有我和何集璧兩個人。召集了幾次會
議，出席者都超不過半數，既不能議事，更不能執行。
（中略）。這時，誠心幫助我的，只有陳炘和中央書局
的張星建與演劇研究會的舊同志黃再添，以及其他二、
三與文聯沒有關係的朋友。聯盟只有軀殼，沒有靈魂，
藉屍回魂的已不是文聯，而是盟外之人了。家嚴對我的
行動置之不理，既不贊成也不干涉。所謂孤軍奮鬥，在
這時候我最飽受了辛酸的滋味。幸而我的妻子還了解我
的苦衷，拿她的手鐲和金戒指等當錢資助，鼓舞了我的
勇氣。會的活動與不活動，對文聯本身的死活沒甚影響，
機關誌卻無論如何不能不發行。如果雜誌不發行，才等
於團體的死亡。所以，我不得不四出求乞募捐。我所求
乞的對象，居然多是我文藝大會所要打倒的所謂封建遺
孽的漢詩人和地方士紳。其中，使我最感動的是霧峰林
幼春，這位被稱為老學究詩人，他不僅不念舊惡，而且
表示十分誠懇地支持我們，約定每月可以有一定的金額
資助雜誌的出版。我得到他的鼓勵，也去找心有芥蒂的
林獻堂，他也答應做我們的贊助員，由此文聯便逐漸獲
得了各方面的支持。（註76）

簡言之，機關誌之所以延遲發行，是因為台灣文藝聯盟內部

缺少願奉獻的協力者、編輯發行人未能決定、為籌出雜誌發行經費而操心、會務運營的方式也還未能提出具體的方針。特別是有關經費的籌措備極辛苦，結果，在文藝大會明明已否決了「與漢詩人聯絡案」，卻又不得不依賴漢詩人、地方人士的援助。張深切自己提案的「與漢詩人聯絡案」雖被否決，而他為了發行雜誌，而向漢詩人募捐的極具諷刺的責任。這個矛盾是提倡信奉新文學一派最大的弱點吧！

　　還有其他事情也很辛苦。當初台灣文藝聯盟，在組織建構上，非常期待《台灣新民報》。可是《台灣新民報》方面，對文藝聯盟派依賴《台灣新民報》之事十分不痛快，曾發出「台灣新民報並不是文運的宣傳機構」（註77）的通告。可是，他們寄望《台灣新民報》也並非不合理，因為《台灣新民報》是台灣人手裡唯一的日刊報紙，自從白話文運動以來，向來是台灣新文學運動發展的據點，可是曾幾何時，它變成台灣新文學運動的旁觀者。雖然詳細始末不詳，但是當時《台灣新民報》不再積極參與台灣新文學運動倒是個事實。有關此事，河崎寬康在〈有關台灣文化的備忘錄（二）〉（《台灣時報》第一九四號、一九三六年二月）有如下記載：

　　　　看台灣日刊新聞的方針，最讓人不解的是，唯一由本島人發行的日刊報紙《台灣新民報》竟對文藝問題毫無關心，對相當多數的本島人文藝愛好家不屑一顧這個事實。在台灣的文學主流是以本島人為中心的，《台灣新民報》為本島人所完成的、最有力的發表機關的文學，應該為提供充分的活動舞台，居然對此毫無關心，這讓人不得不懷疑新聞經營者的頭腦。何況還設立了文學欄

去介紹老朽影片或低級的中間讀物，真是荒謬絕倫！(傍
點筆者)

　　總之，《台灣文藝》在台灣文藝聯盟成立後，約經過六個月
的準備期間，好不容易才於一九三四年十一月五日創刊了。它是
由中文欄、日文欄所構成的月刊雜誌，編輯人兼發行人為張深切
（從第二號開始為中央書局張星建），銷售處為台灣社會運動和
文化運動據點之一的台中中央書局。於是在台北、新竹、台中、
嘉義、台南、高雄等都市設置分售處（書店），努力銷售，發行
號數越多數量也逐漸增加，之後在彰化市和鳳山街也增設了分售
處。

　　機關雜誌《台灣文藝》持續約兩年，在一九三六年八月發行
的第三卷第七、八號後自然消滅，共發行通卷十六號。王錦江（詩
琅）在論文〈關於日本統治時代的台灣新文學〉 (註78) 中，下了
如下的評價。

　　　　不但壽命特長，幾乎網羅了全台灣的作家，在台灣
　　新文學史上留下輝煌的一頁，其影響亦深遠。

　　此台灣文藝聯盟幾乎網羅了全台灣的作家，從創刊號以來分
四次登載的「文藝同好者的姓名、住址一覽」便可以明白，竟然
排出超過四百人的姓名。由此可以判斷，除一部分台灣全島的文
藝工作者之外，幾乎都參加了此聯盟，而且幾乎全都是台灣人，
日本人僅佔十七％而已，還不到七○人。依這比例而言，台灣文藝
聯盟及其機關誌《台灣文藝》在台灣人的台灣新文學運動潮流中
誕生的最大理由，正如前述的河崎寬康〈有關於台灣文化的備忘

錄（二）〉所明言一樣，在於這個時期的台灣文學的主流是以台灣人為中心的事實。在那為數不多的日本人中雖可發現在戰爭時非常活躍的西川滿和新垣宏一，然而隨著《台灣文藝》發行期數越增加，台灣人作家在日文欄中寫稿的也越多，甚至因此而引起了日本人的注意。特別是同樣在台中新創刊的《台灣新文學》發行以後的《台灣文藝》，可能因為組織力迅速地趨向脆弱，最後變成台灣人、日本人共同的發表機關。

在《台灣文藝》雜誌上活躍的人甚多，評論方面有張深切、黃得時、吳鴻爐、施學習、劉捷、楊逵、蘇維熊、洪耀勳等人。特別是張深切的〈對台灣新文學路線提案〉（第二卷第二號）以及續篇（第二卷第四號），是引起討論的論文。雖不是評論，但郭一舟（明昆）的〈北京話〉（第二卷第五號）、〈福佬話〉（第二卷第十號、第三卷第四、五號合併）是值得注意的。饒富趣味的是針對增田涉的〈魯迅傳〉（頑銕譯、第二卷第一號～第四號）郭沫若發表批判的〈魯迅傳中的誤謬〉（第二卷第三號），之後增田又寫了〈有關魯迅傳的主張〉（第二卷第三號）一文予以反駁。此外，還有賴明弘的〈訪問郭沫若先生〉、〈郭沫若先生的信〉（第二卷第二號）。

《台灣文藝》在小說方面，質與量皆有長足的進步。白話文的重要作家有懶雲（賴和）、張深切、林越峰、楊華（顯達）、朱點人（石峰）、王錦江（詩琅）、蔡愁洞（秋洞）、蔡德音（天來）、繪聲（吳慶堂）等人。其中，懶雲的〈善訟人的故事〉（第二卷第一號）、楊華的〈薄命〉（第二卷第三號）是重要收穫。〈薄命〉與被刊於東京的普羅文藝雜誌《文學評論》的楊逵〈送報伕〉（第一卷第八號、一九三四年十月）及呂赫若的〈牛車〉（第二卷第一號、一九三五年一月），一同被收錄於一九三六年

由上海文化生活出版社出版的台灣短篇小說集《山靈》，中國的讀者也能因此讀到這些文章。

在日文創作方面活躍的有巫永福、吳希聖、張文環、呂赫若、翁鬧、楊逵、林敬璋、吳鬱三、張榮宗、谷孫吉、英文夫、保坂瀧雄等人。其中翁鬧的〈憨爺〉（第二卷第七號）把貧苦與老人的心理微妙地結合在一起，包含了幾許社會性，是「《文藝》」（改造社）的選外佳作，差一點入選，乃作者悉心加以改作的作品（註79）。然而，做為問題作品不能不提的是呂赫若的〈暴風雨的故事〉（第二卷第五號），他把農村社會裡的地主與佃農的面貌，詮釋為支配者與被支配者的關係以及階級問題，可說是具有社會性批判的力作。呂赫若自從在東京的《文學評論》發表〈牛車〉以來，成為不僅在台灣島內、日本內地出名，更因作品被翻為中文，所以甚至在中國也被知悉的優秀作家。之後，他繼續寫了許多小說，題材以處理崩潰中的台灣社會（風俗、習慣、家族制度）為多，是一位以文學抵抗日本殖民統治的作家。呂赫若的這些作品，每一篇的品質皆甚高，問題意識也堅定，一九四三年還獲得第一屆台灣文學獎。此外，他也以聲樂家身分聞名。另外，《台灣文藝》在詩和戲曲方面，也有優秀的作品和作家輩出，張榮宗的戲曲〈貂蟬〉（第二卷第七號、第八、九號合併號）也是話題之作。

王詩琅在前述論文〈關於日本統治時代的台灣新文學〉中對這個時期《台灣文藝》所刊的諸作品，作了簡潔地評價。

好不容易擺脫從暴露性的政治色彩，看得見從文學獨自的立場與以觀察，描寫的傾向，具有藝術的香氣。

然而，台灣文藝聯盟卻未能依在「章程」上謳歌的主旨—「本聯盟連盟台灣的文藝同志，圖謀互相的親睦，以振興台灣文藝為其目的」好好經營，恰巧台灣文藝聯盟的第一次計劃，就是測試發行六期份的雜誌（至第二卷第五號），正好邁入第二次計劃，聯盟內部發生了意見的衝突。點火的是惡龍之助，也就是《台灣新聞》的文化部長田中保男，他在《台灣新聞》的「炸裂彈」這個專欄中，猛力攻擊「文連的派系化（Sect）」、「血的不同」，跟他相呼應的有楊逵、賴明弘、賴慶、廖毓文、李獻璋、吳新榮等人，逼迫張深切與張星建；而劉捷則用郭天留、張猛三、徐路生、陳炎炎等筆名袒護張派。論爭於焉展開，從一九三五年六月到八月，在《台灣新聞》大大地熱鬧了。有關這個問題，《台灣文藝》第二卷第七號（一九三五年七月）的「廣告」欄有如下的報導。

　　這次關於文聯的組織以及諸問題，諸同志在台灣新聞紙上很熱心的互相討論，好雖然好，未免太過火，尤其是論侵入本部的指導問題，那是很遺憾的，張星建君和楊逵君都是文聯的重要份子，但卻不是指導者。指導部是常委會，兩君均不是常委，也不是執委，兩君的衝突是個人的衝突，深望諸同志諒解。兩君的衝突均為極愛文聯而發生，所以本部對此事件，於上月二十六日的常委會已經決定解決方針了。此後深望諸同志服從本部統治，切勿單獨行動，演致牽動大局，互相慎重吧。

這兒所說的張星建與楊逵（貴）的對立，是圍繞著要不要刊登藍紅綠的小說〈紳士之道〉於《台灣文藝》的問題而引起的，

是一件編輯委員楊逵欲刊登此稿，而張星建卻不同意的糾紛。後來楊逵不滿，自己出來創刊《台灣新文學》，在其第一卷第五號（一九三六年六月）刊登藍紅綠的作品，希望讀者批評及比較當時在《台灣文藝》刊登作品的水準。有關此事，產生了相當大的迴響（註80）。

　　然而，由於楊逵與張星建的對立，聯盟內部問題反而發展成嚴重的問題，本部雖然極力呼籲，仍連續引起論爭。這不光是文藝聯盟運作上的問題，也關係到文藝大眾化路線與新台灣文學運動的存在問題。第二卷第八、九合併號（一九三五年八月）的「編輯後記」和「二言・三言」欄有如下的文章。

　　　　迄今為止的編輯，雖有「血的不同」「宗派化」及「自以為是的編輯」等各種中傷，但只要讀過雜誌的人定會了解，所以我們很放心，只有公平無私才是我們值得驕傲之處（編輯後記）。
　　　　從六月到七月，台灣新聞上盛大地討論了文聯內部問題（中略）「吳君（吳希聖），楊君（楊逵）並非黨派之故給予獎勵金。(中略)。雖然編輯委員，但常務委員非常了解，所以以為沒有抱怨的餘地（中略）。熟悉箇中原委的李獻璋君、毓文君、楊逵君會吵鬧是有些不能理解。（二言・三言）。

　　所謂給「吳君、楊君以獎勵金」云云，指的是文藝聯盟一九三四年十二月三十日認為吳希聖的〈豚〉(《福爾摩沙》第三號)和楊逵的〈送報伕〉(《文學評論》第一卷第八號)兩作為一九三四年的力作，分別給獎勵金的事。總之，台灣文藝聯盟的活動，的確

全都被當作問題，而這關係到幹部的性質。

結果，未能整頓好的台灣文藝聯盟於一九三五年八月十一日，在台中市民館召開了「第二回台灣全島文藝大會」。本來這個大會是預定在聯盟成立一週年的八月五日舉行，但因四月二十一日發生了全島性的大地震之故，不得已延期。然而，在這期間聯盟內部問題紛亂，不料這「第二次台灣全島文藝大會」變成收拾內部問題的大會。

有關這「第二回台灣全島文藝大會」的詳情，並不清楚，不過有關文藝聯盟內部問題的這項最受關心的事，於大會結束後即使出刊的《台灣文藝》第二卷第十號（一九三五年九月）的「編輯後記」有如下的記載：

> 由於這大會，暗雲低迷的我們聯盟獲得清算。更能被約定未來有光明輝煌的早晨，這令人膽壯。在此大會裡，「血的不同的問題」、「宗派化問題」、「自以為是的編輯」等雲散霧消，唯有值得會員諸兄弟雀躍的事情而已。（E・F生）

「E・F生」大概是巫永福吧！這篇「編輯後記」本來就是對外的，大會避免從正面討論文聯內部問題，因此未能解決問題吧？這只要看，從頭至尾未能與台灣文藝聯盟的做法妥協的楊逵、賴和、賴明弘，為了表達不滿而一樣在台中新創台灣新文學社，同年十二月並發刊《台灣新文學》一事可得證明。

失掉楊逵等有力盟員的台灣文藝聯盟，依照第二回台灣全島文藝大會的決議─「今後不光是文學運動，更要擴大美術、音樂、演劇方面的事業（註81）」而圖謀活動的多元化。一九三六年三月

二十九日在台中公會堂舉辦名為「台灣文藝聯盟創立二週年紀念大演奏會」的音樂會，七月經東京支部的奔走邀請朝鮮人舞蹈家崔承喜等，外人看來似乎越來越興盛。

可是，首要的機關誌《台灣文藝》卻越來越失去精采，迅速地無力化。因藝術欄的增加，導致文藝雜誌呈現散漫感。文藝聯盟本部的弱體化，勉勉強強被東京支部或佳里支部所支撐。特別是第二回台灣全島文藝大會後的第二卷第十號，出面的全都是東京支部的人，大多數的人是屬於《福爾摩莎》的同仁，看起來猶如「福爾摩莎特輯」了。

即令如此，直到一九三六年八月的第三卷第七、八號為止，《台灣文藝》和一九三五年十二月創刊的《台灣新文學》一起，對台灣新文學運動有所貢獻，更加豐富這時期的台灣文學。

七、《台灣新文學》的發刊

《台灣新文學》在一九三五年十二月二十八日創刊。如前所述，對台灣文藝聯盟與機關誌《台灣文藝》的經營與體質，表示不滿的楊逵（貴）等人，為了另求發展，而在台中新設立台灣新文學社，創刊中、日文並行的文藝雜誌。而且相對於《台灣文藝》為台灣文藝聯盟的機關誌《台灣新文學》，只是作為同仁雜誌創刊的。「創刊的話」（創刊號），把《台灣新文學》創刊的趣旨記載如下：

　　我作了各種思考。於是得到的結論是，為了台灣的作家，為了讀書家，反映台灣現實的文學機關是緊急必要的。可惜，看起來沒有人會提供這些，作家和讀者到了這地步只好「積少成多……」的方法，集合各人的零

碎的錢去建設一個舞台，有必要務以培育，各人互相鼓
勵，有必要大大地活躍起來。是為「台灣新文學社」的
創成記。

　　執筆寫這「創刊的話」的人並非是創刊號的編輯及發行人廖
漢臣，我認為大概是楊逵。雖然沒有觸及到任何台灣文藝聯盟的
內部問題，但可以察知《台灣新文學》發刊的動機是為了對抗《台
灣文藝》。

　　於是《台灣新文學》在刊行次號第一卷第二號（一九三六年
三月）之際，在其「卷頭言」表示該刊同仁人數已達二一八人，
詩友三一五人。這個數字說明了文藝愛好家，文藝工作者對該雜
誌發行的關心程度。這「關心程度」由創刊號上吳兆行、郭水潭
〈對台灣新文學社的希望〉一文可作代言。

　　　　我們過去有數次集會去討論新文學的定義，其結果
　　我們得到一個結論則所謂新文學是使現實的社會生活更
　　上一層提昇的文學也就是進步的文學。因此，自認為這
　　新文學運動的一翼而欲活動的「台灣新文學社」的誕生，
　　我們找不出反對的理由。只要是新文學運動那一個人，
　　那一個團體去做，我們不吝支持。我們之所以支持「台
　　灣新文學社」的理論根據實在於此。

　　　　其次我們很明白只有「台灣文聯」的「台灣文藝」
　　不足以應付我們的文學發展。我們的很多夥伴──他們
　　是既熱情又精力旺盛的詩人，但已痛感活動舞台的貧困，
　　某兩、三個可憐的詩人把他們悲哀的詩稿提供給報紙作
　　填空白之用而滿足，我們與其懷疑他們的藝術良心，倒

不如說為其卑賤而蹙感。我們為了這一事也應該支持「台灣新文學社」。則，除了「台灣文藝」以外，盡可能出刊眾多兄弟雜誌。（中略）

此外，因「台灣新文學」的發行而「台灣文藝」會受到什麼影響，這完全由「台灣文藝」本身的做法如何去取決。譬如基礎很穩固，也許變成良好的競爭對象，又若基礎不穩固，「台灣新文學」的發刊倒變成刺激，這有反應性的作用促進其發展。然而，倘若萬一因「台灣新文學」的發行而「台灣文藝」慘遭不得發行，那麼這不穩固的刊物寧可說早日消滅才好。

結果，這《台灣新文學》直到一九三七年六月的第二卷第五號刊出約一年半，在這中間發刊兩期《新文學日報》（註82），作為與《台灣文藝》共同致力於台灣新文學發展的文藝雜誌，而在台灣文學史上留下紀錄。

創刊當時台灣新文學社的陣容如下：

編輯部　賴和　楊守愚（松茂）　黃病夫（朝東）　吳新榮
　　　　郭水潭　王登山　賴明弘（銘煌）　賴慶　李禎祥
　　　　葉榮鐘　楊逵（貴）　高橋正雄　田中保南
營業部　莊明當　林越峰（海成）　莊松林　徐玉書
　　　　謝賴登　葉陶

此外，從第二號開始，藤原泉三郎、藤野雄士、陳瑞榮等三人參加為編輯部員。然而，編輯部、營業部實際上的業務幾乎由楊逵、葉陶夫妻在運作。

　　《台灣新文學》執筆者陣容除張深切、張星建、劉捷以外，跟《台灣文藝》無甚分別。不過，在作品的內容上比起《台灣文藝》不可否認有強烈意識，用寫實主義的手法去描寫台灣的現實或歷史。這事情從如下兩事可以證實。

　　第一、《台灣新文學》雖然出自於對《台灣文藝》的對抗意識，但它多少承繼了普羅文化運動的潮流，表現出努力和日本內地的普羅作家連繫的姿態。這事從對抗日本語的問題而言，是不能相容的，但從階級文學理論而言，倒有共通性的整體感。因此，台灣新文學社創刊之前，就給日本內地和台灣島內的左翼作家寄出了質詢表（註83），徵求回答。寄回的答覆，從日本內地有十七人，台灣島內二十三人，都刊在創刊號。從日本內地回答的十七人分別是德永直、新居格、橋本英吉、葉山嘉樹、矢崎彈、前田河廣一郎、石川達三、張赫宙、中西伊之助、藤森成吉、貴司山治、細田民樹、平田小六、豐田三郎、槙本楠郎、征不二夫、平林泰子等人。台灣新文學社大膽向這些在日本左翼作家寄出質詢表徵求意見，這表示了《台灣新文學》將走的方向。此外回答的台灣人二十三人中，分別是鄭定國、林快青、徐瓊二（淵琛）、谷孫吉、賴明弘（銘煌）、別所孝二、賴綠墾、江燦林、杜茂堅、林克夫（金田）、董祐峰、連溫卿、黃氏寶桃、英文夫、陳瑞榮、李禎祥、林國風、新垣光一、葉清水、廖毓文（漢臣）、王錦江(詩琅)、何春喜、李張瑞。這些人未必都是文藝工作者，但大多數是在普羅文化運動中活躍的人。

　　另一方面，以追隨日本內地的普羅文學運動，追求台灣新文學運動發展方向性的姿態而言，具體的結果卻變成那烏卡社的《文學評論》，文學案內社的《文學案內》的台灣支部的角色。《文學評論》是由渡邊順三和德永直等人所計劃，一九三四年三月作

為那烏卡社發行的營業雜誌而創刊（一九三六年八月停刊）的合法的普羅文藝雜誌。因楊逵的小說〈送報伕〉被登在《文學評論》第一卷第八號（一九三四年十月）成為楊逵與《文學案內》有關連之直接契機，之後關係更緊密，進而投論評和隨筆給《文學評論》或《社會評論》。由於，《文學評論》又刊登了《台灣新文學》同人呂赫若的小說〈牛車〉（第二卷第一號、一九三五年一月），因此台灣新文學運動的發展和《文學評論》有很大的關係。例如，《台灣新文學》第一卷第八號（一九三六年九月）的「高爾基特輯」，明顯地追隨了《文學評論》第三卷八號（一九三六年八月、終刊號）的「高爾基哀悼」號。另一方面，《文學案內》是由貴司山治、藤森成吉、廣津和郎、德永直、德田秋聲、木村毅、細田民樹、大宅壯一、青野季吉等人在一九三五年七月創刊的，同樣是普羅文藝雜誌。台灣新文學社用徵求詩友的方式來募集財政的基礎是仿效文學案內社。楊逵也在《文學案內》中發表了數篇小說和評論，更在第二卷第一號（一九三六年一月）的「朝鮮・台灣・中國新銳作家集」一欄中，翻譯曾刊登於《台灣新民報》一九三二年新年號上的甫三（賴和）的小說〈豐作〉成日文。因此寄給《台灣新文學》的十七人的答覆，大體上是以《文學評論》、《文學案內》為創作園地的作家，同時這些左翼作家也可說就是楊逵所開拓的人脈。於是台灣新文學社扮演了那烏卡社、文學案內社以及週刊《時局新聞》《實錄文學》《勞働雜誌》等左翼報刊之台灣代理店的角色。

　　可以指出的第二個特徵是，比起《台灣文藝》把中文欄的減少現為自然的趨勢而採取旁觀的態度，《台灣新文學》倒是對中文欄的捲土重來，懷有積極的熱情。這是直接了當地表現在第一卷第十號（一九三六年十二月號）大規模地編輯了「漢文創作特

楊逵 1973 年（河原 功攝）

輯」。其中收錄了賴賢穎（滄洧）〈稻熱病〉、尚未央〈老雞母〉、馬木歷〈西北雨〉、朱點人（石峰）〈脫穎〉、洋（本名不詳）〈鴛鴦〉、廢人（本名不詳）〈三更半暝〉、王錦江（詩琅）〈十字路〉、一吼（周定山）〈旋風〉八篇，以特輯而言是劃時代性的。這是以「漢文凋落之久，隔了很久，執筆者諸氏以嶄新的意氣與誠摯，打破沉默，捲土重來以顯示其力量（註84）」的氣魄所企劃的。然而不幸的是這個特輯觸犯到當局的禁忌，排版完成時即遭到查禁。對當局而言，正當皇民化聲浪中，政策上不能允許對鼓吹台灣人民族性有影響的企劃吧！如上述，台灣新

文學社則有努力於鼓吹中文創作的姿態。如李獻璋編《台灣民間文學集》（一九三六年六月、台灣文藝協會發行），由台灣新文學社社員負責銷售，其中可以看到台灣新文學社對新文學運動的發展，及對民族文化的保存所持的熱情。

　　由於《台灣新文學》具有相當多的普羅雜誌的性格，屢次被迫刪除也被查禁。（註85）但客觀而言，它跟日本內地的左翼作家以及普羅文藝雜誌加深了聯繫，強化了台灣新文學發展，故直逼台灣文藝聯盟的機關誌《台灣文藝》。留在《台灣文藝》的作家，覺得《台灣新文學》的活動狀況令人無法接受吧，正當《台灣新文學》發行第三號之際，在《台灣文藝》第三卷第四、五號合併號（一九三六年四月）的「二言・三言」專欄有如下的話：

　　　　《台灣新文學》的進出發展真是光彩之極。不愧是楊貴氏有本領。先送個掌聲吧！
　　　　不過，要發刊《台灣新文學》以前楊貴氏應該先退出文連，否則，應該超越一切個人的感情，把現實投注於《台灣新文學》的熱情和才幹表現在《台灣文藝》才是。《台灣新文學》的工作不是生意，現在也不嫌遲，迅速回歸原隊服從在軍旗下吧！不說弄碎《台灣新文學》，何況是大眾乎！

　　這個記事可以解讀為為了處理《台灣文藝》衰退的狀況，針對楊逵，明示他應收拾如此殘局，及釐清陷入這種狀況的責任歸屬。然而《台灣新文學》的發刊起因於台灣文藝聯盟內部的問題，以楊逵為首的《台灣新文學》派對此並不理睬。因此，台灣文藝聯盟一點也沒好轉的跡象，愈見弱化。台灣文藝聯盟在同年六月

七日召開「台灣文學者面對的諸問題」為題的討論會，但因缺乏任何根本性的對策，刊行到第三卷第七、八號（八月）終於自然結束。

在台灣文藝聯盟自然消滅前後，向來在台中楊逵手裡編輯發行的《台灣新文學》，從第一卷第八號（八月）到第二卷第三號（一九三七年三月）的這個時期，由住在台北的王詩琅編輯發行。事實上這是因負責編輯發行的楊逵、葉陶夫妻雙雙臥病的關係。

《台灣新文學》再次回到台中的楊逵手裡是第二卷第四號（五月）時。然而，這個時期的台灣新文學社的經營狀況，由於第一卷第十號的「漢文創作特輯」遭到查禁的關係，已惡化到瀕臨倒閉了。不但經營狀況惡化，此時正當面臨中、日戰爭全面開打的前夕，中、日關係極緊張，台灣也受到不小的影響。台灣總督府判斷有必要緊急強化皇民化的政策，徹底圖謀以四月一日為期限，一舉廢止全島新聞的「漢文欄」。接著，針對呈現末期症狀的《台灣新文學》下令禁止其刊登漢文作品。第二卷第四號（五月）的「編輯後記」有如下的記事。

　　　由於時代的潮流，本雜誌遭到不得不逐漸縮少漢文
　　或不久要全廢的命運。對只用漢文寫作的作家以及只讀
　　漢文作品的讀者是很抱歉的，但請你諒解這事情。大家
　　重新從阿伊烏也奧開始吧！（楊逵）

　　進而在第二卷第五號（六月）的「編輯後記」中有以下的記事。

　　　漢文欄以此號為止不得不廢止。對於只用漢文寫作

的人和只讀漢文的人毋寧是悲哀，但我們也十分感慨。
然而漢文作家諸君也不必因而退縮。跟以前一樣投稿的
話，我們會找到適當的譯者予以翻譯之後發表，希望更
加專心寫作吧！

　　話雖這麼說，結果《新台灣文學》還是躲不過經營困難與不
得刊登中文作品的雙重厄運，最後，到第二卷第五號（六月）為
止不得不廢刊。除查禁號之外，共發行了十四號。

　　在這期間，《新台灣文學》雜誌上活躍的有名作家如下。日
文創作以楊逵（〈水牛〉、〈田園小景〉、〈知哥仔伯〉）為首，
此外還有張文環（〈過重〉、〈豬的生產〉），呂赫若（〈行末
之記」、〈逃去的男人〉），吳濁流（〈泥溝裡的緋鯉」、〈返
回自然〉），賴明弘（〈夏〉、〈魔力〉、〈結了婚的男人〉），
翁鬧（〈羅漢腳〉、〈黎明前的戀愛故事〉），藍紅綠（〈紳士
之道〉、〈慈善家〉），黃有才（〈悽慘譜〉、〈斷崖下〉），陳
華培（〈王萬之妻〉、〈豚祭〉），還有日本人佐賀久男的
（〈鞋〉、〈盲目〉、〈出奔〉等。中文創作有朱石峰（〈秋
信〉、〈長壽會〉），賴堂郎（〈女鬼〉、〈姐妹〉），張慶堂
（〈年關〉、〈老與死〉、〈他是流眼淚了〉），楊柳塘（〈有
一天〉、〈轉途〉），周定山（〈乳母〉、〈王仔英〉），莊松
林（〈鴨母王〉、〈林道乾〉）等。除創作以外值得一提的是尚
未央會見了來台訪問的郁達夫，寫了〈會郁達夫記〉（第二卷第
二號）；毓文（廖漢臣）寫〈同好者的面影〉（第一卷第二號、
四號、五號、八號）努力介紹台灣人作家；值得一提的是，連溫
卿的短期間，於《台灣新文學》開闢「世界語講座」（第一卷第
三號、四號）；還有為表示對魯迅去世的哀悼，在第一卷第九號

更刊登「悼魯迅」的卷頭言，及黃得時〈大文豪魯迅去世〉等文章。

八、台灣人作家的島外活動

在這個時期裡，台灣島內的新文學發展，逐漸擴展到日本內地和中國大陸。其中，出版詩集《荊棘之道》（盛岡‧久保莊書店、一九三一年六月）的王白淵，到一九三四年楊逵的〈送報伕〉發表於《文學評論》（第一卷第八號十月號）以來，台灣人作家很明顯出現在日本文壇。〈送報伕〉最初在一九三二年五月經過賴和之手發表於《台灣新民報》（五月十九日～五月二十七日），可惜只登了一半，後半被當局查禁。於是在一九三四年十月把全文應徵文學評論社的第一回募集原稿，入選第二席（名），發表於《文學評論》第一卷第八號。此時，《文學評論》小說部門總共三篇入選，第一名沒有適當作品，因而從缺，所以事實上楊逵的〈送報伕〉是最優秀的作品。有關〈送報伕〉，永井路子有如下的評語（註86）。

　　文學評論的〈送報伕〉雖有人批評小說技術幼稚，但把實際生活中被虐待的人的感情，以如此帶有強有力的社會性的描寫，是罕見的。

對楊逵的這項壯舉，台灣文藝聯盟認為與登在《福爾摩莎》第三號的吳希聖的〈豚〉一樣是一九三四年度的力作，而在一九三四年十二月二十日分別發給兩人獎勵金。（註87）

因這個契機，楊逵之後陸續地把創作、評論和隨筆等寄到日本文壇。有以下的作品（註88）。

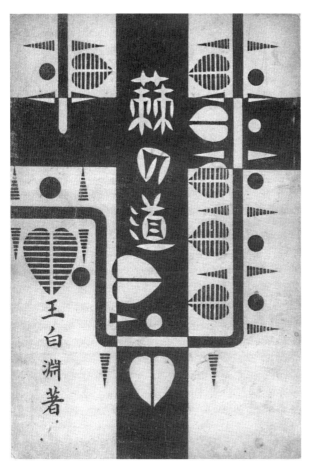

王白淵 《棘の道》
久保莊書店 1931 年 6 月

街鎮側面　　《文學評論》第一卷第十號（一九三四年十二月）

為了使時代前進　　《行動》第三卷第二號（一九三五年二月）筆名‧健兒

行動主義的擁護　　《行動》第三年第三號（一九三五年三月）筆名‧健兒

聽！讀者之聲！　　《新潮》第三二年第四號（一九三五年四月）

排除上品的藝術觀　　《文學評論》第二卷第五號（一九三五年五月）

歪理　《新潮》第三二年第六號（一九三五年六月）

台灣震災地慰問踏查記　《社會評論》第一卷第四號（一九三五年六月）

被遺忘的災害地——台灣震災及其後來狀況　《進步》第二卷第七號（一九三五年七月）

進步作家與共同戰線——期望於《文學案內》　週刊《時局新聞》（一九三五年七月二十九日）

台灣的文學活動——台灣文藝作家協會的創立與雜誌《台灣文學》及其它　《文學案內》第一卷第四號（一九三五年十月）

台灣文壇近情　《文學評論》第二卷第十二號（一九三五年十一月）

台灣文學運動的現狀——新劇運動與舊劇之改革及其它　《文學案內》第一卷第五號（一九三五年十一月）

給文評賞審查委員諸氏　《文學評論》第三卷第三號（一九三六年三月）

蕃仔雞　《文學案內》第二卷第六號（一九三六年六月）＊小說

擔負台灣文壇未來的人　《文學案內》第二卷第六號（一九三六年六月）

小子的入學考〈チビの入学試験〉　《土曜日》第三二號（一九三七年五月五日）

緩和考試地獄的方法　《人民文庫》第二卷第十號（一九三七年九月）

「第三世代」及其它　《文藝首都》第五卷第九號（一九三七年五月）

　　受楊逵〈送報伕〉刺激，之後有幾位台灣人作家有志於進軍日本文壇。一九三五年有張文環、呂赫若及翁鬧三人。

　　張文環的〈父親的臉〉被選為《中央公論》的佳作。這記事出現在一九三五年一月號「中央公論」，而台灣文藝聯盟機關雜誌《台灣文藝》第二卷第二號（二月）的「編輯後記」有如下的介紹。

　　中央公論應募小說千二百十篇中,我們張文環氏的〈父親的臉〉以第四位的好成績入選。氏為嘉義小梅大坪人,有雅赫保族的綽號。

　　呂赫若的小說〈牛車〉登在《文學評論》第二卷第一號（一月）,揚名日本文壇。在其「編輯後記」有如下的介紹。

　　創作欄的呂赫若氏是住在台灣的陌生新作家。曾因本雜誌的募集小說楊逵氏的〈送報伕〉當選之刺激,使台灣文壇的活動突然活潑起來,此刻能介紹另一個台灣新人作家是本雜誌最大的榮耀。這篇〈牛車〉是比〈送報伕〉更好的佳作,我們敢於推薦。

　　翁鬧的〈憨爺〉在改造社的《文藝》中,被選為選外佳作。這個作品後來經過修改,發表在《台灣文藝》第二卷第七號（七月）。

　　一九三六年,賴和的〈豐作〉被登在《文學案內》第二卷第一號（一月）。「豐作」本來是賴和以甫三的筆名在一九三二年《台灣新民報》新年號上所刊登的作品,後經楊逵翻譯為日文寄到《文學案內》。《文學案內》在第二卷第一號裡刊登了跟朝鮮張赫宙的「安‧赫拉」、中國吳祖緗的「天下太平」一起收入作為「朝鮮‧台灣‧中國新銳作家集」的賴和的〈豐作〉。這個企劃事先告知了楊逵,所以賴和〈豐作〉是楊逵推薦的。這事情由同號編輯局的,關於「朝鮮‧台灣‧中國‧新銳作家集」記事便可得知。

像台灣的楊逵君，起初是決定刊登他的創作〈蕃仔雞〉，但他以為台灣的代表性作家只有自己是不夠的，希望推薦賴和氏，就把由漢文翻譯的〈豐作〉寄到這兒來。台灣的賴和氏，醫學校畢業後在彰化市開業二十年，現四十五歲，台灣文化社會運動的元老之一，用漢文寫作。在台灣民報—新民報發表創作和詩，〈豐作〉是五年前發表於《台灣新民報》新年號的作品。筆名「懶雲」、「甫三」等。

一九三七年《改造》的懸賞創作，龍瑛宗（劉榮宗）的〈植有木瓜樹的小鎮〉當選，發表於《改造》第十九卷第四號（四月）。龍瑛宗為《文藝首都》之同人，在這之後於日本文壇發表數篇小說和隨筆。

TOKYO・土包子　《文藝》第五卷第八號（一九三七年八月）

東京之鴉　《文藝首都》第五卷第八號（一九三七年八月）

台灣與南支那　《改造》第十九卷十二號（一九三七年十二月）

南方通信　《改造》第二〇卷第一〇號（一九三八年十月）

葉書隨筆　《文藝》第六卷第一號（一九三八年十月）

地方文化通信—台北市　《文藝》第七卷第五號（一九三九年五月）

宵月　《文藝首都》第八卷第六號（一九四〇年七月）小說。

黃家　《文藝》第八卷第十一號（一九四〇年十一月）小說。

同人日記　《文藝首都》第九卷第一號（一九四一年一月）

兩個「狂人日記」　《文藝首都》第九卷第一號（一九四一年一月）

熱帶的椅子　《文藝首都》第九卷第三號（一九四一年四月）

貘　《日本風俗》第四卷第一〇號（一九四一年十月）小說

　　像這樣不滿足只限在島內活動，另一方面受到楊逵〈送報伕〉刺激的台灣人作家，有不少人進入日本文壇。這不但意味著台灣新文學運動的高漲，同時在日本文壇獲得肯定乙事，關係到台灣文學運動的強化和意識的確立。

　　另一方面，在中國大陸，楊逵的〈送報伕〉經胡風的翻譯，於一九三五年被刊在《世界知識》上。翌年，一樣經胡風翻譯，也被收錄在朝鮮台灣短篇小說集《山靈》（上海・文化生活出版社、四月），及世界知識社編的《弱小民族小說選》（上海・生活書店、五月）中。此外，《山靈》也收錄了呂赫若的〈牛車〉（胡風譯），和楊華的〈薄命〉，然而其間卻看不見台灣人作家在中國大陸的積極活動。為什麼胡風把楊逵、呂赫若、楊華等三個台灣人作家的作品介紹到中國大陸，其原因至今仍不明白。

後　記　總括・新文學運動以後

　　如前所述，台灣的新文學運動在受到社會運動、新文化運動的影響，特別在「抬頭期」裡，是以包涵在內其中一環的型態展開。到了一九三一年，台灣社會運動、新文化運動遭到毀滅性的打擊，許多活動家在摸索新文學運動獨自的出路。由於表達抵抗理念，在社會運動、新文化運動及新文學運動上有太多共通性之故，因此，也就形成了比新文學運動更加統一的運動基礎。隨著一般人對新文學運動的日漸關心，出現了為新文學而創刊的文藝雜誌，也看到文藝組織的成立。在這當中，台灣文藝連盟的成立及機關誌《台灣文藝》的創刊是劃時代的，它也將台灣新文學運動推至自立上昇期的頂峰。同時，它的文學內容在質量上也是相當高水準的，不少台灣人作家進入日本文壇。

　　另外，從語言層面來看台灣新文學運動，中國大陸是文言文對白話文的問題，但在台灣是文言文對中國白話文的問題，引發了中國白話文對台灣白話文的問題，此外還有中國語對日本語的問題。因此，台灣新文學運動呈現了相當複雜的面貌。

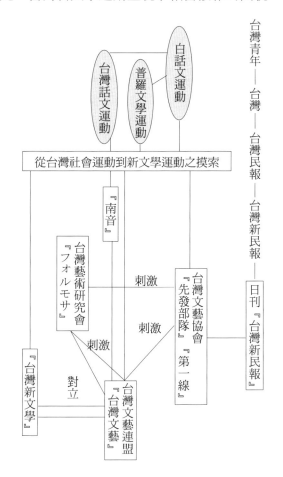

　　然而台灣新文學運動的展開，在一九三七年不得不迎接一大逆轉。這一年，中、日突然進入全面戰爭狀態，雙方關係緊張，台灣也多少受到影響，因此台灣總督府認為有必要圖謀徹底強化

皇民化政策，於同年四月一日，對台灣全島的報紙下了廢止「漢文欄」的命令。唯一由台灣人經營的日刊報紙《台灣新民報》，是唯一抗拒這措施的媒體，漢文欄縮減了一半，結果反而招致當局彈壓，集中注意《台灣新民報》，而在六月一日終於不得不全面廢除「漢文欄」。倒是《大阪每日新聞》的「台灣版」每週有一次中文的「南島文藝欄」，但好像和台灣的關係不大。緊接著「漢文欄」的廢止，總督府此次針對經營困難的《台灣新文學》，通知禁止刊登中文作品，於是《台灣新文學》也在同年六月消失無蹤。到了九月，有風月俱樂部（台北）創刊了名叫《風月報》的半月刊中文雜誌，但它幾乎不承繼新文學運動的潮流，不如說它是舊文學的中文雜誌。

最後，使用白話文的文學作品喪失了發表的園地，不但不能期待台灣新文學運動更上一層，反而陷入迅速枯萎的結果。到了七月七日，中日全面戰爭以後，台灣也進入戰時體制，強化思想統治，到七月十五日甚至最穩健的「台灣地方自治連盟」也被解散。

如此的總督府的措施，使所有台灣人失望且陷入不安。向來的文藝工作者中，不用說是中文作家，甚至連日本文作家也受到很大的衝擊，結果失去創作意願，不得不暫時擱筆靜觀事態的演變。其中也有人想不出主意來，傷心渡海到中國大陸去。因此，中日全面戰爭是一個歷史性事件，同時也是使台灣新文學運動告一段落的事件，具有中斷台灣新文學運動發展的象徵意義。這以後的台灣人的文學活動，只能在日本語的語言制約下發表作品，而以日本人為中心的文學活動從此登場。因此，我們有必要認知，其以後的文學運動跟之前的台灣新文學運動，在質與量上均大異其趣。

註釋：

(1)　黃得時〈梁任公遊台考〉(《台灣文獻》第十六卷第三期，一九六五年九月)。

(2)　「台灣同化會定款」(《台灣總督府警察沿革誌》第二編中卷「台灣社會運動史」，台灣總督府警察局，一九三七年七月，十七頁)。
　　　《台灣總督府警察沿革誌》(以下簡稱《警察沿革誌》)全部共六冊(發行五冊)，原供警察執勤參考用；後編成外秘文件，無忘充分使用極機密資料，無保留陳述事實。尤以第二編中卷在當時還是當代史，內容具高度機密性，加上書中關係人多仍在世，因此在各卷中特別編纂別卷秘，印發的每一冊都編上號碼，這是研究台灣近現代史不可或缺的資料。

(3)　《警察沿革誌》第二編中卷，二十一頁。

(4)　同右，二三頁。

(5)　《余清芳抗日革命案全檔》第一輯第一冊(台灣省文獻委員會，一九七四年六月，二二頁)。

(6)　《警察沿革誌》第二編中卷，二四頁。

(7)　《台灣教育沿革誌》(台灣教育會，一九三九年十二月)。

(8)　與日本人子弟為主的小學校相較，台灣人子弟就學的公學校課程內容和學習程度都較低落。

(9)　〈新民會章程〉(《警察沿革誌》第二編中卷，二五頁)。

(10)　《警察沿革誌》第二編中卷，二五頁

(11)　同右，二七頁。

(12)　同右，二七頁。

(13)　同右，二八頁。

(14)　葉榮鐘等著《台灣民族運動史》(自立晚報叢書編輯委員會，一九七

一年九月，五四六頁)。

(15) 《有關請願署名者之統計》(《警察沿革誌》第二編中卷，三三○ 至 三三七頁)。

(16) 〈台灣文化協會會則〉(同右，一四○頁)。

(17) 《警察沿革誌》第二編中卷，一四六至 一五八頁。

(18) 同右，一五一至 一五二頁。

(19) 台灣民報社於一九五二年八月二十六日出刊《台灣民報》臨時增刊 號，作為創刊五週年，發行一萬部的《紀念號》。當中有蔣渭水的 「五年中的我」回想記，言及一九二四年四月，警務局調查台灣三 個日刊報紙的發行數量。當中記載《台灣日日新報》(台北，一八九 八年五月一日創刊)共有一萬八九七○部、《台南新報》(台南，一八 九九年七月四日創刊)一萬五○二六部、《台灣新聞》(台中，一九○ 一年四月十八日創刊)九九六一部。加上《東台灣新報》(花蓮港，一 九一六年十月一日創刊)及台灣四大報，不過後者發行量極少，據一 九三三年的調查統計，只有不到三百部。

(20) 創刊以來整整一年《台灣新民報》共發行十四期；其中有四期在台 灣遭到查禁。

(21) 在《台灣民報》第八八號(一九二六年一月十七日)的「社告」中記 載，這是《台灣民報》無法送達台灣讀者手中的理由，並說明最近 被檢查的日期為：

一天：第六六號

二天：第五一號

三天：第六四、五二號

四天：第六十號

五天：第五八、六八號

七天：第六一號

九天：第五九號

十九天：第六七、七五號

二一天：第七四、八十號

二六天：第八一號

三十多天：第八二號

(22) 若林正丈《中國雜誌解題「台灣大眾時報」》(「亞細亞經濟資料月報」第一七卷第一號，一九七五年一月)詳記。

(23) 參照拙論〈話說霧社事件〉。

(24) 《林獻堂先生年譜》(葉榮鐘編《林獻堂先生紀念集》，林獻堂先生紀念集編輯委員會，一九六〇年十二月)。

(25) 《台灣民族運動史》五五八頁。

(26) 《台灣日日新報》(台北)《興南新聞》(台北)《台灣日報》(台南)《高雄新報》(高雄)《台灣新聞》(台中)《東台灣新聞》(花蓮港)等六報。

(27) 胡適的八大項目：

1.須言之有物 2.不摹仿古人 3.須講求文法 4.不做無病呻吟 5.務去濫詞套語 6.不用典 7.不講對仗 8.不避俗字俗語。因全都是否定句，因而稱為「八不主義」。

(28) 陳獨秀的三大主義為：

1. 推倒雕琢的阿諛的貴族文學，建設平易的抒情的國民文學。

2. 推倒陳腐的鋪張的古典文學，建設新鮮的立誠的寫實文學。

3. 推倒迂晦的艱澀的山林文學，建設明瞭的通俗的社會文學。

(29) 《警察沿革誌》第二編中卷，一七四頁。在謝春木《台灣人如斯見》(台灣新民報社，一九三〇年一月，一五二頁)中有記載，二八年增加三四四名。

(30) 《警察沿革誌》第二編中卷，頁六八至 一三七。

(31) 廖毓文(漢臣)〈台灣文字改革運動史略(上)〉(《台北文物》第三期第三卷，一九五四年十二月)。

(32) 《台灣民報》創刊號報導同年三月日本國會眾議院分科委員會通過「漢學振興建議案」。

(33) 連雅堂獨力創刊之詩誌，從一九二四年二月至二五年十月持續約二年，發行二十二號。據〈台灣詩藝發刊序〉(連雅堂)記載，為挽救廢墜的漢詩文，應努力整理古人遺稿，史上有名著述，鼓吹漢詩文，提昇風雅，以修養道德經論，修身之學及天下治平之道為創刊主旨。執筆者以連雅堂為首，還包括洪棄生、林小眉、林履信、胡南溟等多數詩壇名人。連雅堂對搜集古人的詩文特別熱心，同時也在此詩誌上努力介紹同時代的詩文。台北市文獻委員會有出復刻版(一九七七年六月)。

(34) 引自廖漢臣〈新舊文學之爭(上)〉(《台北文物》第三卷第二期一九五四年八月)。

(35) 連雅堂〈台灣詩社記〉(《台灣詩藝》第二號，一九二四年三月)。

(36) 「甲戌年連吟大會籌備處」之調查(《詩報》第七八號，一九三四年九月下旬)。

(37) 台灣省文獻委員會編《台灣省通志稿》卷六「學藝志文學篇」之第三冊(廖漢臣纂修，一九五九年六月)中之〈全島詩社表〉二九至三一頁。

(38) 半月刊《風月報》登載，元園客(黃晁傳)〈台灣詩人的毛病〉(一九四一年六月一日)所引起之爭論，支持元園客的有傍觀生、第二傍觀生(黃啟明)、(醫卒)吳松谷、嵐映(林荊南)等多人。另一方，反駁元園客的有鄭坤五、小鏡雲、銳峰，修正生，黃景南等。

(39) 〈支局確立方針草案〉(《警察沿革誌》第二編中卷，頁二九四)。

(40) 《伍人報》目前只得見極少部分，參照《警察沿革誌》第二編中卷

之〈伍人報之廢刊〉(二九一至二九二頁)及王一剛(詩琅)〈思想鼎立時期的雜誌〉(《台北文物》第三卷第三期,一九五四年十二月)。

(41) 《台灣戰線》未見,參照《警察沿革誌》第二編中卷之〈台灣戰線社的興廢〉(頁二九二至二九三)。

(42) 《警察沿革誌》頁二九二至二九三。

(43) 《洪水報》未見,參照王一剛〈思想鼎盛時期的雜誌〉。

(44) 《警察沿革誌》第二編中卷之〈利用無政府主義之文藝雜誌《明日》之宣傳〉(頁九一二)。

(45) 《警察沿革誌》第二編中卷之〈台灣言論出版自由獲得懇談會開催〉(頁七六二至七六三)。

(46) 《警察沿革誌》第二編中卷之〈台灣文藝作家協會〉(頁二九六至三○九)、王一剛〈台灣文藝作家協會〉(《台北文物》第三卷第三期)。

(47) 《台灣文學》第二卷第三號(一九三二年六月)中之「第二回總會記」有關此事之記載。

(48) 《昭和新報》於一九二八年三月在台北創刊之週刊誌,一九三三年每週平均發行量不到五百部。與同年的《台灣新聞》《台灣新民報》《台灣日日新報》每天分別發行一萬三千部、二萬五千部、四萬二千二百部相較,差距甚遠。

(49) 原文未見,引自負人(莊垂勝)〈台灣話文雜駁(四)〉(《南音》第一卷第四號,一九三二年二月)。

(50) 李春霖〈台灣話改造問題給毓文、克夫、點人諸先生〉(《台灣新聞》一九三一年十二月六日)、曾演奏〈台灣改造論〉(同十二月十日)、劉魯〈幾句鄉土話〉(同十二月十五日)、林鳳崎〈我的改造——台灣鄉土文學的提案〉(《台灣新民報》一九三一年十二月五日)、小野西川〈讀台灣語改造論〉(《語苑》一九三一年十一月、十二

月)。

(51) 一九三○年九月九日在台南創刊，發行人為台南詩人趙雲石的兒子趙雅福，分別在三、六、九日發刊，現可確認到三五年九月六日的第四七九號為止。

(52) 參照〈佐藤春夫《殖民地之旅》真相〉。

(53) 黃邨城(春成)〈談談《南音》〉(《台北文物》第三卷第二期，一九五四年八月)

(54) 同右。

(54) 同右。

(56) 同右。

(57) 陳鏡波〈軟派文學與拙作〉(『台北文物』第三卷第三期，一九五四年十二月)。

(58) 〈東京台灣文化社團的活動〉(《警察沿革誌》第二編中卷，頁五三五五)。

(59) 〈東京台灣藝術研究會〉(同。頁五五至六○)。以下參考同書。

(60) 為籌措運動資金及講求同志聚會場所，張文環將故鄉嘉義寄來的三百日幣開一間喫茶店，主要由張妻芙美經營。

(61) 「福爾摩莎」一詞源自葡萄牙人從海上看到台灣而讚嘆"Formosa"福爾摩莎指台灣。

(62) 施學習〈台灣藝術研究會成立語福爾摩莎(Formosa)創刊〉(《台北文物》第三期第二卷，一九五四年八月)。

(63) 廖毓文(漢臣)〈台灣文藝協會的回憶〉(《台北文物》第三卷第二期，一九五四年八月)。

(64) 「本會會則」(《先鋒部隊》創刊號)。

(65) 廖毓文〈台灣文藝協會的回憶〉。

(66) 同右。

(67) 毓文〈頂下郊拼〉、黃瓊華〈鶯歌莊的傳說〉、一騎〈新莊陳化成〉、〈下港許超英〉、一吼〈鹿港憨光義〉、沫兒〈台南邱罔舍〉、李獻璋〈過年的傳說〉、一平〈領台軼事〉、描文〈賊頭兒曾切〉、陳錦榮〈水流觀音〉、〈王四老〉、蔡德音〈碰舍龜〉、〈洞房花燭的故事〉、〈圓仔湯嶺〉、〈離緣漢崩崁仔山〉等十五篇。

(68) 一九三四年九月在台中創刊的週刊誌。

(69) 本書分歌謠和故事篇，收錄許多民歌、童謠及謎語。故事篇收錄「鴨母王」等二十一篇故事。由台灣文藝協會發行，台灣新文學社販售。四六開本，全書二五四頁。

(70) 賴明弘〈台灣文藝聯盟創立的斷片回憶〉記載下列九四人。

北部：

黃純青、黃得時、郭秋生、林克夫、廖毓文、朱點人、吳逸生、趙墊馬、吳淡海、黃湘蘋、蔣子敬、楊天佑、簡進發、謝庫清、劉捷、李金鐘、黃洪炎、陳逢源、王詩琅、徐瓊二、陳鏡波、吳希聖、張維賢、林輝煌、李春霖、陳君玉、吳劍亭、何春喜、黃啟端、李清池、洪耀勳、林堅如、陳泗汶、李慕平、江賜金、高肇攀、邱耿光、楊雲萍、李獻璋。

中部：

張長安、蔡秋洞、郭水潭、吳新榮、黃石輝、吳澄淵、謝星樓、徐玉書、陳海參、楊敬亭、胡彬彬、吳長卿、王開運、陳幼謙、郭翠玉、李佩峰、謝萬安、鄭盤銘、張榮宗、楊逵、楊華。

南部：

陳清池、賴和、黃病夫、陳虛谷、莊明檔、楊松茂、林攀龍、周定山、吳獻堂、林幼春、吳祈、葉融其、施炳煌、林敬璋、葉榮鐘、莊垂勝、陳臥薪、黃菊次郎、林茂泮、吳宗敬、鐵骨生、郭明欽、

魏根萱、林松水、林文騰、賴慶、賴明弘、林越峰、吳步初、鄭徵祥、鄭錫濤、張深切、何集璧。

(71) 張深切《里程碑》(四)，頁四七八。

(72) 〈第一回台灣全島文藝大會紀錄〉(《台灣文藝》第二卷第一號，一九三四年十二月)。

(73) 張深切《里程碑》(四)，頁四七九。

(74) 同右，頁四八。

(75) 《台灣文藝》第二卷第四號、第五號，刊出從白話文意譯的「章程」。

(76) 張深切《里程碑》(四)，頁四八一至四八二。

(77) 同右，頁四九三。

(78) 在《今日之中國》第二卷第九號(一九六四年九月)發表的，原文在吳濁流(建田)主持之《台灣文藝》第三號(一九六四年六月)發表的〈日據時代的台灣文學〉。

(79) 《台灣文藝》第二卷第七號之「編輯後記」。

(80) 《台灣新文學》第一卷第六號(一九三六年七月)，有吳濁流、陳茉莉之投稿，吳濁流的〈紳士之道〉是台灣文藝的遺珠之恨，但的確是難以割捨之作。希望各界批判的勇氣與信心刊登出來，令人佩服。陳茉莉則讚賞說「『紳士之道』是台灣前所未有的傑作，我推薦給台灣讀者，請要慢慢吟味。」此外，還有許多未刊出的迴響。

(81) 《台灣文藝》第二卷第十號(一九三五年九月)之「編輯後記」。

(82) 《新文學月報》與《台灣新文學》是姊妹刊關係，第一號在一九三六年二月，第二號在同年三月發行。包括通信、書評、座談會、小說等，雖只有十六頁，但資料價值極高。

(83) 對日本內地的有「一、殖民地文學發展之途，二、給台灣編輯者作家讀者之訓言」。對台灣島內的有「一、對台灣新文學運動之高見，

二、鮭魚台灣文學的感想，三、您的抱負」等。

(84) 《台灣新文學》第一卷第九號(一九三六年十一月)的「編輯後記」。

(85) 被禁止發行的只有第一卷第十號(漢文創作特輯)，文章被刪的有第一卷第二、三、六號，第二卷第四、五號等多期。

(86) 《文學評論》第二卷第一號(一九三五年一月)之〈對三四年度之批判及三五年度之抱負，新人座談會〉。

(87) 《台灣文藝》第二卷第二號(一九三五年二月)。

(88) 拙論＜楊逵──その文學的活動＞（《台灣近現代史研究》創刊號、一九七八年四月）。

III　台灣與日本

三省堂與台灣
──戰前台灣日本書籍流通

前言

　　日清戰爭的結果，日本在一九八五年四月到一九四五年八月戰敗為止的五十一年間，將台灣納為殖民地加以統治。這段期間，居住在台灣的日本人（內地人），以及理解日語的漢族系台灣人（本島人），他們如何取得日本書籍呢？關於這個問題，筆者欲以在戰前、戰後，一向以出版教科書和辭典聞名的三省堂為中心，嘗試加以進行探究。

日治時期的台灣書店

　　依據《出版年鑑》（東京堂刊行、一九四一年八月）的統計，在一九三三年九月底時，台灣的零售書店為屬於「台灣書籍商組合」下的八十九家。從五年前（一九二八年九月底）的六十五家和五年後（一九三八年九月底）的一〇六家來看，整體數字確實有逐漸增加的趨勢。然而，若與其他地域相比較，則大約和庫頁島書籍雜誌商組合的八十八家同數、略少於滿洲書籍雜誌商組合的一一〇家、不及朝鮮書籍雜誌商組合三二三家的三分之一。此外，若和東京書籍雜誌商組合和大阪書籍雜誌商組合總數超過四千四百家相比，就明顯可知台灣書籍商組合規模之小。同時，還包含著以販售中文書籍或漢籍為多的書店，以及兼營其他行業、

只是附帶銷售書籍的零星小店，因此我們不得不承認當時台灣的零售書店確實極少。雖說可能有一些書店未參加這個組合，但即使將其一併列入考慮，也難以認定台灣有很多書店。

書店數量的略嫌稀少，與台灣的人口總數有關。一九三三年年底時，台灣的總人口數為五〇六萬五〇七人，其中台灣人（本島人）為四七五萬九一九七人，而日本人（內地人）為二五萬六三二七人（註1）。雖然日本人所佔比例逐年增加，但在當年還是仍僅約佔總人口的五％左右，所以即使這些在台日本人的書籍購買力比日本國內高出數倍，但從人口數來看，台灣對日本書籍的需求量仍相當有限，同時會日語的台灣人比例還很低。

那麼，當時在台灣究竟有哪些書店？

觀察具有台灣地方自治聯盟色彩的中文半月刊《南音》（一九三二年一月～九月)，在該雜誌的第一卷第八號（一九三二年六月）刊載的「文藝雜誌《南音》各地販賣所」中，載有台北・文化書局、台中・中央書局、豐原・彬彬書局、嘉義・蘭記書局、台南・崇文堂、高雄・振文書局、屏東・黎明書局等七家。《南音》登出販售書店一事，是為解除編輯上的不便，將發行所從台北（編輯兼發行人・黃春成）遷至台中中央書局（編輯兼發行人・張星建）之後。

中央書局設立的由來，根據台灣文化協會全島大會一九二五年十月在台中召開時，全體與會人員為設置文化啟蒙活動的根據地，通過一致決議，設立「中央俱樂部」乙案（註2）。隔年（二六）年二月，由林獻堂、陳滿盈等二十名為發起人，加上張煥珪、賴和、楊肇嘉、林幼春等五十五名贊成人，為謀求維護台灣人的民族意識、普及新知識新學問、促進社會生活的提昇，基於推行「旅舍租賃及食堂、販賣圖書學用品運動器具、學藝及其他社交

性集會以及前記業務上必要之附帶事業」的目的，集資四萬圓，以株式會社（股份公司）的形式設立中央俱樂部。於是從一九二七年一月起，販售「漢和書籍雜誌、文具學藝用品、洋畫材料額緣、運動器具服裝、留聲機西洋樂器」的中央書局正式開幕，不僅成為台中最具規模的書店，同時也是促進台灣文化運動的重要據點（至於旅舍與食堂部分，則因社會環境變化和資金欠缺未能實現）。

　　此外，台北的文化書局則是蔣渭水於一九二六年六月設立的書店（註3）。在台灣文化運動高漲的期間，經營大安醫院的蔣渭水，有感於台灣對中國新刊書籍的需求日益增高，而台北卻無台灣人經營的書店，故於台北市太平町三之二八（大安醫院隔壁）開設「文化書局」。該書店至該年五月為止，曾是台灣民報台灣支局的所在地，蔣渭水沿用原有建築與電話，直接做為開店之用。於是，他藉由經銷中文辭典、中文教科書、中國雜誌，及孫文、胡適、梁啟超、章太炎等人著作，包括日本國內社會問題、農民問題、勞動問題等書籍，以及各種簡章的販賣，謀求台灣文化的提昇與進步。

　　蘭記書局同樣亦以孫文演說集為首，兼及販賣胡適、陳獨秀的著作與中國的國文教科書。該書局並在《台灣民報》刊登廣告。

　　對於中央書局和文化書局的設立，總督府警務局自始即採取警戒的態度。在《台灣總督府警察沿革誌》中即記載：「此等設施明顯藉書籍、新聞、雜誌等，作為從事啟蒙運動的機關，其所販賣、訂購的書籍，亦以中國出版之有關思想、政治及社會問題等占大部分」（註4）。

　　基於這個緣由，各地販賣《南音》的書店，若不是由台灣人所經營的，大部分也或多或少與台灣文化協會有關連。

　　一九三四年四月，全島性文藝組織——台灣文藝聯盟成立，同年十一月中日文併用的機關雜誌《台灣文藝》正式創刊。在該雜誌的創刊號中，共列出九家書店做為「本誌各地代銷處」。它們分別是：台北・新高堂書店、文明堂書店、新竹・榮文堂書店、台中・中央書局、棚邊書店、嘉義・振文堂書店、台南・浩然堂書店、小出書店、高雄・振文書局等。隨著雜誌號數的增加，各代銷書店亦逐漸擴大，在第二卷第八、九號（一九三六年八月）時，代銷店增加台北的杉田書店及月光堂書店、新竹・犬塚書店、台中・育英堂書店、嘉義・蘭記書店、台南・崇文堂書店、高雄・南里書店、彰化・金子商店、鳳山・小民書局，總數達十八家之多。另還有幾家書店在零售之外，也發行圖書，所以此處所列的十八家均為各地的重要書店。

　　此外持田辰郎（註5）在其《東都書籍株式會社台北支店史》（一九四六年）中，對當時書店的狀況有如下的描述：

　　　　「台灣人口雖號稱有六百萬人，除了五十萬日本內地人之外，其餘尚包括原住民、漢族的本島人、高砂族，就實際狀況而言，其文化程度遠較日本低落。因此，無論是島內出版的書籍和自日本內地輸入的書籍都非常的少，參加日本書籍零售商組合者亦不多，全島僅七十餘家。如果說一流書店是台北的新高堂書店、文明堂書店、杉田書店、台中的棚邊書店、台南市的小出商行，那麼二流程度者有基隆市的新原書店、所竹市的犬塚書店、嘉義市的吉川山陽堂、高雄市的南里書店、山形屋書店、花蓮港市的並木學生堂。其他則為三、四流的書店，其銷售額均極少，勿寧說其是以書籍為副業，較符合實況。

　　其中，直接從出版社批書者只有新高堂書店等幾家，其
　　他則大多透過內地經銷業者間接購書。」

　　能直接與出版社交易的新高堂書店，是村崎長昶（一八七〇
～一九五〇）所設立的台灣最大書店。在《追憶八十年的回顧》
（栃木・村崎榮一、一九八三年六月）一書中，村崎長昶本人對
新高堂書店有如下的詳細敘述：

　　在日本剛佔領有台灣的一八九五（明治二十八）年五月，由
於日本政府仍不允許以個人身分前往台灣，村崎長昶乃在擔任台
灣總督府內務部土木課代理課長的堂兄竹下康之的幹旋下，以陸
軍省雇員的身分渡台，其時年方二十五歲。由於台灣當時陷入物
價不穩定的狀態，加上村崎本人亦罹患瘧疾，且所任官職幾無昇
遷希望，所以村崎長昶不久即提出辭呈。「依願免職」的村崎乃
留在台灣，豎起「村崎事務所」的招牌，開始經營工程承包業和
水路運輸業，其後又從事房地產的買賣、借貸業務，結果「福運
開通、蒸蒸日上，業務更形發展，資產不斷增大」。一八九八年
村崎以新高堂的商號，在台北市榮町一丁目開設文具店，緊接著
又兼營書籍販賣，並逐漸將重心轉到經營書店上，在一九一五（大
正四）年更重新裝潢為三層樓建築（共二七〇坪）的大書店。書
店位於新公園附近，與台灣總督府、台灣銀行比鄰，座落在台北
市繁華路段的幅輳之地（榮町一之二〇）。榮町雖另有文明堂書
店（榮町二之二六）、杉田書店（榮町三之九），但「讀者幾乎
全部集中本店，隨著學校的增設，更經手教科書的訂購，同時也
販賣運動用品、樂器類、手工藝品，及從事圖書的出版，營業額
遂逐年增大」。當時的新高堂書店「獨佔台北市小公學校的教科
書，供應官、私立中學、高女、商校、醫專和台大的教科書並擔

任島內其他不足之教科書的補充。且隨著文化普及，經常門庭若市，每當船運送達時，書籍、圖書、雜誌堆積如山，全島輸入圖書的大半幾全由新高堂經手，可說是盛況空前」。新高堂書店在經營書籍經銷、門市販賣之外，亦開始著手出版事業。其出版品以辭典或參考書類為多，不過亦出版伊能嘉矩編的《台灣巡撫劉銘傳》（一九○五年六月）、山下江村的《台灣海峽》（一九一六年三月）、伊能嘉矩的《顯露的日台連鎖傳說》（傳說に顯はた日台の連鎖）（一九一八年六月）、福田要的《台灣的資源及其經濟價值》（一九二一年十二月）、緒方武藏編著的《始政五十年台灣草創史》（一九四四年十二月），甚至《日台會話大全》、《廣東語會話》、《台北市街地圖》等也有，範圍相當廣泛。然而村崎長昶一家十一人在戰爭結束幾乎失去所有財產，於一九四六年四月黯然離開台灣。

敗戰後，新高堂書店為躲避中華民國政府的接收，於一九四五年十二月改名為東方出版社，一度為台北市長游彌堅所有，一九五一年三月改由林呈祿擔任董事長（註6）。現在的東方出版社已改為現代化大樓，目前仍是台北市的重點書店，以刊行兒童少年書籍雜誌為主，發揮其作為書店的功能。在東京的中目黑區亦有新高堂書店，但其為村崎長昶婿養子（入贅婿）敏昶於一九四八年所重新設立的。此外村崎長昶也曾於創始至敗戰的二十六年間，擔任台灣書籍商組合的組合長，該組合在敗戰後解散，剩餘公費近一萬圓，後作為創設新組合的資金，全數移交給經營日光堂書店（台北市太平町三）的蔣渭川（註7）。

大阪屋號書店與台灣

台灣各書店所販售的出版品中，在日治時期，雜誌的比重較

一般書籍為多，故其交易對象以經營雜誌批發的經銷商為多，依序為東京堂、北隆館、大東館和東海堂四家。除這四大經銷店，台灣書店的交易對象以東京的大阪屋號書店為首位，其次分別為大阪的寶文館、柳原書店、久留米市的金文堂和佐賀市的大坪書店。大阪屋號書店以與朝鮮、滿洲、台灣等「外地」的交易為主，並對經營的業務遠較其他同業熟練，再加上處理業務的速度快又準確、十分用心，因而在台灣獲得很大的信任，但其進貨的價格略高於其他同業。

大阪屋號書店是前總督府測量技手濱井松之助（一八七四～一九四四）所創，他在日俄戰爭開打時辭去總督府工作，前往滿洲設立此一書店（註8）。濱井最早於一九〇四年（明治三十七）十一月在營口開設大阪屋，專營日用品雜貨。不久由於商品進貨困難和競爭對手的出現，濱井乃決心轉向書店經營。正巧當時日本最大的出版社「博文館」派遣滿洲視察團來訪，他利用這個機會取得營口的代理權，並將店名改為大阪屋號書店。隨著進駐滿洲的日本人迅速增加，其所販賣的書籍、雜誌業務也日益活絡。濱井其後在旅順、鞍山、奉天、新京等地開設分店，並將本店移至滿鐵本社所在地的大連，以博文館代理店的招牌和滿鐵的管道，展開獲利甚佳的商業活動。不過這也要歸因於滿鐵的社員、眷屬及軍部關係者對書籍、雜誌的購買力極強，平均約為日本國內的十倍左右。眼見事業的蒸蒸日上，濱井松之助乃將住在大阪的弟弟金次郎叫來負責大連本店，自己則於一九一一年前往東京的日本橋，立起「大阪屋號書店、東京採購部」的招牌，專責以處理全體外地為中心的經銷業務。此外他也從事出版業務，刊印《日滿會話》、《簡易支那語會話編》等日軍侵略大陸不可或缺的會話必需，結果當然是極為暢銷。同時，他亦持續出版《內務省納

本月報》（月刊）達六、七年之久，雖然未為其賺取利益。一九三二（昭和七）年七月，濱井松之助五十七歲時突然病倒，由次男濱井弘接掌事業。濱井弘在京城（漢城）設置直屬本店的朝鮮批發部，在奉天（瀋陽）設置滿洲批發部，在北京設置北京批發部，積極謀求書店業務的發展。然而由於一九四一年六月「日配」（日本出版配給株式會社）的開張，使其所有經銷部門均告終止。朝鮮批發部由日配朝鮮支店所接替，滿洲批發部則將書籍設備均轉手給「滿配」（滿洲出版配給株式會社），北支批發部則走上自然解散的命運。剩下成為只是單純出版社的大阪屋號書店，其後陸續出版西川滿編的《台灣文學集》（一九四二年八月）、井出季和太的《南支那產業經濟》、村上知行的《北京的歷史》、吉川兼光的《海南島建設論》、西山榮久的《支那經濟地理》、小林幾次郎的《支那經濟商業辭典》、江川金五的《廣東語會話》等書籍，頗符合其以外地為基盤的經營方向。戰後其甥濱井良在一九四七年九月於東京品川重建事業，成為專門刊印圍棋、將棋方面的出版社，出版品雖為數甚多，但在一九七〇年左右自動停業。

　　順帶一提，大阪屋號書店第二代社長濱井弘「雖出自日本大學的商學部，但卻是著名狎遊之人，尤喜男色，出手大方，是一擲千金、面不改色的浪蕩者。特別是他熱衷於說書，不惜鉅金聘請第六代的貞山及先代山陽等一流說書家，前來座前探討說書之術，而習得其中奧義。（中略）其後因病痛加劇，乃捨家業，成為一代名嘴」，此人亦即說書家神田山陽（註9）。此外，濱井弘的社交舞有教師水準，將棋亦曾獲日本將棋連盟頒給四段資格，著有《社交舞的技術與知識》、《現代將棋戰術》，並擔任電視將棋節目的主持人與解說員。

　　隨著台灣島內日本語的普及，日語書籍的需求日益增加，有些出版社開始每年到台灣出差一、二次，與書店進行直接交易。這些出版商有三省堂、大阪的駿駿堂（只銷售自社的出版品）、松谷啟明堂（主要為受驗研究社的出版品）等。三省堂在一九三〇、三一、三二、三三年，分別由大阪支店的柳勇藏次長、田中販賣部長、持田辰郎社員每年到台灣出差一次，開拓本身出版品的販賣路線，開始與台北市的新高堂書店、新竹市的犬塚書店、台中市的棚邊書店、池谷書店、嘉義市的吉川山陽堂、台南市的小出商行、浩然堂、高雄市的山形屋書店、南里書店進行直接交易。

在台灣的檢閱

　　儘管台灣的書籍雜誌並未真正達到流通，但卻存在要被檢閱的特殊狀況。

　　例如矢內原忠雄《帝國主義下的台灣》（岩波書店、一九二九年十月）即是一例。王育德在《台灣─苦悶的歷史》（弘文堂、一九六四年一月）一書中，即指出「《帝國主義下的台灣》成為其後台灣知識分子的聖經，留學日本的台灣青年找遍圖書館或研究室，借出該書，再三閱讀，我自己亦對當時的感動一生難忘」。另一方面，戴國煇在其《台灣與台灣人》（研文出版、一九七九年十一月）一書中，則反論道：「處理殖民地台灣問題的《帝國主義下的台灣》雖是極獲好評的名著，但並非所有台灣人均認為如此」，「即使《帝國主義下的台灣》可說是基本文獻之一，但絕非是聖經」。無論如何，矢內原忠雄所著《帝國主義下的台灣》是以社會科學冷靜地分析，討論台灣殖民地經濟的學術書籍，目前在桑原武夫編《日本的名著》（中公新書、一九六二年十一月）

或長崎暢子、山內昌之編《現代亞細亞論之名著》（中公新書、一九九二年九月）二書中，亦均將其列為「名著」，但此書在戰前的台灣卻被禁止販賣。

在當時，即使是通過日本國內檢閱的書籍，也不能直接帶進台灣。因彼時台灣訂有與「出版法」內容幾乎相同的「台灣出版規則」（台灣總督府會第十九號，一九〇〇年二月），其中規定總督府對「本島以外的帝國領土或外國出版的文書圖書」擁有獨自的檢閱權。台灣總督府的官僚們利用「台灣出版規則」，進行相當嚴格的審查。輸入台灣的日本書籍在順利通過總督府的檢閱之後，接著地方警察會以公安為理由再次進行檢閱，導致書籍被禁止販賣的情形屢見不鮮。

在《日本學藝新聞》第三十一號（一九三七年六月）中，有一則出自台灣支局的「台灣存在特殊檢閱」之報導，此報導大概是楊逵的傑作。楊逵在台灣農民組合活躍之餘，發表小說〈送報伕〉等作品，並擔任中日文並用的文藝雜誌《台灣新文學》（一九三五年十二月～三七年六月）一誌之編輯。該報導指出，「依據台灣特別法的檢閱而被禁止者，迄今為止主要以出版物為多，記憶所及的有佐藤春夫描寫台灣的某作品，以及中央公論入選的〈野蠻人〉、楊逵的〈送報伕〉等」。

此處所指「佐藤春夫描寫台灣的某作品」係《殖民地之旅》（《中央公論》一九三二年九、十月號），收錄該作的作品集《霧社》（昭森社、一九三六年七月）一書，在台灣也被禁。由於內容描寫與林獻堂等台灣知識分子的接觸，進而批判日本殖民地主義和總督府，故被認為是威脅台灣統治的惡書（註11）。此外，〈野蠻人〉（《中央公論》一九三五年二月號）是大鹿卓的成名作，同時也是其代表作，該小說係以一九二〇年發生在台中州能高郡

內的「薩拉瑪蕃事件」為背景，描寫主人公因一名高山族被斬首之事而引發其野蠻本性的怪異現象。結果遭到總督府的檢閱。楊逵的〈送報伏〉雖透過賴和而於《台灣新民報》連載，但由於後半部分被禁止刊登，乃將全文送交《文學評論》，結果獲選為第二名（該年度首獎從缺），而於該雜誌一九三四年的十月號上揭載。該文係描寫在東京苦學之台灣青年的艱苦奮鬥，內容也提及描寫台灣製糖會社不當地掠奪土地使其家庭崩潰，及被殖民者無法抑遏、不可抵擋的憤怒與告發。同時，楊逵亦基於其自身的體驗與見聞，描寫其無產階級意識覺醒的過程和台灣人意識萌生的過程，因而在台灣被視為危險讀物（註13）。

　　檢閱制度不僅限於書籍，石川達三拍成電影的作品《蒼氓》，也曾在台灣被禁止上映而送還內地。在前述「台灣存在特殊檢閱」報導中，有一段轉載自《台灣新聞》的總督府警保局錦木檢閱課長的談話，從其內容可使我們略為了解當時檢閱的實態。錦木課長表示「對影迷們雖很遺憾，但蒼氓一片還是將被禁止上映。由於考慮到業者的立場，我們再次進行了檢閱，毋庸說這電影的部分內容及整體的意識形態，都不利於本島統治，因而決定予以禁止。希望今後的電影也能對應國策與對民眾具有指導性」，就這樣未做出具體說明，即於上映前日發出通告禁止上演。

　　台灣的檢閱對報紙也是同樣做法，統治當局依「台灣新聞紙令」（律令第二號、一九一七年十二月），對從台灣島外進入台灣的報紙加強檢閱。例如，台灣文化協會系統的《台灣民報》（一九二三年四月創刊）是台灣人經營、在日本內地發行的報紙，但卻在台灣多次遭到禁止發行。《台灣民報》在創刊那年，共完整發行了十四號，而其中就有四號被禁止在台發行。同時，即使是未被禁止的《台灣民報》，亦須突破種種難關才能送達讀者手中，

有時甚至會延遲達一個月以上（註14）。此外，左傾化的台灣文化協會機關報《台灣大眾時報》（一九二八年五月七日-七月九日共十號），則因其記事內容的問題，始終未能獲准進入台灣島內。

特價書的大消費地台灣

對販售日本書籍的書店而言，若以定價價格販賣的話，將得不到什麼利潤，因為裝船運費約為定價五～七％（雜誌則為二％左右）的費用全由零售書店負擔，而且若有賣剩的書，零售商也幾乎必須自行處理。在這種狀況下，書店業者為求健全經營，於一九二一年組織台灣書籍商組合，在翌年（二二年）立即通過「普通書籍的台灣售價應為定價再加一成」（教科書、教學用書籍、小學校參考書、台灣出版品除外）的決定，因為對書店經營而言，實際問題是如何擺脫經營的惡化。然而，對於實施外地價格一事，也有一些反對的聲浪。例如《台灣日日新報》即呼籲全島讀書人抗拒上述決定，並在社內設置書籍部，依書的定價銷售，抗拒達數年之久，但最後終於還是因為不堪連續虧損，不得不將其讓渡給新高堂書店（註15）。

在出版社方面，實行預售制度雖可減少退書，但銷售數量的成長幅度卻較日本內地為遲，可說是有利有弊。但站在讀者的立場而言，由於無法取得充分的資訊，需要的書籍雜誌常不能如願買到，而且對這種外地價格亦不甚滿意，結果只是徒增不滿。

在不滿聲浪中，坂東恭吾（一八九三～一九七三年）設立帝國圖書普及會，將廉價書（過期書籍或全集當中賣剩的大量刊行本）或過期雜誌予以集中，從日本國內運往滿洲、朝鮮和台灣，在日本以外的這些外地均極獲好評。

關於賣剩的全集究竟有多少，以及價格要降低多少比例等問

題，小川菊松在其《出版興亡五十年》（誠文堂新光社，一九五三年八月）一書中，有如下的敘述：

> 《兒童文庫》（Arusu）共三十萬部，以每冊三錢的價格售與
> 　酒井久三郎，其處分期間須七年。
> 《明治大正文學全集》（春陽堂）共三十萬部，由春江堂以
> 　七錢五厘的價格收購。
> 《大眾文學會集》（平凡社）共二十萬部，由河野書店以十
> 　三錢的價格收購。
> 《現代日本文學全集》（改造社）共三十萬部，由河野書店
> 　以十二錢的價格收購。
> 《大思想全集》（春秋社）共十五萬部，由河野書店以七錢
> 　的價格收購。
> 《世界美術全集》（平凡社）共十萬部，由近田澄氏以十一
> 　錢的價格收購。
> 《世界戲曲全集》（近代社）共十萬部，由河野書店以五錢
> 　的價格收購。

　　單僅上述七種全集即達一百五十萬部之多，而且據稱當時出版的全集在二〇〇或三〇〇種以上，故其總數難以計算。出版社對於陸續退還的全集苦不堪言，結果將這些退書賣給專門處理賤書、零書系統的特價書業者。前述資料中河野書店的店名多次出現，故有「不論任何全集，最後的處理都必須依賴河野書店」（註16）的說法，它是特價書業者的最大宗。《兒童文庫》一冊三錢和《世界戲曲全集》一冊五錢的價錢，是依其定價（前者為五十錢，後者為九十錢）而定，但大致可知廉售價格平均不及定價的一成。

　　然而，即使是特價書業者亦不能抵擋如洪水般增加的退書，從而陷入一籌莫展的狀態。一九三一年八月，帝國圖書普及會在「丸」大廈前廣場舉行一冊十錢大拍賣的成功，從而獲得起死回生，引起滿鐵相關業者的注意（註17）。在滿鐵的強力期盼下及由滿鐵提供運輸費用的好條件下，帝國圖書普及會終於在九月底，履行到滿洲的遠征販賣。雖說外地對書籍的需求遠較內地為高，可是從日本來的書卻很少，而且單是定價，外地的就要高出一成，因此帝國圖書普及會的遠征販賣在各地受到極大的歡迎，均以好業績結束。翌年，該會再從朝鮮巡迴到滿洲，也都獲得大成功。其中還發生因在京城遭到當地書店的強烈抵抗，乃向朝鮮總督府免費借得三越百貨後面的空地，在《京城日報》連日刊登廣告，並以每日三錢的代價雇三百個兒童舉旗遊行，輝煌地展開「新書大特價現賣會」。於是，帝國圖書普及會就這樣地將販賣路線從國內擴展到外地。

　　因著京城圖書館館長熱烈邀請的這個契機，該會曾在一九三二、三三、三四、三五年來台灣進行特賣。據該名館長表示：「我的友人在台北擔任圖書館長，請務必要前往台灣一趟。」他所指的友人是一九二七年擔任台灣總督府圖書館長的山中樵。此項台灣遠征販賣成果，後來成為帝國圖書普及會的最大財源收入，而出現「賣啊，賣啊，帝國圖書的寶庫在台灣」的說法。帝國圖書普及會在外地遠征販賣的同時，也在日本內地持續做新書特價販賣，並在《朝日新聞》、《每日新聞》刊登全頁的廣告，從事通信販賣，藉此賺取極大的利益。然而，一九三四年九月的室戶颱風，使存放於大阪築港倉庫的書全部流入大海；次年（一九三五年）二月台灣新竹大地震，將放置在台中倉庫的書籍被湧出的地下水浸漬，由於這兩起意外，徹底打擊了帝國圖書普及會。儘管

如此，該會仍亟思東山再起，選定於橫濱開港五十年紀念博覽會全力出擊，但卻因觀眾被出現於近海的鯨魚噴水所吸引，使得此次特賣以賠本告終。後來由於一再地時運不濟，該會終於在同年九月初破產。

　　姑且不論全集的功與過，無論是對承擔大量退書的出版社，或是對居住外地、書籍雜誌入手困難的日本人而言，雖然只是短短幾年間，但均慶幸有帝國圖書普及會的活躍。

三省堂的對台發展

　　一八八一（明治十四）年四月，龜井忠一在東京神田開設古書店「三省堂」。在從事舊書買賣的同時，龜井亦開始經營出版業，印行英語辭典或教科書。其後，他因一八九二年神田大火的契機，停止舊書店，轉而從事新書的零售和出版。但不久，他因著手《日本百科大辭典》的大事業，導致經營困難，而於一九一二年宣佈破產。一九一五（大正四）年，龜井將原由個人經營的三省堂書店，將出版與印刷部門加以分開、繼承，並正式設立「三省堂株式會社」（註18）。殘留於個人經營之三省堂書店的零售部門，則依舊由龜井三省堂經營，專事新書的零售，由五男龜井豐治擔任店主，龜井忠一則轉任顧問。新設的三省堂株式會社於社內通稱「本社」或「出版部」，三省堂書店則稱為「零售部」。三省堂株式會社的本社則設於零售店內。一九二八（昭和三）年，個人經營的三省堂書店亦開始法人化，成為「三省堂書店株式會社」，並於翌年因神田區神保町一之一（現在地）新社屋的竣工，而從原來的大手町遷移過去，而三省堂仍在該書店新社屋內租用辦公室。一九三〇年十二月，三省堂在神保町一之二三設立「東都書籍株式會社」（資本金十萬日圓，董事長為末次保）（註

19），做為三省堂所屬的經銷店，專門從事三省堂出版物的批發販賣，其負責地域為北海道、東北、關東、甲信越、靜岡縣東部、外地（中國、朝鮮等）。其後，三省堂更進行地域別經銷、設立、整備販售店鋪，於三九年一月設立大阪寶文館、三九年七月設立九州書籍、四〇年設立中部書籍，甚至確立殖民地的經銷店制度。當然，此時他們也經手三省堂以外的出版物。

三省堂決定到當時尚未設經銷店的台灣發展，是一九三三（昭和八）年十二月的事。三省堂到台灣發展的理由是因為台灣教育機關的逐漸擴充，當然也因為懂日語的台灣人迅速增加，而認為台灣應可擴大三省堂出版品的銷售業績，是一個極具魅力的市場。事實上，在一九三二年四月底時，總數約四五〇萬的台灣人中，懂日語者為一〇二萬人，約佔二二‧七%，但在八年後（一九四〇年）增為二八二萬人，約達半數的五〇%。一九四一年時更增加至三二四萬人，比例提高為五七‧〇%（註 *20*）。台灣人當中懂日語人數的增加，除了因進入初等教育機關（公學校）就讀的台灣人子弟增多之外，還有為十二歲以上、二十五歲以下台灣人大量設置的國語講習所，及為二十六歲以上台灣人設置之簡易國語講習所的增加，大大影響日語學習者的人數所致。

因而，在一九三三年十二月，三省堂的衍生公司—東都東籍株式會社為了在台北籌備支店，董事長末次保親自抵台視察。翌年，該公司任命持田辰郎（大阪支店）為台北支店長，加上寺村貞次（東京本店）、鵜殿一郎（東京本店）及三名當地徵募的員工，終於正式開業。關於三省堂及東都書籍在台灣的活動，幸而有前述台北支店長持田辰郎在離開台灣後，著有的《東都書籍株式會社》一書，加以詳細記述。以下即根據此書，略述其概況。

關於東都書籍台北支店的開業，由於要配合二月一日的芝山

嚴祭（台灣的教育紀念日），因此活動極為倉促慌亂。由於設有倉庫的事務所未能如願保住，只好借用「日之丸館跡」九十餘坪（明石町二之六）的建築，但附帶只准租用一年，因此，不久後即不得不設法遷移。

東都書籍台北支店的營業，首先是一般書籍及其他的業務經銷。亦即，除延續自一九三〇年以來，三省堂大阪支店擴張販售路線所獲得的直接交易外，還從事新交易的開拓。然而，開拓新交易並非易事，除了勤跑各書店補書外，更要求東都書籍本社降低進書價格，慢慢地開拓市場。其次則為雜誌的經銷業務。由於雜誌的利潤頗大，使得獨占此業的四大經銷能聯合起來阻止此一新經銷商的加入。最後還是透過東都書籍本店，與對台較沒交易的大東館交涉，才取得中間經銷權。到一九四二年，該公司將經銷業務委讓給「日本出版配給株式會社」（日配）台北支店時，已佔有約三分之一的台灣市場。最後一項業務則是中等教科書的經銷。剛開始時這部份的業績雖難以提昇，但隨著中等學校的增設，訂購量也日益增加，加上獲得書店的信任，從而打下作為台灣中等教科書經銷店的基礎。

此外，東都書籍台北支店也承辦內閣印刷局官報販賣所的業務。由於一九二一年整備販賣機構，因此官報販賣所在東京設置了八所、大阪二所，其他則是以一縣一所的比例設置，總計全國共有五十五所。經過幾次的統合整備後，一九三七年一月在台灣終於也設置了，同年二月及十一月分別於庫頁島和朝鮮也設置。其中，在台灣的販賣許可由東都書籍代表末次保獲得，朝鮮的京城官報販賣所則先是由三省堂代表龜井寅雄獲得許可，但在一九四二年六月因擔當地域被分割為三，而將京城官報販賣所和新京官報販賣所的許可，授與東都書籍的末次保，上海官報販賣所則

給了三通書局（由三省堂與華通書局同額出資創立的三省堂公司，社長為陳群）的常務董事中村正明。由此可知，外地的官報販賣權利幾由三省堂系列所獨占。緊接著在一九四三年二月，以南方占領地域為對象的南方官報販賣所，亦由日本出版配給株式會社代表大橋達雄獲得許可，從而形成空前絕後的政府最大規模刊行物普及機構。此官報販賣所即以《官報》（一八八三年七月創刊）為中心，獨家販賣內閣情報局編纂的《週報》（一九三六年十月創刊）、《寫真週報》（一九三八年二月創刊），及以提昇國民精神為目的之相關教學圖書等政府刊行物，最盛期數量達到「官報十五萬部、週報一五〇萬部、寫真週報五〇萬部」之多，在戰前及戰爭中的黑暗時代，「在某些意義上，卻是官報販賣所的黃金時代」（註21）。由於東都書籍台北支店取得此項特權，在《官報》《週報》《寫真週報》及其他的販賣上均獲取相當的利益。

　　三省堂在設立東都書籍台北支店的同時，亦設立專營三省堂出版物宣傳的三省堂台北辦事處。該辦事處的目的是對學校等機關進行經常性徹底宣傳，並支援東都書籍台北支店的經銷業務，充分向區域內零售書商傳達三省堂的意圖，促其努力販賣三省堂的出版品。特別是在辭典或參考書方面，該辦事處致力於對中等學校或小學校、公學校等的宣傳鼓吹，以求增加三省堂出版品的營業額。

　　在中等教科書的採用方面，台灣的採用率甚至曾達至三省堂的第一位。然而，由於一九四二年三月中等學校教科書統一發行的「中等學校教科書株式會社」正式成立，中止了教科書的販賣競爭，使三省堂中等教科變得無宣傳的必要，該公司在台灣亦步上相同的命運。

　　而在外國雜誌、圖書方面，為了與善於販賣洋書的丸善競爭，

三省堂台北辦事處也努力向官方或學校推銷。

　　因龜井藥品是三省堂的衍生公司，三省堂台北辦事處承接龜井藥品研究所台北辦事處的業務。該公司的招牌藥品是「照內末」（維他命 B，用於注射、錠劑、粉末）和「維他柯鹼」（維他命 B_1B_2 加葡萄糖，用於營養、解毒、利尿劑）。但是，一般銷售新藥的業者必須是藥種商資格試驗合格者或擁有藥劑師執照者，而三省堂台北辦事處卻無此項資格。其後，勉強向人借得名義，取得藥種商的許可，完成手續開始營業。但辛苦並非僅限於此一階段，其後仍不斷有許多困難。若欲向醫院、醫師、藥局、接生婆等銷售，則由於第一製藥、三共、大日本、田邊、武田藥品、塩野義等大公司已經壟斷市場，要打破此厚重的阻礙並不容易。因為要和大公司競爭的藥品極多，而人力與宣傳費均極有限，因而實際業績很難提昇。龜井藥品研究所於一九四三年底與三寶製藥合併，專事販賣「照內末」、「維他柯鹼」、「吉阿得明錠」（消化營養劑）等。在《民俗台灣》（東都書籍台北支店發行）第二卷第八號（一九四二年八月）到第三卷第十二號（一九四三年十二月）的裏頁，整頁均是龜井藥品研究所的廣告，這是因為東都書籍與龜井藥品研究所皆為三省堂相關企業之故。附帶一提，前項合併完成之後，三寶製藥持續在《民俗台灣》的第四卷第一號（一九四四年一月）到第四卷第六號（四四年六月）上，每期都刊載了相同篇幅的廣告。

　　隨著戰局的失利，日本政府對醫藥品業界的管制日益強化（註22）。由於製造上以軍需優先，故民需藥品乃陷入慢性缺乏的狀態。日本政府於一九四二年五月公布「企業整備令」，並依據一九四三年八月「醫藥品製造業整備要綱」之決定，開始實施企業整備。此舉是以貫徹被認定為緊要的醫藥品之重點生產、統合整

理弱體企業為目的。同時，在一九四四年一月，以往擁有醫藥品製造和配給權限的日本醫藥品生產統制株式會社，和日本醫藥品配給統制株式會社進行合併，並吸收日本新藥工業組合、全國局方製劑工業會、臟器藥品協議會、日本細菌學藥品統制協會、東京製藥同業組合、大阪製藥同業組台等六個團體，設立「醫藥品統制株式會社」（社長為慶松勝左衛門）。於此，醫藥品業界從原料資材的調度到生產配給、價格訂定等範圍，均受到政府的強力統制。

　　龜井藥品研究所被三寶製藥合併的詳細經緯，雖曾向現存三寶製藥株式會社探詢，但未能獲得答案。該公司的回答是「三寶製藥位於現新宿區百人町，與位於新宿區下落合的龜井藥品距離頗近，或者這與二者的合併有關。」但無論如何，兩公司的合併，係與政府實施醫藥品業界的戰時體制再編成有關，這是無庸贅言的事。

舊書店與台北帝國大學

　　一九二八年三月，依天皇敕令創設「台北帝國大學」（初任校長為幣原坦）。成立之初僅有文政學部和理農學部，但其後於一九三六年成立醫學部，一九四三年理農學部分成立理學部和農學部，並另外創立工學部，從而充實為綜合性大學。由於該校為殖民地最早的帝國大學，故在預算上特別寬裕，也積極充實教授陣容。以文政學部為例，其師資有安藤正次（國語學、國文學）、移川子之藏（土俗學，人種學）、矢野禾積（即矢野峰人、西洋文學）、神田喜一郎（東洋文學）、岩生成一（南洋史學）、淺井惠倫（語言學）、中井淳（法律哲學）、中村哲（憲法）、工藤好美（英文學）、瀧田貞治（國文學）、東嘉生（經濟學史·

經濟史）等，同時亦聘請台北高校教授島田謹二（文學概論‧法文）為講師擔當講座。醫學部則有森於兔（解剖學）、金關丈夫（解剖學）、小田俊郎（內科學）、杜聰明（藥理學）等教授。一方面是其為新設帝國大學，一方面亦有總督府的面子問題，因此集聚相當多的人材。

在購入書籍方面的經費亦極優渥。由於大學是新設的，當然必須儘速收集一定數量的基本書籍，此點借重舊書店是相當合適的。舊書店方面亦相當積極促銷。關於此點，脇村義太郎的《東西書肆街考》（岩波新書、一九七九年六月）中有段有趣的記述。

　　「在震災熱潮沈靜之後，若檢視神田舊書店街的狀態，可發現舊書的買賣從店面的銷售，轉為更積極的販賣政策。其中之一是積極向學校、圖書館等個人以外的顧客進行促銷，以及展開即賣書展。前者的對象主要雖是公家機關，但必須以各自特定個人關係為基礎來進行。在學校關係方面，新設文法學部的東北大學、九州大學，以及新設立的京城大學、台北大學等，均是嚴松堂、北澤書店等努力促銷的大筆生意，因此，各書店亦於外地設置支店或辦事員。其中，嚴松堂與幣原坦、村上直次郎的關係，以及北澤書店與京城大學服部宇之吉等的關係，在同業之間十分有名。

嚴松堂與幣原坦（台北帝大校長）的關係，以及與村上直次郎（《巴達維亞城日記》譯註者，專攻南洋史、日荷交涉史的研究者）的關係據稱十分有名，但或許這是屬於是舊書業界的研究課題吧！筆者從台灣研究方面來調查毫無所悉。然而，若從台北

帝大收納的舊典籍來看，確實可證明舊書業者的介入的事實。（註
23）

　　一九二九年三月底，桃木書院（負責人桃木武平）的舊藏書
五四〇部（共四、八七九冊），由神戶白雲堂經手，整批售與台
北帝國大學。這批舊書原為京都帝大委託保管之物，其中包括許
多古版本、舊影本，特別是《日本書記》的影本、不同版本等珍
藏品非常的多。

　　一九三二年二月，幕末國學者─長澤伴雄的五〇五部（一二
六九冊）藏書，從大阪市南區梁江堂（負責人杉本要）以一萬圓
的代價購入。這批藏書以國學、和歌等為主，一九・京傳・種彥・
馬琴・京山等人的草雙紙類、繪本類等也有，其中有許多是日本
國內已不知去向的私藏。此外，尚包括描寫幕末動亂的紀錄，以
及長澤伴雄親筆的歌稿與論文，是相當貴重的歷史資料。

　　同時，雖非透過舊書店購入，但台北帝大亦於一九三〇年十
月收納前東京帝大教授上田萬年的藏書三三一部（三三二冊）。
其中包括以黃表紙或洒落本為主的版本，總價格為四、六二二圓。
此事係因台北帝大教授安藤正次（一九三〇年文政學部長、三五
年圖書館長、四一年擔任校長）與上田萬年有深厚交情，因為安
藤希望充實國文研究室的藏書，而直接向上田萬年購入。

　　此外，台北帝大亦收購許多有關近世的舊典籍，其中以研究
西鶴著名的瀧田貞治的藏書為多，包括許多善本書。同時，依文
件紀錄顯示，這些藏書多為一九三四年前後經東京嚴松堂購入的。

　　如此，台北帝大在創校不久，就能全力購入許多舊典籍，其
背後的原因是台北帝大教授與舊書店的緊密關係。同時，這些舊
典籍在戰後全部由台灣大學所繼承，現在均置於研究圖書館四樓
的特藏室，列為不准借閱而加以嚴重管理的圖書。特藏室內目前

雖有完善的空調設備，但在這些藏書獲得妥善照顧之前，部分古籍已因曾長期被置於高溫多濕的場所，且遭到相當粗糙的處理，所以很遺憾地有不少貴重書籍遭到蟲蛀。筆者深感有必要儘早研究對策。

順帶一提，前揭〈東西書肆街考〉另有一處耐人尋味的記載。亦即「出版《心》一書，使得出版業產生某程度的自信，甚至後來台灣總督府圖書館欲購買書籍，還先預付在當時是龐大金額的一萬圓給岩波書店，由其代為蒐羅書籍」一處。此處突然出現岩波書店之名，頗令人訝異，但同時亦引發吾人調查岩波書店與台灣總督府圖書館關係的興趣。筆者在此期待能發現若干殘留的資料。

丸善書店的對台發展

然而，在洋書方面的收藏，台北帝大需要獲得為數有限的書店協助。在台北帝國大學創設的同時，丸善大阪支店即派遣駐台人員，於一九三四年開設台北辦事處。丸善的招牌業務是洋書的輸入販賣，但亦從事墨水、文具事務器械、化妝品的製造、批發、進出口，以及洋品雜貨的生產合作、販賣，還有出版、印刷、裝訂等範圍廣泛的營業活動，並從日本國內向外地或占領地域及外國發展。關於這點，單是與三省堂類似的方面，即時時會與東都書籍發生競爭情形。丸善大阪支店在眾多丸善支店中亦極為出色，規模僅次於丸善本店，在最盛時期的一九三六年三七年時，於廣島、台北各設置辦事處，在尼崎、德山設有值班辦公室，在大阪帝大校內設有門市部，從業員超過四二〇人，名實兩面都有僅次於本店的好業績。

關於丸善在台灣的興衰，可參照下述司忠編《丸善社史》（丸

善、一九五一年九月）的記載。

　　「昭和二年，台灣帝國大學設置後，丸善大阪支店
　　立即派遣駐在員到該地，並在昭和九年二月於台北市本
　　町通台北大廈的二樓、三樓開設辦事處，開始在台灣的
　　營業。開幕當時店內尚無像樣的設施，主要以外賣為重，
　　但後來業績逐年上昇，乃於昭和十八年九月於榮町二丁
　　目開設新店面。此時，由於台灣與內地的運送愈陷困難，
　　再加上商品的入手並不順利，只能以庫存品勉強繼續營
　　業。到昭和十九年時，台北市辦事處主任以下的職員，
　　幾乎全都只能在當地召募，但最後終於維持困難，而不
　　得不於昭和二十年四月底被三省堂合併，同時關閉台北
　　辦事處。」

　　此處所指「台灣帝國大學」應係「台北帝國大學」之誤，且
其設立時間為昭和三年而非昭和二年。同時，「被三省堂合併」
應解讀為「讓渡給台灣三省堂」較為正確。此外，雖說為期僅一
年半，但丸善仍曾於書店林立的榮町（註24）設立店面。
　　另一方面，依《丸善百年史》下卷（丸善、一九八一年十二
月）的記載，在一九四五年三月二十五日調查的「人員表」中，
該公司受到戰爭惡化的影響而縮小規模，本店人員為二一二名，
支店為四五九名，而分公司和旁系企業為一二五名，合計為七九
六名。支店當中以大阪支店（含台北辦事處）的七一名最多，其
中台北辦事處為十三名（十名為女店員）。在外地方面，則分別
為京城支店三七名、新京辦事處二○名，奉天工場四名，爪哇辦
事處九名。

台灣書籍株式會社的設立

　　由於東都書籍台北支店的營業基礎達到穩定成長的業績，使得之前占台灣單行本交易額過半數的大阪屋號書店（東京），對其在台灣營業額的漸減感到震驚，決定對抗東都書籍台北支店，從而企劃設立台灣書籍株式會社。該公司於一九三八（昭和十三）年集資十萬圓，以村崎長昶（新高堂書店）為代表股東，並取得台灣日日新報社及台灣島內零售書店參與投資，設立於台北市堀江町四三番地。其時，社長為村崎長昶，負責業務者為柏木敬二郎（大阪屋號書店）。該公司採用商品長期委託制，在商品售出後才收取書款等對書店而言相當優厚的條件。然而，由於送到台灣的書籍多為二流以下出版社的作品，且常被委託行銷較舊的書籍，因此並不能滿足台灣讀者的需要。此外，出資的零售書店有些以出資金的抵押為名，要求在書款中先將其加以扣除，使得書款的回收並不順利。同時，由於該公司於其間仲介，使得進書批發價的比率提高，導致某些零售書店改變想法，認為照以往直接向大阪屋號訂購較合算，從而停止與該公司的交易。再加上該公司資本額十萬圓中，有五萬圓係以土地建築充抵，亦使其極易發生周轉金不足的現象。結果，由於業績無法提昇，只得停止書籍雜誌的訂購業務。村崎長昶在前揭《追憶 八十年的回顧錄》一書中，對此有如下的敘述。

　　「雖然展開書籍批發業務，但收支無法平衡，一直無法分紅，終至停業地步。其後，依股東的要求，留下公司名稱，將辦公室移至自己店內，自行兼掌事務以節約經費，將原來辦公室和空地出租以增收入，如此持續

　　每年有四分至六分的配息。戰爭結束後，將宅地八百坪
　　（時價二萬圓）、建築物一棟（時價一萬五千圓）及剩
　　餘金額約一萬圓，全部移交給台灣人股東、中壢書店。」

　　此外，以批發、販售大阪出版品為目的的台灣圖書株式會社
（負責人碇延一郎、駸駸堂出身）則設立於一九三七年，但不久
即消聲匿跡。

　　無論是台灣書籍株式會社、台灣圖書株式會社、東都書籍台
北支店，最後都被前述的日本出版配給株式會社（日配）的台灣
支店所吸收。

日本出版文化協會（文協）的創設和日本出版配給株式會社（日配）的設立

　　隨著中日戰爭的擴大，做為物資統制的一環，日本政府對出
版活動亦加強控制（註25）。其作法有，為統制思想而強化檢閱，
以及從用紙開始到所有出版用資材的統制、限制等兩方面。一九
三九（昭和十四）年八月一日，商工省公布關於限制使用雜誌用
紙的省令，規定最高能限制供給二五％，且於即日起立即實施。翌
年五月十七日，內閣情報部設置新聞雜誌用紙統制委員會，更進
一步強化統制。

　　此被商工省視為「物」來處理的用紙供給問題，被情報部依
國策從「物心」兩面加以一元化來供給，對出版界造成極大的衝
擊。尤有甚者，日本政府更以內務省為中心，企畫新的出版體制，
在第二次近衛內閣成軍之後，新聞雜誌用紙統制委員會決定解散
東京出版協會和日本雜誌協會，提案合併為「出版文化協會」（暫
定名稱）。此提案於八月五日正式提出，日本雜誌協會於八月十

五日召開臨時大會決議解散，東京出版協會亦於八月二十二月決議自行解散。相同地，中等教科書協會亦依當局指示決議解散。此外，以其他公益團體雜誌協會為首，地方性的大阪圖書出版業組合、京都出版業組合等出版團體亦相繼決定解散，出版界均朝向結成統一出版團體的方向行動。於是，一九四○年十二月十九日，「社團法人日本出版文化協會」（簡稱「文協」）正式創立，並自第二年六月二十一日開始，由該會真正掌握出版用紙的統制權。「文協」於一九四三年三月十一日在早稻田大學大隈講堂發展為「日本出版會」而消失。

　　同樣與用紙有關，做為全國販賣統制機關的「日本洋紙共販株式會社」，於一九四○年十一月三○日設立。同年十一月，為謀求印刷業界的重新整編，日本印刷工業組合連合會亦正式啟動。

　　與前述出版新體制相同地，日本政府亦將所有經銷業者統籌為一個書籍配給的新體制。雖然當時全國的經銷業者號稱有二百餘家，但歷來以東京堂、北隆館、大東館、東海堂四大經銷書商具壓倒性優勢，且此四家組成原有經銷協會，其運作亦十分團結。特別是雜誌的經銷利潤甚高，使其不欲開放給中小經銷商，而幾由四大經銷商完全獨占。當統一性書籍配給機關設置案提出時，四大經銷商希望乾脆將資本合流，像以往一樣獨自掌握雜誌的經銷，使統一性書籍配給機關實質上做平行移轉。但由於慮及此作法將招致周遭的反對，乃考慮分別設立「雜誌配合會社」，和「書籍雜誌配給會社」兩公司的提案，向政府當局提出四大經銷商在前者出資三五％（其餘由出版業者負擔三○％，中間經銷商出資三％），在後者出資三五％（出版業著負擔三○％，其他經銷商出資三五％）的草案。此案當然亦是以四大經銷商為中心的思考。對經銷業者（特別是中小型經銷業者）而言，統一性書籍配給機關設

置案，是攸關生死存亡的問題，結果他們所屬的東京書籍批發組合、東部書籍批發協會、西部書籍批發協會等，即與四大經銷商的原經銷協會形成嚴重對立，一直無法協調出妥協案。結果，在一九四〇年十月二十四日，政府方面提出「書籍雜誌配給機構整備要綱案」，準備設立統一性書籍雜誌配給組織—日本出版配給株式會社（暫定名稱）。儘管存在四大經銷商與中小型經銷商之間，因利害關係而有根深蒂固的情感對立、新公司設立引發的生活問題（如失業、雇用、營業權補償）、債權債務處理調停、股份募集與分攤、董事問題等困難，但都被政府強行解消，而於一九四一年五月五日將全國二三〇餘家經銷業者一併統合，創立出版物的統一性配給機關「日本出版配給株式會社」（簡稱日配，資本額一千萬圓）。另一方面，政府當局亦欲將零售書店集結為商業組合，推進其統制措置。首先，政府由東京市開始，著手解散所有既存的零售書店組合。雖曾造成一些混亂，但在日配設立約一個月後的六月六日，即於九段下的軍人會館（現在的九段會館）召開成立大會，東京書籍雜誌零售商業組合正式成立。之後就以全國各道府縣為單位，陸續成立相同的書籍雜誌零售商業組合。

　　如此一來，原則上只有被統制的日本出版文化協會的出版物，經由被統制的「日配」的配給機構，才能配給給各零售書店。三省堂亦是日本出版文化協會的一員而接受用紙的配給，而三省堂在各地的四家經銷店（東都書籍—一九三〇年十二月創立、中部書籍—一九四〇年創立、大阪寶文館—一九三九年一月創立、九州書籍—一九三九年七月設立）亦均停止活動，由日配加以統合。由於日配的創設，「東都書籍轉為出版和統轄直營零售店（東亞部的官報販賣業務仍繼續），中部書籍則經營名為第一書店的零

售店，大阪寶文館則轉做出版和零售業，九州書籍則完全被日配吸收而消失。同時，由於永井茂彌、三浦喜三太、田中孝知、總野和一郎等銷售人才轉至日配，使三省堂在人才方面蒙受重大損失。」（註26）

台灣出版協會的創立與日配台灣支店的設置

約比日本內地創設日本出版協會晚了一年四個月，同樣的統制在台灣也實施了。

一九四二（昭和十七）年四月十一日，台灣出版協會的創立大會在台北市公會堂召開，共有六十四名會員出席（其中十四名缺席），該協會於當日選出如下十五名董事。

村崎長昶（新高堂書店）、杉田英（杉田書店）、
長谷川祐寬（文明堂書店）、
長谷理教（台灣日日新報社經理）、
西川滿（台灣日日新報社學藝部次長、文藝台灣社）、
田中一二（台灣通信社）、蔣渭川（日光堂書店）、
江間常吉（國鐵時報社台灣總支社長、東台灣新報記者）、
林佛樹（興南新聞社廣告部長兼出版部長）、
赤星義雄（台灣藝術新報社）、
金高佐平（台灣公論社台北支社長）、
碇延一郎（台灣圖書株式會社）、黃宗葵（台灣藝術社）、
持田辰郎（東都書籍台北支店長）、
吉川省三（南日本新報主筆）

同年五月一日，日配設置台灣支店（支店長─奧村鄉輔）。

奧村支店長原任職於最大經銷商東京堂，在轉移至日配後曾任西部販賣課長後，才就任日配台灣支店的支店長。關於日配台灣支店的設置，先是同年二月由情報局、拓務省、台灣總督府、內閣印刷局、日本出版文化協會、日配等相關人員共同討論，決定「日配台灣支店設置要綱」，再經各種手續才得以實現。在該要綱「既存批發業者的統合」中規定，台灣與日本內地相同，不承認任何書籍雜誌批發業者的存在，除日配台灣支店以外，任何人均不得從事雜誌書籍的批發。因此，日本內地出版物移入台灣的配給和台灣出版物的配給，均由日配台灣支店統一處理。所以，東都書籍台北支店不僅將書籍雜誌經銷業務或內閣印刷局台灣官報販賣所業務，甚至連倉庫、辦公室、雜物和希望轉出的從業員，均委讓給日配台灣支店。營業項目被剝奪的東都書籍台北支店，亦被強迫從樺山町十八番地搬遷到六十八番地。

在此狀況下，台灣出版界於一九四三年二月二十日，基於「本島一般出版物定期刊物的著作、編輯與發行，以及出版文化的研究調查與其普及相關事業」的目的，創設台灣出版株式會社（資本額十萬圓、社長為西川純）。該公司曾出版田中一二編的《朗嘯集》（一九四三年七月）、西川滿的《生死之海》（一九四四年三月）、濱田隼雄的《萩》（一九四四年十一月）、《草創》（一九四四年十二月）、總督府情報部編的《決戰台灣小說集》（乾卷・一九四四年十二月、坤卷・一九四五年一月）等許多文學相關出版品，但從旁協助皇民化的傾向頗強。

一九四三年二月十七日，日本政府基於敕令第八十二號國家總動員法發布出版事業令，於隔日公布施行規則。台灣因故延遲若干時日，於三月一日發布出版事業會，五月二十一日以總督府令公布施行規則，並於當日實施。於是，台灣即與內地同樣實施

出版許可制。

　　日本內地的「日本出版文化協會」於一九四三年三月發展為「日本出版會」而解散。同樣地，同年十二月十八日，「台灣出版協會」亦依「台灣出版統制要綱」（十月一日於府議決定）決議各種出版事業的全面性整備統合和進行指導監督的新會員，而由第一種會員（出版業者）五十七名和第二種會員（從事出版團體，主要是官廳的外圍團體）十九團體，組成「台灣出版會」（註27）。其事業為台灣出版會規則第四條所明訂「一、出版企劃的審查指導，二、出版物用紙的配給調整，三、出版物的配給指導，四、其他出版文化相關事項」，在強化軍國主義思想的高揚、限制印刷用紙和出版物的配給管理方面，台灣與日本內地係採同一步調。「台灣出版會」為求與「日本出版會」的緊密合作，亦曾試圖建立將台灣發行的出版物移至內地的管道。

書店對占領地域的發展

　　在太平洋戰爭爆發的同時，日本國內的洋書輸入變得極為困難，甚至連從德國輸入亦陷入絕望狀態。然而，為戰勝當前的敵人—美國，不論如何均有必要了解歐美諸國的事情，特別是為發達軍需工業，更需要從海外取得理工學相關的文獻。面對此種大矛盾的軍部，為解決此項困擾，不得不假手民間洋書輸入業者，而對業績不錯的丸善下達調查及供給的祕令。在前揭《丸善百年史》下卷中，記載丸善於一九四二年十一月接獲祕令，由石川實與上住兩人，加上三越的玉井及其他三名業者，與情報局鈴木謙介情報官前往占領地區，經香港、西貢、河內、泰國、新加坡、馬來西亞、印尼、菲律賓，收取圖書館、研究所、政府機關等刊行研究書或調查報告書，或是從當地書店購入，甚至接收個人藏

書，並將其全數送交情報局。

隨著日本的占領南方地域，軍部亦要求日本出版配給會社到占領地區發展（註28）。一九四三年三月，日本出版配給會社制定「南方辦事處設置要綱」，同年四月在新加坡市羅賓森路設置昭南支店，並以此為根據地，在南方各地設置辦事處。辦事處的功能當然是「出版物的統一配給」，還有「協助當地軍、官進行防諜、宣傳、宣撫」、「諸項文化的調查」、「適切配給宣傳、宣撫用的刊行物」、「現地刊行物的進書配給」等工作。然而，到占領地發展並不能依日配的預定計劃進行，全須依軍部的許可來運作。日配在海外的辦事處（包括中國）如下：

> 中國（上海、北京、海南島）、第三國（河內、西貢、曼谷、阿爾羅斯特、馬尼拉）、緬甸地區（仰光）、爪哇地區（雅加達）、蘇門達臘地區（棉蘭、巴連邦、巴丹）、汶萊地區（克清、邦傑瑪遜）、西里伯斯地區（馬克薩、巴里克拔邦）

同時，軍部亦提案在占領地域設置書店，而要求日本出版配給會社的合作。於是，一九四二年五月，在陸軍次官的指令下，三越、三省堂、金文堂（福岡）及丸善被指定在占領地域設立書店。

依據此項指令，丸善在巴達維亞（雅加達）開設書店（註29）。該書店先是租借荷蘭人經營的高爾夫書店的一部分，於一九四三年十二月一日開幕，不久即租下整個高爾夫書店，繼承高爾夫書店事業，銷售文具、玩具、雜貨和香煙，甚至配給品。此外，掛著丸善株式會社招牌者，尚有由其經營的木工場、紙工場和鉛筆工場等三工場。書店經營並非由丸善直營，而是採獨立採算制，

店名亦未使用丸善商號，而是「雅加達書店」。在日本戰敗之後，雅加達的事業均由盟軍接收，被派遣到當地的社員也於一九四六年五月左右相繼返國。如前所述，三省堂在台北、京城、新京、上海均設置辦事處，並於其地設有東都書籍的支店，且兼營官報販賣所。然而，與丸善相同，三省堂亦依軍部令，在新加坡與馬來西亞設置支店、辦事處。之前提及的《三省堂的百年》一書中有如下記載：

> 「昭和十八（一九四三）年，依陸軍省命令設置昭南支店（新加坡）。同年五月十七日，服部幾三郎等四人從日本出發。九月十三日，在昭南特別市（新加坡）。Height Street 66 號開設支店（該支店於昭和二十年六月三十日關閉）。（中略）另一方面，昭和十九年四月，繼新加坡支店之後，再於馬來西亞台賓市 Main Road 開設辦公室。
>
> 經營百貨公司卻積極販賣書籍的三越亦在新加坡開設支店。
>
> 金文堂則於爪哇地區的蘇拉巴亞開設支店。

其實不難想像，到南方占領地區發展的目的，基本上正如丸善將國內刊行物重點性配給到占領地區，以達成日本文化在當地的滲透，但另一方面是配合軍部的要求，擔任以自然科學書為主的新舊洋書的供應。

然而，各書店到占領地域的發展，僅散見於三省堂及丸善的「社史」記載，由於並無詳細資料，故無法得知實際情況。此外，「社史」內的記載亦頗多矛盾之處，此點只有留待今後再做研究。

出版社東都書籍台北支店

東都書籍台北支店除從事經銷業務之外，亦曾出版一些重要作品。例如

姉齒松平《祭祀公業並在台灣的特殊法律研究》（一九三八
　　年二月）
新道滿編《羅馬字發音‧台灣市街庄名之讀法》（一九三八
　　年十二月）
西川滿《梨花夫人》（一九四〇年七月）
黃氏鳳姿《七娘媽生》（一九四〇年十一月再版）
黃氏鳳姿《七爺八爺》（一九四〇年十一月）

然而，由於日配於一九四一（昭和十六）年五月五日開設，東部書籍也被統合在內，因此東都書籍台北支店不能再繼續經銷業務，從而將營業重點正式移向長期以來就非常有興趣的出版上。

同年七月一日，該支店即創刊《民俗台灣》。此誌乃以台北帝大教授金關丈夫為中心，而且不只是日本人，連台灣知識分子亦有不少參與其間。在皇民化運動如火如荼地進行時，公然標榜「蒐集記錄台灣本島及其相關地方之民俗資料」的《民俗台灣》，與當時要否定、破壞台灣人傳統文化且強行移入日本文化的總督府皇民化政策並不配合。但儘管這是不受總督府歡迎的雜誌，到一九四五年一月發行第五卷第一號為止，全部還刊行了四十三號，做為一本了解台灣民俗的文獻而言，是具有極高的價值的。東都書籍台北支店能持續刊行《民俗台灣》，乃託台北帝大教授等執筆群之福。當然，其出版背景乃由於東都出版有想出好書的意識，

但池田敏雄擔任總督府囑託一職也發揮不小的作用（註30）。東都書籍台北支店刊行《民俗台灣》的原因，是源自池田敏雄對持田支店長的一番提議。他們兩人本是島根縣的同鄉，有遠親關係。不過，《民俗台灣》當時在台灣島內的發行量並無資料。對東都書籍台北支店而言，係因無法從事經銷業務才不得不從事出版，故對預算並不十分在意，且因基本上並無發行意願，所以不願在原稿或編輯上投注資金。持田辰郎在與東都書籍本店商討之後，表明一切繁瑣工作均可交由池田敏雄處理，東都方面只以掛名的方式，促使本店方面同意發行《民俗台灣》。

　　從一九四一年七月創刊號到四二年二月號為止，編輯兼發行人為末次保，一九四二年三月號到四四年八月號為止，編輯人是金關丈夫，發行人是持田辰郎。其後，由於持田辰郎被徵召入伍，發行人自同年九月號開始，改為代理支店長田宮權助擔任。儘管實際的編輯者為池田敏雄，但池田的名字始終未出現。此乃因池田當時擔任台灣總督府情報部囑託（四三年轉任皇民奉公會宣傳部），為求慎重而極力避免自己的名字曝光。幸而《民俗台灣》給東都書籍帶來好運，託以台北帝大教授為核心的執筆群之福，陸續出版一系列高水準的出版物。例如：

　　金關夫丈《胡人の匂ひ》（一九四三年三月）
　　黃氏鳳姿《台灣の少女》（一九四三年八月）
　　林　熊生（＝金關丈夫）《船中の殺人》（一九四三年十月）
　　座司總一《南の枝》（一九四三年十月）
　　堀川安市《台灣の植物》（一九四三年十二月）
　　宮村堅彌《高砂義勇隊記》（一九四四年一月）
　　池田敏雄《台灣の家庭生活》（一九四四年八月）

國分直一《壺を祀る村》（一九四四年九月）
東 嘉生《台湾經濟史研究》（一九四四年十一月）

　　然而，東都另一方面亦不得不出版迎合時局的刊物，其中包括被稱為皇民文庫的《山本五十六》、《豐臣秀吉》、《賴山陽》等將近二十冊的偉人傳記，做為台灣兒童的讀物。

　　到敗戰為止，東都書籍台北支店共刊行七十冊的書籍，是台灣出版社中數量最多者。儘管其中包括配合時局的作品，但從內容來看方可評價為良書出版社。楊逵在《台灣出版界雜感》（《台灣時報》一九四三年七月號）中，明白表示「以東都為首，清水等其他書店亦出版高級書」，點名稱揚東都書籍台北支店和清水書店。最大功勞者池田敏雄亦於一九四四年七月被徵召入伍，《民俗台灣》其後由金關丈夫和立石鐵臣等人繼續發行，但終因時局緊迫，被迫於一九四五年一月號以後停刊。四五年二月號則為刊行前的清樣（未校對）狀態。

　　東都書籍台北支店亦曾與本店斡旋，於東京出版一些書籍。例如宮村堅彌的《高砂義勇隊記》的東京版即早四個月出書，於一九四三年九月即已發行。黃氏鳳姿的《台湾の少女》則因是文部省推薦的圖書，享有用紙的特別配給；國分直一的《壺を祀る村》、萱島泉的《台湾ノ蜘蛛》、山下康雄的《化学戦と国際法》則為日本出版會推薦的圖書，也享有用紙的特別配給。東都書籍本店亦以台灣的原稿為中心，出版近三十冊從內地、朝鮮、中國等地匯集的作品，可見早已知道台北支店出版的書籍水準最高。

　　東部書籍在持田支店長於一九四三年五月應召入伍之後，改由田宮權助代理支店長。該支店亦於六月從樺山町六八番地遷移至二一番地，做第四次的搬遷。翌年十一月左右，田官權助代理

支店長亦應召入伍，再改由台灣三省堂的中村赤次郎董事擔任支
店長業務，台北支店也隨之進入混亂期。

成為零售書店的台灣三省堂

　　另一方面，一九四一（昭和十六）年十一月，三省堂在榮町
二一十五設立零售新刊書籍和文具的台灣三省堂（資本額十五萬
圓）。該店係由小塚文具店（小塚印刷所系列）店主加藤豐吉和
三省堂各出資一半所設立，採董事會制度，先由鈴木愛吉（東京
本店）擔任董事長，其後改由中村赤次郎就任。

　　雖然同為三省堂系列，但東都書籍台北支店與台灣三省堂的
關係並不算好。台灣三省堂亦出版過一些作品，其中雖有像小池
金之助《農事實行組合讀本》（一九四三年十一月）的實用書，
但主要為西鶴學會企畫、瀧田貞治負責的西鶴俳諧叢書。這套叢
書包括《櫻千句》（一九四二年）、《俳諧石車》（一九四三年
十一月）、《難波風》（一九四四年二月）等。

　　瀧田真治任職台北帝大助教授（副教授），是著名的西鶴研
究者。他在一九四一年組織西鶴學會（顧問為藤村作、藤井乙
男），並自任責任者，於四二年六月由三省堂刊行學術雜誌《西
鶴研究》第一冊。《西鶴研究》限定出版三〇〇冊，依學會規約
「不得販賣、不贈送、不交換」，僅發行給會員，但幾乎著名的
近世文學研究者均為其會員。該雜誌內容水準理所當然是相當高
的，而且體裁優美不同於一般的學術雜誌，其第三冊（一九四三
年十一月）曾厚達二三〇頁，在當時是一本相當醒目的好雜誌。
最初原本預定每年刊行二冊，但因原稿收集或校正、用紙的配給
等未能依照預定計劃，只正常刊行到第四冊（一九四四年一月），
第五冊則因台北被空襲而遺失版面，幸而有部分清樣由瀧田夫人

攜回日本（瀧田貞治於一九四六年一月病逝台北，享年僅四十六歲），使得《西鶴研究》得以復刊。復刊後的《西鶴研究》接續中斷的台灣版，以年刊的方式，由古典文庫於四八年十月復刊，持續刊行至第十冊（一九五七年十二月）。該雜誌與台灣版相同，都以實證做論考或提出引爆論爭的大膽問題，對學會有很大貢獻。

敗戰與東都書籍台北支店

　　日本於一九四五（昭和二〇）年戰敗。台灣的市街再度恢復活絡，到處燃放鞭砲，戰爭中被禁止的布袋戲亦再度復活。在物資不足、物價高騰、貪污、謠言四起當中，台灣迅速地中國化。

　　東都書籍台北支店的持田辰郎支店長於解除軍職後，於十月六日返回台北支店。當時雖然相當需要書籍，但書庫卻無存書。戰時宣傳用書已失去價值，只有加以銷毀。雖想要出版新書，但印刷用紙卻極端缺乏，而被轟炸的印刷廠亦未恢復生產。於是，持田只能在十月下旬先開設舊書委託販賣部，但此舉卻獲得意想不到的好業績。另一方面，書店原來的日本名亦陸續改為中國名，以免被中國政府接收。如蔣渭川經營的日光堂即改稱「三民書局」，並於店頭上方掛孫文照片，中間則書「革命尚未成功」云云，下方則掛蔣介石照片，以吸引民眾駐足圍觀（註31）。台灣最大的新高堂書店改為「東方出版社」，東都書籍台北支店則於十一月三日以黃廷富名義改稱「東寧書局」。以黃廷富名義是池田敏雄的建議。黃廷富畢業於京都大學，是台灣第一個法學博士，曾於關西大學與立命館大學執教，也曾擔任過留日華僑總會會長要職。而且，黃廷富為黃氏鳳姿之父，持田辰郎深悉黃氏鳳姿的家庭狀況，亦與黃廷富有數面之緣，故與池田敏雄兩人均認為是他值得信賴的人物。

　　東寧書局為因應新時代，出版蔣中正《新生活運動綱要》、朱經農《三民主義的研究》、傅偉平《孫中山先生傳》、東寧書局編《華語新聞的讀法》等書籍。在這期間，比較特別的是曾出版林熊生（金關丈夫）的小說《龍山寺的曹老人》（一九四五年十一月、十二月）。

　　另一方面，台灣三省堂也以三省堂名義，出版楊逵短篇集《鵝媽媽出嫁》（一九四六年三月），而將楊逵介紹給台灣三省堂的是池田敏雄。

　　一九四五年十一月下旬，東寧書局（東都書籍台北支店）將部分店面改為餐飲部，「東寧喫茶店」正式開業。由於東京三省堂書店亦在書店內開設食堂，因此這事並不特別奇特。

　　然而，由於一九四六年緊急決定日本人必須撤離，使得東寧書局和東寧喫茶店均遭關閉。在關閉之際，東都書籍台北支店的所有財物，經池田敏雄介紹，交由黃榮燦（註32）接收。黃榮燦是著名的木刻家，當時以新聞記者身分返台。東寧書局之前名義上是登記黃廷富之名，但因黃廷富住在日本內地，故須改為住在台灣的新負責人，同時，在撤離台灣之際，事實上有其必要將資產處理，多少換一些現金，因此池田敏雄在與持田辰郎商量之後，最初是想找黃廷富之弟黃啟木談接收問題，但因在金額上談不攏，乃改將經營權讓渡給黃榮燦。持田辰郎從黃榮燦這邊獲得一些現金，做為此項交易的金額，而於同年三月二十六日離開台灣。其金額究竟有多少並不清楚，但據池田敏雄對其後成為妻子的黃氏鳳姿所言，甚至還未達日本撤離者限持額度一千圓的「零頭」。

　　於此，至台灣發展的三省堂，在歷經十二年的光陰後，結束營業。黃榮燦將社名改為「新創造出版社」，企劃各項出版活動，創刊雜誌《新創造》（一九四七年三月），出版「新創造文藝叢

書」。由於筆者尚未尋獲《新創造》與文藝叢書,故詳細情況無法明瞭。

除台灣省政府留用的一些日本人之外,日本人的遣返作業在四月時已大致完成。有意繼續研究台灣民俗的池田敏雄,則於三月進入台灣省宣傳委員會而被留用,十月至台灣省編譯館(館長為許壽裳)工作,隸屬於台灣研究組(組長為楊雲萍)。翌年(一九四七)一月,池田與黃氏鳳姿結婚,打算在台灣落地生根、永遠定居。但由於發生二二八事件,所有日本人被下令必須歸國,而於五月與妻子一起離台返日。至此,與東都書籍台北支店有關的日本人已無任何一人留在台灣。即使是黃榮燦也在二二八事件後的白色恐怖中被逮捕,據傳於一九五二年十二月遭到殺害。

結語

在戰時體制下,良心出版社從事出版活動並不是一件容易的事。出版人在希望出版好書的心情下,和在國家政策的夾縫中,不知要費多少苦心。如何取得印刷用紙的配給,如何免於檢閱的刁難,如何以出版活動維持事業,這其中含有許多單看刊行書籍無法得知的辛苦,對此吾人必須有所理解。

記述出版狀況的資料原本就不多,「社史」雖具相當參考價值,但僅限於出版社自身的歷史,只能得知所欲了解的一小部分狀況。

在書籍的流通方面,若僅止於知道出版的狀況,反而會增添更多不解之處。由於流通管道極為複雜,而且因為其「形式」會變化、不限一種,所以不易掌握實態。此外,更由於日配的創設而使之前的經銷商全部消滅,導致以前的紀錄不復存在。所以雖不能說完全沒有足供參考的相關資料或先行研究,但絕對仍是不

夠充分的。

　　特別是關於日本統治下的台灣，在這方面的調查更增困難。總之，資料幾乎是毫無所悉。僅有的資料如持田辰郎的筆記《東都書籍株式會社台北支店史》及村崎長昶的《追憶 八十年的回顧》，雖可藉以獲得日治時期台灣的出版和書籍流通的線索，但畢竟還是無法掌握全部的狀況。此外，雖然發現三省堂旁系企業龜井藥品研究所的存在，但無論向現在的三省堂，或三寶製藥詢問，均因未留有資料而無法明瞭實情。此外，關於台灣三省堂設立的經緯與營業內容等，其具體情況亦無法清楚掌握。

　　不只是有關三省堂，在丸善方面亦是如此。關於丸善在台灣的營業活動，除了以上所介紹的部分之外，其餘全是謎團。即便是在丸善的台北辦事處讓渡給台灣三省堂的經緯始末，在三省堂與丸善兩方都未留有紀錄。

　　還有就算是雄霸日本國外書籍流通的大阪屋號書店，其在台灣的經銷態亦不明瞭。有關與大阪屋號書店設立相關的台灣書籍株式會社，亦幾乎毫無資料可查。

　　在了解日本過去的殖民地狀況後，從日本書籍的流通上切入，應可產生新的歷史理解。同時，吾人也應從各不同角度進行新的歷史解讀。基於此種理由，筆者衷誠期待以此為契機，能進一步深入台灣書籍流通或出版狀況的相關研究。

註釋：

(1) 台灣經濟年報刊行會編《台湾经济年報》昭和十六年版（國際日本協會、一九四一年六月）中，有關台灣主要經濟統計《台湾ノ人口》。其中，一九四〇年底台灣總人口為六〇七萬七四七八人，台灣人（本島人）五六八萬二二三三人，而日本人（內地人）為三四

萬六六三人，內地人數僅佔五・七％。

(2)　「株式会社中央俱樂部　設立趣意書・起業目論見書・起業予算書・定款」（株式会社中央俱樂部創立事務所、一九二五年十一月）。

(3)　關於文化書局開業的新聞記事，參見《台灣民報》第一○八號（一九二六年六月六日）與第一一三號（一九二六年七月十一日）。同時，蔣渭水（一八九一～一九三一年）係台灣總督府醫學校的畢業生，積極的孫文信奉者。他當時擔任台灣文化協會理事，其後成為台灣大眾黨的指導者，在台灣社會運動中扮演極重要的角色。

(4)　台灣總督府警務局編《台湾総督府警察沿革誌》第二編（中卷）《台湾社会運動史》（台灣總督府警務局、一九三九年七月），頁一五八。

(5)　持田辰郎（一九○四～一九九二），島根縣出身，六歲時與雙親一同渡台，曾經就讀台北市立第二尋常小學校（其後的旭小學校），一九二八年台北高等商業學校畢業，同年進入三省堂。一九三四年一月，以東都書籍株式會社台北支店支店長的身分來台就任。在撤離台灣之後，整理出《東都書籍株式会社台北支店史》（一九四六年、稿本），並向三省堂提出「自終戰時至台灣引揚時東都書籍株式會社台北支店概況報告」（昭和二十一年四月三十日、台北支店長持田辰記），該報告收於《三省堂の百年》（三省堂百年紀念事業委員會編、一九八二年四月）。戰後，持用氏在東京創立以出版理科參考書為主的秀文堂。

(6)　陳麗卿《東方出版社要拆了》（《民生報》一九七○年八月十三日版）。此外，林呈祿（一八八七～一九六八）台灣桃園出身、明治大學畢業。他是台灣社會運動的理論家，與台灣議會設置請願運動有關連，並在《台灣青年》、《台灣》、《台灣民報》、《台灣新民報》、《興南新聞》擔任主筆。戰後，他更出任《台灣新生報》

顧問、董監事、東方出版社董事長、台灣省文獻委員會顧問等。

(7) 蔣渭川（一八九六～一九七五）為蔣渭水之弟，戰後不久即組織台灣省政治建設協會，並於四六年獲選為台灣省議會議員，一九四九年擔任省政府民政廳長。五○～六○年間擔任行政院內政部常務次長，一九六四年任省政府顧問等政界要職。

(8) 參照前揭《東都書籍株式会社台北支店史》然而，經查當時以專門經銷外地書籍著稱的大阪屋號書店，並無留下這方面的紀錄。一九一二年進入大阪屋號書店的內田勇輔所著《満州と書店の草分—大阪屋号書店（故）浜井松之助氏》《出版クラブだより》（第一九八號、一九八一年七月）是唯一能參考的資料，以下資料均依此為本。

(9) 小野慎一郎《神田山陽師匠のこと》（《出版クラブだより》第一二八號、一九七五年十月）。

(10) 前揭《東都書籍株式会社台北支店史》。

(11) 拙著〈佐藤春夫《植民地の旅》の真相〉

(12) 拙著〈大鹿卓《野蛮人》の告發〉

(13) 拙著〈楊逵—その文學的活動〉（《台灣近現代史研究》創刊號，一九七八年四月），以及《楊逵《新聞配達夫》の成立背景》（《成蹊人文研究》第三號，一九九五年三月。後收於藤井省三等編《よみがえる台湾文学》、東方書店、一九九五年十月）。

(14) 在《台灣民報》第八十八號（一九二六年一月十七日）的「社告」中，提出當時檢閱日數的數據，以做為《台灣民報》常無法送達台灣讀者手中的理由。依據該項數據，檢閱日數大致如下：費時一日—第六六號，費時二日—第五一號，費時三日—第六四號、第五二號，費時四日—第六○號，費時五日—第五八號、第六六號，費時七日—第六一號，費時九日—第五九號，費時十九日—第六七號、第七五

號，費時二十一日—第七四號、第八○號，費時二十六日—第八一號，費時三十餘日—第八二號。

(15) 村崎長昶《記憶をたどって　八十年の回顧》（村崎榮一、一九八三年六月）。

(16) 鈴木省三《わが出版回顧錄》（柏書房、一九八六年十二月），頁六○。

(17) 坂東恭吾「三冊で一○錢！ポンポン蒸気の中で本を売る」（尾崎秀樹、宗武朝子編《日本の書店百年》青英社、一九九二年三月、頁四九○～五○九）。

(18) 三省堂其後有長足的發展。前揭《三省堂の百年》中記載一九四○年當時三省堂的規模如下：

資本額　一五○萬圓

包括旁系公司的從業員　約一四○○名

相關企業 十四家（含投資對象）

學習社、華中印書局、吉見書店、三通書局、大阪寶文館、日滿文教圖書、長岡目黑書店、放送文化通信社、仙台金港堂、日本放送出版協會、東京辭書出版社、統正社、日本讀書新聞社、教學圖書

辦事處 十處

札幌、仙台、名古屋、京都、廣島、福岡、京城、台北、新京、上海

旁系企業 十二家

三省堂書店、同文館、東都書籍、三省堂商事、九州書籍、中部書籍、盛文堂、不老ゴム（橡膠）工業、大東恒產、日本スキー（滑雪）製作所、龜井藥品研究所、城北通信指導學會

三省堂書店百年史刊行委員會編《三省堂書店百年史》（三省堂書店，一九八一年八月）亦載有類似資料。

(19) 末次保（一八九二～一九五一）出生於佐賀縣，在一高、東大畢業

後，進入三菱商事，於波士頓支店工作，一九二六年進入三省堂。其後歷任營業擔當、總務擔當的負責人和常務董事。在東都書籍設立時，以董事身分致力於三省堂營業部門的發展。

(20) 蔡茂豐《中国人に対する日本語教育の史的研究》（蔡茂豐、一九七七年），頁五四一。

(21) 全國官報販賣共同組合編《全官報三十年史》（全國官報販賣共同組合，一九八五年九月）頁四二～四六。

(22) 日本新藥社史編集委員會編《日本新藥株式会社六〇年史》（日本新藥株式会社，一九八四年三月），頁一四二～六七。

(23) 參照鳥居フミ子「國立台灣大學圖書館新藏圖書調查目錄【二】」（《實踐女子大學文學部紀要》第十六集、一九七四年二月）、「台灣大學所藏《長澤文庫》目錄」《東京女子大學日本文學》第五六號、一九八一年九月）。「國立台灣大學所藏《桃木文庫》目錄」（《東京女子大學日本文學》第五八號、一九八二年九月）、「國立台灣大學所藏《上田文庫》目錄」（《東京女子大學日本文學》第六五號、一九八六年三月）

(24) 榮町有六層樓建築、台灣最大百貨公司「菊元百貨店」，並有台灣最大發行量的《台灣日日新報社》，因此被稱為是台灣的商業中心及台北的銀座，是台北市最熱鬧的繁華街道。書店方面則有新高堂書局（榮町1-20）、台灣三省堂（榮町2-15）、文明堂書店（榮町2-26）、杉田書店（3-9）。

(25) 關於出版統制方面，主要參考下列三本著作。橋本求《日本出版販売史》（講談社、一九六四年一月）。日本書籍出版協會編《日本出版百年史年表》（日本書籍出版協會、一九六八年十月）。莊司德太郎、清水文吉編著《資料年表　日配時代史─現代出版流通の原點》（出版ニュース社、一九八〇年十月）。

(26) 三省堂百年紀念事業委員會編《三省堂の百年》三省堂、一九八二年四月），頁一六七。

(27) 參照中田喜太郎《台湾出版会の発足》（《台灣時報》一九四三年十二月號），以及中越榮二〈台湾出版会の創立経緯とその方向〉（《台灣時報》一九四四年一月號）。

(28) 莊司德太郎、清水文吉編著《資料年表 日配時代史—現代出版流通の原点》（出版ニュース社、一九八○年十月），頁三一、頁一二二至一二三。

(29) 丸善編《丸善百年史》下卷（丸善、一九八一年十二月），頁一○六五～一○六六頁。

(30) 池田敏雄（一九一六～一九八一）出生於島根縣，八歲時與雙親一同渡台，編入台北市立旭小學校二年級。一九三五年，池田自台北第一師範學校畢業，隨即在龍山公學校服務。他獲得班上學生黃氏鳳姿母親的理解與協助，開始進行台灣民俗的研究。一九四○年，擔任總督府情報部囑託，負責編集事務。一九四一年，創刊《民俗台灣》，實際擔任企劃編集工作。敗戰後，池田被台灣省宣傳委員會留用，任職於台灣省編譯館。一九四七年，池田與黃氏鳳姿結婚，二二八事件後因日本人的歸國命令，而於同年五月返回日本，進入島根新聞社。一九五四年入平凡社，歷任編集局次長、書籍部部長、參與等職務，一九七六年屆齡退休。參照台灣近現代史研究會編《台灣近現代史研究》第四號（一九八二年十月）《池田敏雄氏追悼紀念特集》。

(31) 池田敏雄《敗戰日記ⅠⅡ》（台灣近現代史研究伝編《台灣近現代史研究》第四號、一九八二年十月。）

(32) 黃榮燦（一九一六～一九五二）出生於中國四川省，是陶行知的弟子，亦與魯迅學木刻。黃氏畢業於昆明國立藝專，其後在吉林藝術

師範學校執教。當時，黃榮燦的身分包括京漢貴大剛報駐台特派員、上海前線日報駐台記者、人民導報駐台記者。黃榮燦接收東都書籍台北支店之後，將其改名為「新創造出版社」，從事出版活動，但在二二八事件後被當局逮捕，其後據說被處死刑。依秦賢次「《台灣文化》覆刻說明」（《台灣文化》覆刻版、傳文文化事業有限公司）所載，黃榮燦在二二八事件後被政府當局逮捕，而於一九五二年十二月六日被殺。黃氏在《台灣文化》中發表過《新興木刻藝術在中國》等六篇文章。

* 本稿係以筆者在天理台灣研究會第五屆研究大會（一九九五年七月二日）所發表《三省堂と台灣》一文增補而成。

原載《成蹊人文研究》第五號（一九九七年三月）

收錄論文原出處一覽表

I　佐藤春夫〈殖民地之旅〉的真相
　　原題/佐藤春夫「殖民地の旅」をめぐって
　　『成蹊国文』第八号（一九七四年二月）
　　中村地平的台灣體驗－其作品與周邊
　　原題/中村地平・その作品と周辺
　　『成蹊國文』第十四号（一九八〇年一二月）
　　大鹿卓〈野蠻人〉的告發
　　原題/大鹿卓「野蠻人」をめぐって
　　『成蹊論叢』第二五号（一九八六年一二月）
　　在日本文學中所呈現之霧社事件
　　戴國煇編著「台湾霧社蜂起事件－研究と資料－」
　　（社会思想社、一九八一年六月）
　　話說霧社事件
　　『アジア』第六巻一〇号（一九七一年一一月）

II　台灣新文學運動的展開
　　『成蹊論叢』第一七号（一九七八年一二月）修士論文

III　三省堂與台灣－戰前期台灣日本書籍的流通
　　『成蹊人文研究』第五号（一九九七年三月）
　　原題/戦前期の台湾における日本書籍の流通──三省堂
　　を中心にして──

國家圖書館出版品預行編目資料

臺灣新文學運動的展開：與日本文學的接點/
河原功原著；莫素微譯. -- 初版. --臺北
市：全華, 民 93
面 ； 公分
ISBN 957-21-4358-1(平裝)

1. 臺灣文學 - 歷史

820.9   93000913

台灣新文學運動的展開
―與日本文學的接點―

原出版社　研文出版
原　　著　河原功
譯　　者　莫素微
執行編輯　張惠蘭
封面設計　張瑞玲
發 行 人　詹儀正
出 版 者　全華科技圖書股份有限公司
地　　址　104 台北市龍江路 76 巷 20 號 2F
電　　話　(02)2507-1300（總機）
傳　　眞　(02)2506-2993
郵政帳號　0100836-1 號
印 刷 者　宏懋打字印刷股份有限公司
登 記 者　局版北市業字第○七○一號
圖書編號　090227
初版一刷　93 年 3 月
定　　價　新台幣　280　元
I S B N　957-21-4358-1（平裝）

全華科技圖書
www.chwa.com.tw
全華科技網 OpenTech
www.opentech.com.tw